О   *Одиннадцать минут*   О

«София»

2 0 0 5

Пауло Коэльо

Одиннадцать минут

УДК 821.134.3(81)
ББК 84(70Бр)
  К76

К76 Коэльо Пауло
Одиннадцать минут
Перев. с португ. —
М.: Издательский дом «София», 2005. — 352 с.

Великая цель всякого человеческого существа — осознать любовь. Любовь — не в другом, а в нас самих, и мы сами ее в себе пробуждаем. А вот для того, чтобы ее пробудить, и нужен этот другой. Вселенная обретает смысл лишь в том случае, если нам есть с кем поделиться нашими чувствами.

Как правило, эти встречи происходят в тот миг, когда мы доходим до предела, когда испытываем потребность умереть и возродиться. Встречи ждут нас — но как часто мы сами уклоняемся от них! И когда мы пришли в отчаяние, поняв, что нам нечего терять, или наоборот — чересчур радуемся жизни, проявляется неизведанное, и наша галактика меняет орбиту.

Перевод с португальского А. Богдановского

**This edition was published by arrangements
with Sant Jordi Asociados, Barselona, SPAIN
All Rights Reserved
http://www.PauloCoelho.com**

ISBN 5-9550-0638-9

Посвящение

29 июня 2002 года, за несколько часов до того, как поставить последнюю точку в рукописи этой книги, я отправился в Лурд набрать чудотворной воды из тамошнего источника. И вот, уже на территории святилища, какой-то человек лет примерно семидесяти спросил меня: «Вам, наверное, говорили, что вы очень похожи на Пауло Коэльо?» Я ответил, что Пауло Коэльо — перед ним. Тогда этот человек обнял меня, представил жене, познакомил с внучкой, стал говорить о том, какую важную роль сыграли в его жизни мои книги, а под конец добавил: «Они заставляют меня мечтать».

Я не впервые слышал эти слова, но всякий раз радовался им. Однако в тот миг сильно растерялся, ибо знал, что «Одиннадцать минут» — книга, толкующая о таком предмете, который может и смутить, и шокировать, и ранить. Я дошёл до источника, набрал воды, вернулся, спросил, где живёт этот человек (оказалось — на севере Франции, на границе с Бельгией), и записал его имя.

Эта книга посвящается вам, Морис Гравелин. У меня есть обязательства перед вами, перед вашей женой и внучкой — но и перед самим собой: я должен говорить о том, что заботит и занимает меня, а не о том, что от меня хотели бы услышать все. Одни книги заставляют нас мечтать, другие — погружают в действительность, но все они проникнуты самым главным для автора чувством — искренностью.

Ибо я — первая и я же — последняя

Я — почитаемая и презираемая

Я — блудница и святая

Я — жена и дева

Я — мать и дочь

Я — руки матери моей

Я — бесплодна, но бесчисленны дети мои

Я счастлива в браке и не замужем

Я — та, кто производит на свет, и та,
              кто вовек не даст потомства

Я облегчаю родовые муки

Я — супруг и супруга

И это я родила моего мужа

Я — мать моего отца

Я — сестра моего мужа

Поклоняйтесь мне вечно,

Ибо я — злонравна и великодушна.

Гимн Изиде, обнаруженный в Наг-Хаммади,
          III или IV век (?) до н. э.

7

И вот, женщина того города, которая была грешница, узнавши, что Он возлежит в доме фарисея, принесла алавастровый сосуд с миром;

И, ставши позади у ног Его и плача, начала обливать ноги Его слезами и отирать волосами головы своей, и целовала ноги Его, и мазала миром.

Видя это, фарисей, пригласивший Его, сказал сам в себе: если бы Он был пророк, то знал бы, кто и какая женщина прикасается к Нему, ибо она грешница.

Обратившись к нему, Иисус сказал: Симон! Я имею нечто сказать тебе. Он говорит: скажи, Учитель.

Иисус сказал: у одного заимодавца было два должника: один должен был пятьсот динаров, а другой пятьдесят;

Но как они не имели чем заплатить, он простил обоим. Скажи же, который из них более возлюбит его?

Симон отвечал: думаю, тот, которому более простил. Он сказал ему: правильно ты рассудил.

И обратившись к женщине, сказал Симону: видишь ли ты эту женщину? Я пришел в дом твой, и ты воды Мне на ноги не дал; а она слезами облила Мне ноги и волосами головы своей отерла.

Ты целования Мне не дал; а она, с тех пор как Я пришел, не перестает целовать у Меня ноги.

А потому сказываю тебе: прощаются грехи ее многие за то, что она возлюбила много; а кому мало прощается, тот мало любит.

Лк 7:37—47

Ж̲ила-была на свете проститутка по имени
Мария.

Минуточку! «Жила-была» — хорошо для за-
чина сказки, а история о проститутке — это явно
для взрослых. Как может книга открываться таким
вопиющим противоречием? Но поскольку каждый
из нас одной ногой — в волшебной сказке, а другой — над пропастью, давайте все же будем продолжать, как начали. Итак:

Жила-была на свете проститутка по имени
Мария.

Как и все проститутки, родилась она чиста и
непорочна и, пока росла, все мечтала, что вот по-
встречает мужчину своей мечты (чтобы был красив, богат и умен), выйдет за него замуж (белое
платье, фата с флер-д-оранжем), родит двоих детей (они вырастут и прославятся), будет жить в
хорошем доме (с видом на море). Отец у нее тор-
говал с лотка, мать шила, а в ее родном городке,
затерянном в бразильском захолустье, всего только и было что кинотеатр, ресторанчик да банк —
все в единственном числе, — а потому Мария неустанно ждала: вот придет день и нагрянет без

предупреждения прекрасный принц, влюбится без памяти и увезет мир покорять.

Ну а пока прекрасного принца не было, оставалось только мечтать. В первый раз влюбилась она, когда было ей одиннадцать лет — по дороге из дома в школу. В первый же день занятий поняла Мария, что появился у нее попутчик: вместе с нею в школу по тому же расписанию ходил соседский мальчик. Они и словом-то друг с другом не перемолвились ни разу, однако она стала замечать, что больше всего нравятся ей те минуты, когда по длинной дороге — пыль столбом, солнце шпарит немилосердно, жажда мучит, — из сил выбиваясь, поспевает она за мальчиком, который идет скорым шагом.

И так продолжалось на протяжении нескольких месяцев. И Мария, которая терпеть не могла учиться и, кроме телевизора, иных развлечений не признавала — да их и не было, — мысленно подгоняла время, чтоб поскорее минул день, настало утро и можно было отправиться в школу, а субботы с воскресеньями — не в пример своим одноклассницам — совсем разлюбила. А поскольку, как известно, для детей время тянется медленней, чем для взрослых, она очень страдала и злилась, что эти бесконечные дни дают ей всего-навсего десять минут любви и тысячи часов — чтобы думать о своем возлюбленном и представлять, как замечательно было бы, если б они поговорили.

И вот это произошло.

В одно прекрасное утро мальчик подошел к ней, спросил, нет ли у нее лишней ручки. Мария не ответила, сделала вид, что обиделась на такую дерзкую выходку, прибавила шагу. А ведь когда она увидела, что он направляется к ней, у нее внутри все сжалось: вдруг догадается, как сильно она его любит, как нетерпеливо ждет, как мечтает взять его за руку и, миновав двери школы, шагать все дальше и дальше по дороге, пока не кончится она, пока не приведет туда, где — люди говорят — стоит большой город, а там все будет в точности, как по телевизору показывают, — артисты, автомобили, кино на каждом углу, и каких только удовольствий и развлечений там нет.

Целый день не могла она сосредоточиться на уроке, мучаясь, что так глупо себя повела, но вместе с тем ликуя оттого, что наконец мальчик ее заметил, а что ручку попросил — так это всего лишь предлог, повод завязать разговор: ведь когда он подошел, она заметила, что из кармана у него торчит своя собственная. И в эту ночь — да и во все последующие — Мария все придумывала, как будет ему отвечать в следующий раз, чтоб уж не ошибиться и начать историю, у которой не будет окончания.

Но следующего раза не было. Они хоть и продолжали, как прежде, ходить в школу одной дорогой — Мария иногда шла впереди, сжимая в правом кулаке ручку, а иногда отставала, чтобы можно было с нежностью разглядывать его сзади, — но он больше не сказал ей ни слова, так что до самого конца учебного года пришлось ей любить и страдать молча.

А потом потянулись нескончаемые каникулы, и вот как-то раз она проснулась в крови, подумала, что умирает, и решила оставить этому самому мальчику прощальное письмо, признаться, что никого в жизни так не любила, а потом — убежать в лес, чтоб ее там растерзал волк-оборотень или безголовый мул — кто-нибудь из тех чудовищ, которые держали в страхе окрестных крестьян. Только если такая смерть ее настигнет, думала она, не будут родители убиваться, потому что бедняки так уж устроены — беды на них как из худого мешка валятся, а надежда все равно остается. Вот и родители ее пускай думают, что девочку их взяли к себе какие-нибудь бездетные богачи и что, Бог даст, когда-нибудь она вернется в отчий дом во всем блеске и с кучей денег, но тот, кого она полюбила (впервые, но навсегда), будет о ней вспоминать всю жизнь и каждое утро корить себя за то, что не обратился к ней снова.

Но она не успела написать письмо — в комнату вошла мать, увидела пятна крови на простыне, улыбнулась и сказала:

— Ты стала взрослой, доченька.

Мария пыталась понять, как связано ее взросление с кровью, струившейся по ногам, но мать толком объяснять не стала — сказала только, что ничего страшного в этом нет, просто придется теперь каждый месяц дня на четыре-пять подтыкаться чем-то вроде кукольной подушечки. Она спросила, пользуются ли такой штукой мужчины, чтобы кровь им не пачкала брюки, но узнала, что такое случается только с женщинами.

Мария попеняла Богу за такую несправедливость, но в конце концов привыкла, приноровилась. А вот к тому, что мальчика больше не встречает, — нет, и потому беспрестанно ругала себя, что так глупо поступила, убежав от того, что было ей всего на свете желанней. Еще перед началом занятий она отправилась в единственную в их городке церковь и перед образом святого Антония поклялась, что сама первая заговорит с мальчиком.

А на следующий день принарядилась как могла — надела платье, сшитое матерью специально по случаю начала занятий, — и вышла из дому, радуясь, что кончились, слава Богу, каникулы. Но мальчика не было. Целую неделю прострадала она, прежде чем кто-то из одноклассников не сказал ей, что предмет ее воздыханий уехал из городка.

— В дальние края, — добавил другой.

В эту минуту Мария поняла — кое-что можно потерять навсегда. И еще поняла, что есть на свете место, называемое «дальний край», что мир велик, а городок ее — крошечный и что самые яркие, самые лучшие в конце концов покидают его. И она бы тоже хотела уехать, да мала еще. Но все равно — глядя на пыльные улочки своего городка, решила, что когда-нибудь пойдет по стопам этого мальчика. Через девять недель, в пятницу, как предписывал канон ее веры, она пошла к первому причастию и попросила Деву Марию, чтоб когда-нибудь забрала ее из этой глуши.

Еще какое-то время тосковала она, безуспешно пытаясь найти след мальчика, но никто не знал, куда переехали его родители. Марии тогда показалось, что мир, пожалуй, чересчур велик, что любовь — штука опасная, что Пречистая Дева обитает где-то на седьмом небе и не очень-то прислушивается к тому, о чем просят Ее дети в своих молитвах.

Прошло три года. Мария училась математике и географии, смотрела по телевизору сериалы, впервые перелистала в школе неприличные журнальчики и завела дневник, куда стала заносить мысли о сером однообразии своей жизни, о том, как ей хочется въяве увидеть снег и океан, людей в тюрбанах, элегантных дам в драгоценностях — словом, все то, что показывал телевизор и что рассказывали на уроках. Но поскольку никому еще не удавалось жить одними лишь неосуществимыми мечтами — тем более если мать у тебя швея, а отец торгует с лотка, — то вскоре Мария поняла, что надо бы повнимательней присмотреться к тому, что происходит рядом и вокруг. Она стала прилежно учиться, а одновременно — искать того, с кем можно было бы разделить мечты о другой жизни. И когда ей исполнилось пятнадцать, влюбилась в одного паренька, с которым познакомилась во время крестного хода на Святой неделе.

Нет, она не повторила той давней ошибки — с этим пареньком они и разговорились, и подружились, вместе ходили в кино и на всякие праздники. Заметила она, впрочем, и нечто похожее на ее первое чувство: острее ощущала она любовь не в присутствии предмета своей любви, а когда его не было рядом — вот тогда начинала она скучать по нему, воображая, о чем будут они говорить при встрече, припоминая в мельчайших подробностях каждое мгновение, проведенное вместе, пытаясь понять, так ли она поступила, то ли сказала. Ей нравилось представлять себя опытной девушкой, которая однажды упустила возлюбленного, не сумела уберечь страсть, знает, как мучительна потеря, — и теперь решила изо всех сил бороться за этого человека, за то, чтобы выйти за него замуж, родить детей, жить в доме у моря. Поговорила с матерью, но та взмолилась:

— Рано тебе, доченька.

— Но вы-то в шестнадцать лет уже были замужем за моим отцом.

Мать не стала ей объяснять, что поспешила под венец, потому что случилась нежданная беременность, а ограничилась лишь фразой «тогда другие были времена», и на том тему закрыли.

А на следующий день Мария и ее паренек гуляли по окрестным полям. Разговаривали на этот раз мало. Мария спросила, не хотелось бы ему постранствовать по свету, но вместо ответа он вдруг обхватил ее и поцеловал.

Первый поцелуй! Как мечтала она о нем! И обстановка была вполне подходящая — кружились над ними цапли, садилось солнце, где-то вдалеке слышалась музыка, и скудный пейзаж исполнен был яростной, совсем не умиротворяющей красоты. Мария сначала притворилась, будто хочет оттолкнуть его, но уже в следующее мгновение сама обняла его и — сколько раз видела она это в кино, по телевизору, в журналах! — с силой прижалась губами к его губам, склоняя голову то налево, то направо, повинуясь ей самой неподвластному ритму. Иногда язык его дотрагивался до ее зубов, доставляя ей неизведанное и очень приятное ощущение.

Но он вдруг остановился.

— Ты что, не хочешь?

Что могла она ответить? Не хотела? Конечно, хотела, еще как хотела! Но женщина не должна изъясняться таким образом, да еще со своим будущим мужем, а не то он всю жизнь будет считать, что заполучил ее безо всякого труда, без малейших усилий и что она очень легко на все соглашается. И потому Мария предпочла вообще промолчать.

Он снова обнял ее, снова прильнул к ее губам — но уже без прежнего жара. И снова остановился, залившись густым румянцем. Мария догадалась — что-то пошло не так, но что именно — спросить постеснялась. Взявшись за руки, они пошли назад и говорили по дороге о предметах посторонних, словно ничего и не было.

А вечером, с трудом и очень тщательно подбирая слова — она была уверена, что когда-нибудь все написанное ею будет прочитано, — и не сомневаясь, что днем случилось нечто очень важное, занесла Мария в дневник:

Когда мы влюбляемся, кажется, что весь мир с нами заодно; сегодня, на закате, я в этом убедилась. А когда что-то не так, ничего не остается — ни цапель, ни музыки вдали, ни вкуса его губ. И куда же это так скоро сгинула и исчезла вся эта красота — ведь всего несколько минут назад она еще была, она окружала нас?!

Жизнь очень стремительна: в одно мгновенье падаем мы с небес в самую преисподнюю.

На следующий день она решила поговорить с подругами. Все ведь видели, как она гуляла со своим ухажером, — согласимся, что одной лишь любви, пусть хоть самой большой, мало: надо еще сделать так, чтобы и все вокруг знали, что ты — любима и желанна. Подругам до смерти хотелось расспросить, как и что, и Мария, взбудораженная новыми впечатлениями, рассказала обо всем без утайки, добавив, что приятней всего было, когда его язык дотрагивался до ее зубов. Услышав это, одна из подруг расхохоталась:

— Так ты рот не открывала, что ли?

И мигом стало Марии все понятно — и вопрос паренька, и его внезапная досада.

— А зачем?

— А иначе язык не просунешь.

— А в чем разница?

— Не могу тебе объяснить. Просто когда целуются, то делают так.

Задавленные смешки, притворное сочувствие, тайное злорадство девчонок, которые еще ни в кого не влюблялись. Мария притворилась, что не придает этому никакого значения, и смеялась со всеми. Смеяться-то смеялась, а в душе горько плакала. И про себя проклинала кино, благодаря которому и научилась закрывать глаза, обхватывать пальцами затылок того, с кем целуешься, поворачивать голову то немного влево, то чуть-чуть вправо, — а самого-то главного, самого важного там не показывали. Она придумала превосходное объяснение («Я тогда еще не хотела целоваться с тобой понастоящему, потому что не была уверена, что ты и есть — мужчина моей жизни, а теперь поняла...») и стала ждать подходящего случая.

Но через три дня, на вечеринке в городском клубе, она увидела, что ее возлюбленный стоит, держа за руку ее подругу — ту самую, которая и задала ей этот роковой вопрос. И снова Мария сделала вид, что ей это все безразлично, и героически дотянула до самого конца вечеринки, обсуждая с подружками киноактеров и других знаменитостей и притворяясь, будто не замечает, как сочувственно они на нее время от времени поглядывают. И лишь вернувшись домой и чувствуя — мир рухнул! — дала волю слезам и проплакала всю ночь. Целых восемь месяцев после этого она страдала, придя к выводу, что не создана для любви, а любовь — для нее. Даже всерьез стала подумывать, не постричься ли ей в монахини, чтобы остаток дней посвятить любви, которая не причиняет таких мук, не оставляет таких рубцов на сердце, — любви к Иисусу.

Учителя рассказывали про миссионеров, отправляющихся в Африку, и она увидела в этом выход для себя — не все ли равно, раз в жизни ее нет больше места для чувства?! Мария строила планы уйти в монастырь, а пока научилась оказывать первую помощь (в Африке, говорят, люди так и мрут), стала особенно прилежна на уроках Закона Божьего и представляла, как она, точно вторая Мать Тереза, будет спасать людям жизнь и исследовать дикие леса, где рыщут львы и тигры.

Так уж получилось, что в год своего пятнадцатилетия Мария, помимо того что узнала — целоваться надо с открытым ртом, а любовь доставляет одни страдания, сделала еще одно открытие. Мастурбация. Как всякое открытие, произошло это почти случайно. Однажды, поджидая мать, она трогала и гладила себя между ног. Она делала это, когда была еще совсем маленькой, и ощущения были очень приятные. Но однажды отец застал ее за этим занятием — и сильно выпорол, не объясняя за что. Полученную взбучку она запомнила навсегда, усвоив накрепко, что ласкать себя можно, только когда никто не видит, а на людях — нельзя, но поскольку посреди улицы это делать не будешь, а своей комнаты у Марии не было, то об этом запретном удовольствии она вскоре благополучно забыла.

Забыла — до этого самого дня, когда со времени неудачного поцелуя минуло почти полгода. Мать где-то задержалась, делать было нечего, отец куда-то ушел с приятелем, по телевизору ничего интересного не показывали, и со скуки Мария принялась разглядывать себя и изучать свое тело — не вырос ли где-нибудь лишний волосок, который в этом случае следовало немедленно выщипнуть пинцетом. К собственному удивлению, она заметила чуть повыше того места, которое в эротических журналах нежно именовалось «норка» или «щелка», маленький бугорок; прикоснулась к нему — и уже не могла остановиться: удовольствие становилось все сильнее, а все ее тело — особенно там, где порхали ее пальцы, — напряглось, словно набухло. Мало-помалу ей стало казаться, что она просто в раю, наслаждение делалось все ярче и острее, Мария уже ничего не слышала, перед глазами колыхалось какое-то желтоватое марево, и вот она содрогнулась и застонала от первого в жизни оргазма.

Оргазм!!

Ей казалось, что она взлетела в самое поднебесье и теперь, медленно спускаясь, парит в воздухе на парашюте. Все тело ее было покрыто испариной, и вместе с необыкновенным приливом сил она испытывала странное блаженное ощущение — будто что-то осуществилось, состоялось, сбылось. Вот он — секс! Какое чудо! Никаких скабрезных журнальчиков, где столько толкуют о неземном наслаждении. Не нужны никакие мужчины, которые любят только тело, а в душу женщины — плюют. Можно быть и наслаждаться одной! Мария предприняла вторую попытку, на этот раз воображая, что ее ласкает знаменитый актер, — и снова вознеслась в рай, и снова медленно спустилась на землю, зарядясь еще большей энергией. Когда она приступила к третьему сеансу, вернулась мать.

Свое открытие она обсудила с подругами, умолчав, правда, о том, что сделала его несколько часов назад. Все девочки — за исключением двух — поняли ее с полуслова, но никто из них не решался открыто говорить об этом. Мария, почувствовав себя в этот миг ниспровергательницей основ, лидером, предложила новую игру «в сокровенные признания»: пусть каждая расскажет о своем любимом способе мастурбации. Она узнала несколько различных методов — одна девочка посоветовала заниматься этим в самую жару под одеялом (ибо, по ее словам, пот весьма способствует), другая использовала гусиное перышко, чтобы пощекотать это самое место (как оно называется, ей было неизвестно), третья предложила, чтобы это делал мальчик (Мария сочла это совершенно излишним), четвертая применяла восходящий душ в биде (у Марии дома ни о каком биде и не слышали даже, но она бывала в гостях у богатых подруг, так что место для проведения эксперимента имелось).

Так или иначе, узнав, что такое мастурбация, и испробовав кое-какие новые методы из числа тех, которыми поделились с нею подруги, она навсегда отказалась от мысли уйти в монастырь. Ведь это доставляло ей наслаждение, а церковь считала секс и плотское наслаждение одним из тягчайших грехов. Все от тех же подруг наслушалась она и всяких ужасов — от онанизма по лицу прыщики идут, можно с ума сойти, а можно и забеременеть. Подвергая себя этому риску, Мария продолжала дарить себе наслаждение не реже, чем раз в неделю, обычно по четвергам, когда отец уходил перекинуться с приятелями в карты.

И одновременно она чувствовала себя все менее уверенно в отношениях с мужчинами — и все больше хотелось ей уехать из родного городка. Влюбилась она в третий, потом и в четвертый раз, научилась целоваться, а оставаясь наедине со своими мальчиками, многое им — да и себе — уже стала позволять, но каждый раз в результате какой-то ее ошибки роман обрывался в тот самый миг, когда Мария окончательно убеждалась, что вот он — тот самый единственный человек, с которым она останется до конца дней.

Прошло много времени, прежде чем она пришла к такому заключению — мужчины приносят только страдания, мучения, разочарования и ощущение того, что дни еле-еле тянутся. В один прекрасный день, в парке, глядя, как молодая женщина играет со своим двухлетним сыном, Мария решила так: мечтать о муже, детях и доме с видом на море она может, но влюбляться больше не станет ни за что, ибо страсть все только портит.

Так проходило ее отрочество. Она росла и хорошела, и особенную прелесть придавал ей ее загадочно-печальный вид, чрезвычайно привлекавший мужчин. И она встречалась с одним, потом с другим, увлекалась, предавалась мечтам — и страдала, хоть и поклялась самой себе, что никогда больше ни в кого не влюбится. Во время одного из свиданий лишилась она невинности: все произошло на заднем сиденье автомобиля, она и очередной ее кавалер целовались и обнимались с большим жаром, и, когда юноша проявил изрядную настойчивость, Мария, все подруги которой давно уже потеряли девственность, уступила ему. Не в пример мастурбации, возносившей ее на седьмое небо, настоящий секс не принес ничего, кроме болезненных ощущений, да еще досады по поводу юбки, испачканной кровью — еле-еле удалось потом отстирать. Никакого сравнения с первым поцелуем, с теми волшебными мгновениями — кружились цапли, солнце садилось, звучала в отдалении музыка... нет, она не хотела больше вспоминать про это.

Она еще несколько раз переспала с этим юношей после того, как пригрозила ему — сказала, что отец, как узнает, что ее изнасиловали, и убить может, — и превратила его в какое-то учебное пособие, пытаясь всеми возможными способами понять, где же таится удовольствие от секса с партнером.

Пыталась да не смогла: мастурбация удовольствия доставляла гораздо больше, а хлопот — гораздо меньше. Однако не зря же журналы, телепрограммы, книги, подруги, ну все, РЕШИТЕЛЬНО ВСЕ, как сговорившись, в один голос твердили ей, что мужчина необходим. Мария даже заподозрила, что у нее что-то не в порядке в этой сфере, еще больше сосредоточилась на уроках и на известный срок выкинула из головы это чудесное, это убийственное явление под названием Любовь.

Запись в дневнике Марии, сделанная, когда ей было 17 лет:

Моя цель — понять, что такое любовь. Знаю, что, когда любила — чувствовала, что живу, а то, что со мной теперь, может, и интересно, однако не вдохновляет.

Но любовь так ужасна — я видела, как страдали мои подруги, и не хочу, чтобы подобное случилось со мной. А они раньше подшучивали надо мной и моей девственностью, а теперь спрашивают, как это мне удается подчинять себе мужчин. Я молча улыбаюсь в ответ, потому что знаю — это лекарство хуже самой болезни: просто я не влюблена. С каждым прожитым днем все ясней мне становится, до чего же мужчины слабы, переменчивы, ненадежны, как просто сбить их с толку и застать врасплох... а папаши кое-кого из моих подруг уже подкатывались ко мне, да я их отшила. Раньше я бы возмущалась и негодовала, а теперь понимаю, что такова уж она, мужская природа.

И хотя моя цель — понять, что такое любовь, и хотя я страдаю из-за тех, кому отдавала свое сердце, вижу ясно: те, кто трогают меня за душу, не могут воспламенить мою плоть, а те, кто прикасается к моей плоти, бессильны постичь мою душу.

Марии исполнилось девятнадцать, она окончила школу, устроилась продавщицей в магазин, торговавший тканями, где в нее влюбился хозяин, — но девушка к этому времени уже в совершенстве владела искусством использовать мужчин. Она ни разу не позволила ему никаких вольностей — не дала ни обнять, ни прижать, — но постоянно дразнила его и разжигала, зная силу своей красоты.

А что это такое — «сила красоты»? И как живется на свете некрасивым женщинам? У Марии было несколько подруг, которых никто не замечал на вечеринках, которых никто не спрашивал: «Как дела?» Невероятно, но факт — эти дурнушки несравненно меньше ценили перепадавшие им крохи любви, молча страдали, когда оказывались отвергнутыми, и старались смотреть в будущее, находя что-то еще помимо необходимости краситься и наряжаться, чтобы кому-то там понравиться. Они были куда более независимы и жили в ладу с самими собой, хотя, на взгляд Марии, мир должен был им казаться совершенно невыносимым.

Ну а она вполне сознавала, насколько хороша. И хотя советы матери она обычно забывала, один, по крайней мере, прочно засел у нее в голове: «Красота, доченька, — не вечна». И потому она продолжала играть с хозяином в кошки-мышки, не отталкивая его окончательно, но и не давая слишком уж приблизиться, так что игры эти принесли ей значительную прибавку к жалованью (она ведь не знала, сколько времени удастся ей держать его в ожидании того дня, когда ему удастся затащить ее в постель), и это — не считая сверхурочных (в конце концов, хозяину приятно, когда она — рядом, к тому же он опасался, что она выйдет как-нибудь вечерком да и встретит большую чистую любовь). Она проработала двадцать четыре месяца кряду, дала денег родителям и вот наконец исполнила свое давнее намерение. Мария скопила достаточно, чтобы провести неделю в городе своей вожделенной мечты — Рио-де-Жанейро, визитная карточка страны, место, где живут знаменитости и звезды!

Хозяин предложил поехать с нею, пообещал взять на себя все расходы, но Мария выкрутилась — наврала, что мать поставила ей единственное и непременное условие: если уж она отправляется в одно из самых опасных в мире мест, то ночевать должна будет непременно у своего двоюродного брата, мастера восточных единоборств.

— Да и потом, на кого же вы оставите магазин? У вас ведь нет человека, которому бы вы доверяли.

— Говори мне «ты», — сказал он, и в глазах у него Мария увидела такой уже знакомый ей огонек страсти. Ее это удивило — ей-то казалось, что у него на уме только секс. Но глаза его говорили иное: «Я могу дать тебе и дом, и семью, и деньги для твоих родителей». Что ж, она решила подкинуть в костер еще хворосту, чтоб огонь разгорелся поярче.

И сказала, что будет очень скучать без любимой работы и в разлуке с теми, к кому успела так сильно привязаться (она специально выразилась так расплывчато: пусть-ка он помучается, пытаясь отгадать, входит ли он в число «тех»), и пообещала, что будет соблюдать всяческую осторожность, чтоб не лишиться ни бумажника, ни чести. Но на самом деле ей просто хотелось, чтобы никто — ни один человек на свете! — не испортил ей первую неделю полнейшей свободы. Она будет делать все, что придет в голову, — купаться в океане, разговаривать с незнакомыми, разглядывать витрины дорогих магазинов и внутренне готовиться к тому, что появится прекрасный принц и увезет ее с собой навсегда.

— Да и что такое, в конце концов, одна неделя?! — спросила она с обольстительной улыбкой. — Пролетит — и не заметишь. Скоро я вернусь и приступлю к своим обязанностям.

Безутешный хозяин еще немного поспорил, а потом сдался, ибо он к этому времени, никому ничего не говоря, для себя уже решил твердо: когда Мария вернется, он предложит ей руку и сердце.

Ему не хотелось выглядеть в ее глазах чересчур настырным и тем испортить все дело.

Двое суток в автобусе — и вот Мария уже в третьеразрядном отельчике на Копакабане (о, Копакабана! о, это море, о, это небо!..). Даже не стала распаковывать чемоданы, а только вытащила купленный перед отъездом бикини, надела его и, хоть небо было затянуто облаками, побежала на пляж. Взглянула на море, почувствовала страх, но, умирая от стыда, все же вошла в воду.

На пляже никто не заметил, что произошла первая встреча этой девушки с океаном, с царицей вод Йеманжой, с морскими течениями, с пеной волн, а стало быть — и с лежащим по ту сторону Атлантики африканским побережьем со всеми его львами. Когда же она вышла из воды, ее тотчас атаковали трое: какая-то женщина попыталась продать ей сэндвич «из натуральных продуктов», чернокожий красавец предложил, если, конечно, она свободна сегодня, прогуляться вечерком, а еще какой-то господин, ни слова не говоривший по-португальски, знаками пригласил ее выпить с ним кокосового молока.

Мария купила сэндвич, постеснявшись сказать «нет», но беседы с двумя другими не поддержала. С каждой минутой ей становилось все тяжелей на сердце: зачем, если она могла делать все, что ей заблагорассудится, зачем она так постыдно повела себя? Поскольку подходящего объяснения не нашлось, она, одинаково удивленная и собственной смелостью, и неожиданно холодной для середины лета водой, решила сесть да подождать, пока из-за туч выглянет солнце.

Господин, не говоривший по-португальски, немедленно возник поблизости, держа в руках кокос, который ей и предложил. Мария, радуясь, что с ним не надо разговаривать, предложение приняла, выпила молока и улыбнулась, а тот улыбнулся в ответ. Сколько-то минут прошло в таком приятном и безмолвном общении — ты мне улыбку, я тебе — две, но вот иностранец достал из сумки словарик в красном переплете и с жутким акцентом произнес: «Красивая». Мария снова улыбнулась: она, конечно, ждет встречи с волшебным принцем, но принц этот должен говорить на ее языке и быть чуточку помоложе.

Листая словарик, чужестранец проявил настойчивость:

— Ужинать сегодня?

И тотчас добавил:

— Швейцария!

И потом еще два слова, которые, на каком языке их ни произноси, звучат райской музыкой:

— Работа! Доллар!

Ресторан под названием «Швейцария» был Марии неизвестен, но она подумала: да неужто все делается само собой, а мечты сбываются так стремительно?! Нет, благоразумней будет отказаться: большое спасибо, но сегодня я занята, а покупать доллары мне нет необходимости.

Иностранец, который ни слова не понял из ее ответа, был близок к отчаянию и после долгой череды улыбок на несколько минут оставил ее и вернулся с переводчиком. С его помощью он объяснил, что приехал из Швейцарии (это вовсе даже не ресторан, а страна такая) и что желал бы с нею сегодня отужинать, поскольку имеет сделать ей деловое предложение — относительно трудоустройства. Переводчик, отрекомендовавшийся помощником иностранца и охранником отеля, в котором тот остановился, добавил от себя:

— Я бы на твоем месте согласился. Этот дядя — знаменитый импрессарио, он ищет одаренных девушек для работы в Европе. Если хочешь, познакомлю тебя кое с кем из тех, кто приняли его предложение, а теперь разбогатели, удачно вышли замуж, и детям их теперь не грозят безработица или смерть.

И, желая произвести на Марию впечатление, блеснул своей осведомленностью:

— Помимо прочего, в Швейцарии делают замечательные часы и шоколад.

Артистический опыт Марии ограничивался исполнением роли разносчицы воды — молча выходившей на сцену и так же безмолвно ее покидавшей — в пьеске о Страстях Христовых, которую префектура из года в год ставила на Святой неделе. В автобусе выспаться ей не удалось, однако она была взбудоражена морем, утомлена сэндвичами из натуральных и не совсем натуральных продуктов, растеряна тем, что никого в этом городе не знает. Она и раньше попадала в ситуации, когда мужчина сулит золотые горы, а не дает ничего, так что знала: и эта история — всего лишь попытка привлечь ее внимание.

Но она не сомневалась, что этот шанс дает ей Пресвятая Дева, и была уверена в том, что ни одна секунда ее отпускной недели не должна пропасть даром, а кроме того знала: поужинает в хорошем ресторане — значит, будет что рассказать по возвращении. По всему по этому она решила принять приглашение — с тем условием, что и переводчик тоже пойдет, ибо уже устала улыбаться и делать вид, что понимает, о чем говорит иностранец.

Дело было за малым — Марии не в чем было идти в ресторан. Препятствие казалось неодолимым — женщина скорее признается, что муж ей изменяет, чем в отсутствии подходящего туалета. Но Мария, рассудив, что людей этих она не знает и никогда больше не увидит, решила, что терять ей нечего:

— Я только что приехала с Северо-Востока, у меня платья нет.

Иностранец через переводчика попросил ее ни о чем не беспокоиться и дал адрес своего отеля.

В тот же день, ближе к вечеру, она получила платье, какого в жизни своей не видала, а в придачу — пару туфель, которые стоили столько, сколько Мария зарабатывала за год.

И она почувствовала, что делает первые шаги по дороге, которая грезилась ей в бразильских сертанах, где прошли ее детство и ранняя юность, где года не проходит без засухи, где юношам некуда податься, где стоит ее городок — бедный, но честный, — где жизнь не бьет ключом, а течет вялой струйкой, и один день неотличимо схож с другим. А теперь она станет принцессой Вселенной! Иностранец предложил ей работу, доллары, пару баснословно дорогих туфель и платье из волшебной сказки! Оставалось подкраситься, и тут на помощь пришла девушка-портье из захудалого отеля, где Мария остановилась: выручила, да вдобавок предупредила, что не все иностранцы — порядочные люди, как не все жители Рио-де-Жанейро — бандиты.

Мария это предупреждение пропустила мимо ушей, облачилась в это с неба упавшее платье и, сокрушаясь, что не прихватила из дому фотоаппарат, дабы запечатлеть себя на память, вертелась перед зеркалом несколько часов — до тех пор, пока не поняла, что опаздывает на встречу. Выскочила опрометью — этакая Золушка на балу! — и помчалась в тот отель, где жил швейцарец.

Велико было ее удивление, когда переводчик с ходу объявил, что с ними не пойдет:

— Язык — дело десятое. Главное — чтоб ему было с тобой уютно.

— Какой же тут уют, если он не понимает, что я говорю?!

— И не надо. Это даже хорошо. Нужно, чтобы токи шли.

Мария не поняла, что это значит. У нее на родине люди, когда встречались, должны были спрашивать и отвечать, обмениваться какими-то словами. Но Маилсон — так звали переводчика-охранника — заверил ее, что в Рио и во всем остальном мире дело обстоит иначе.

— Ничего тебе не надо понимать. Твое дело — позаботиться о том, чтобы он хорошо себя чувствовал. Он бездетный вдовец, владелец кабаре, вот и ищет бразильянок, которые бы там выступали. Я сказал ему, что ты, как у нас говорят, «не по этому делу», но он уперся, сказал, что влюбился в тебя с первого взгляда, как только ты вышла из воды. И купальник твой ему понравился.

Он помолчал.

— Но я тебе дам добрый совет — если хочешь подцепить здесь кого-нибудь, купальник надо завести другой. Кроме этого швейцарца, он никому в Рио понравиться не может — очень уж старомодный. Таких давно не носят.

Мария сделала вид, будто не слышит.

— И еще я думаю, — продолжал Маилсон, — что он не просто так на тебя запал, как у нас говорят. Он уверен, что у тебя есть все данные для того, чтобы твой номер стал гвоздем программы. Ясное дело, он не видел, как ты танцуешь, не слышал, как поешь, но считает: это все — дело наживное. А вот красота — то, с чем надо родиться. Европейцы, они такие — приезжают сюда в полной уверенности, будто бразильянки в смысле темперамента все до единой — не женщины, а вулкан, и все умеют танцевать самбу. Если у него и вправду серьезные намерения, советую до того, как покинешь страну, заключить с ним контракт, и пусть заверит подпись в швейцарском консульстве. Завтра я буду на пляже у отеля: разыщи меня, если будет что неясно.

Швейцарец с улыбкой взял Марию за руку и показал на стоявшее в ожидании такси.

— Ну а если у него — или у тебя — возникнут другие планы, помни, что за ночь здесь берут триста долларов. На меньшее не соглашайся.

Прежде чем Мария успела ответить, они уже сидели в такси, а швейцарец повторял заранее выученные слова. Разговор был простой:

— Работать? Доллары? Бразильская звезда?

А Мария тем временем вспоминала последние слова переводчика — триста долларов за ночь! Это целое состояние! И не надо страдать из-за любви — она ведь может соблазнить его, как соблазнила хозяина магазина, выйти за него замуж, завести ребенка, обеспечить сносную жизнь родителям. Что ей терять? Швейцарец уже стар, долго не протянет, а она останется богатой вдовой — Марии казалось, что в Швейцарии денег много, а женщин — мало.

Ужин проходил в молчании — улыбка, улыбка в ответ — и Мария стала постепенно понимать, что такое «ток пошел», а ее спутник показал ей альбом с надписями на неведомом ей языке и фотографиями женщин в бикини (действительно, не чета ее купальнику — красивей и откровенней), вырезки из газет, яркие крикливые афиши и буклеты, где мелькало единственное знакомое слово — «Бразилия». Мария много пила, боясь, что вот-вот последует то самое предложение (хотя ей в жизни еще такого не предлагали, но триста долларов на дороге не валяются, а от выпитого все становилось как-то проще, особенно если вспомнить, что никого из ее родного городка поблизости нет). Однако швейцарец вел себя как настоящий джентльмен — даже пододвигал стул, когда она садилась. Наконец она сказала, что очень устала, и назначила ему свиданье назавтра, на пляже (ткнуть пальцем в цифру на циферблате часов, сделать волнообразное движение и медленно повторить несколько раз «завтра»).

Он вроде бы понял, тоже посмотрел на свои часы (наверняка швейцарские) и кивнул.

Спала она плохо. А когда все же удалось задремать, приснилось, будто все, что было, — было сном. Но проснувшись, поняла — нет, не сон: в скромном номере на спинке стула висело платье, под стулом стояли туфли, в условленный час на пляж должен был прийти швейцарец.

Запись в дневнике Марии, сделанная в день знакомства со швейцарцем:

Все мне подсказывает, что я готова совершить ошибку, но не ошибается тот, кто ничего не делает. Чего хочет от меня мир? Чтобы я не рисковала? Чтобы вернулась туда, откуда пришла, и не осмелилась сказать жизни «да»?

В одиннадцать лет, в тот день, когда мальчик спросил, нет ли у меня лишней ручки, я совершила ошибку. Именно тогда я поняла, что жизнь не всегда дает вторую попытку и что подарки, которые иногда она тебе преподносит, лучше принимать. Да, я рискую, но не больше, чем решившись сесть в автобус, привезший меня в Рио, — ведь он мог попасть в аварию. Если я должна хранить верность кому-то или чему-то, то в первую очередь — самой себе. Если ищу любви истинной и большой, то сначала надо устать от мелких чувств, случайных романов. Мой ничтожный опыт учит меня: никто не владеет ничем, все на свете призрачно и зыбко — и это касается и материальных благ, и духовных ценностей. Человек, которому случалось терять то, что, как ему казалось, будет принадлежать ему вечно (а со мной такое бывало часто), в конце концов усваивает, что ему не принадлежит ничего.

А если мне ничего не принадлежит, я не могу тратить свое время на заботы о том, что не мое; лучше жить так, словно сегодня — первый (или последний) день твоей жизни.

На следующий день, в присутствии Маилсона, переводчика-телохранителя, который теперь называл себя еще и ее импрессарио, Мария сказала, что принимает предложение — если получит документ, заверенный в консульстве. Швейцарец, для которого такое условие было, по всей видимости, не в новинку, ответил, что и сам этого хочет, поскольку для работы в его стране нужна официальная бумага, где черным по белому было бы написано — никто, кроме нее, не сможет делать то, что собирается делать она. Достать такой документ нетрудно — у швейцарских женщин нет призвания к самбе. Они отправились в центр города, и Маилсон потребовал комиссионные — 30 процентов от полученных Марией 500 долларов.

— Сейчас идет неделя выплат. Одна неделя, понимаешь? Ты будешь получать 500 долларов в неделю, но уже без вычетов, потому что я беру деньги только с первой выплаты.

До этой минуты предстоящее путешествие, сама мысль о том, чтобы куда-то уехать, — все казалось нереальным, чем-то вроде мечты, а мечта — штука очень удобная, потому что мы вовсе не обязаны осуществлять то, о чем мечтаем. Мы избавлены от риска, от горечи неудач, от тяжких минут, а состарившись, всегда можем обвинить ко-го-нибудь — родителей ли (это бывает чаще все-го), супругов, детей — в том, что не добились же-лаемого.

И вот возникает шанс, на который мы так на-деялись, но лучше бы он не возникал! Как сможет она достойно ответить на вызов жизни, ей неведо-мой, как сумеет избежать опасностей, о которых даже не подозревает? Как оставит все, к чему так привыкла? Почему Пречистая Дева простерла свою щедрость уж так далеко?

Мария утешала себя тем, что в любую минуту сможет отказаться от этой затеи, обратить все дело в шутку, заявить, что не несет никаких обяза-тельств, — дескать, просто хотела новых впечат-лений, чтобы, вернувшись домой, было что расска-зать. В конце концов, живет она за тысячу кило-метров отсюда, в бумажнике у нее — 350 долларов, и, если завтра она решит собрать чемо-даны и сбежать домой, ее никогда не найдут.

Вечером того дня, когда они ходили в консуль-ство, Марии захотелось пройтись одной по берегу моря, разглядывая детей, волейболистов, нищих, пьяниц, продавцов кустарных поделок (типично бразильских сувениров, изготовленных, правда, в Китае), тех, кто бегал трусцой или занимался гим-настикой в чаянии отогнать старость, иностранных туристок, мамаш, пестующих своих чад, пенсионеров, играющих в карты. Вот она приехала в Рио-де-Жанейро, побывала в ресторане самого наипервейшего разряда, в швейцарском консульстве, познакомилась с иностранцем, с его переводчиком, получила в подарок платье и туфли, которые в ее городке никому — никому решительно — были не по карману.

А что теперь?

Она глядела на линию горизонта, за которым скрывался противоположный берег моря: учебник географии утверждал, что, если двигаться по прямой, окажешься прямо в Африке, где львы и гориллы. А если отклониться немного к северу, попадешь в волшебное царство под названием Европа, где стоят Эйфелева башня, и башня Пизанская, и Диснейленд. Что она теряет? Как и всякая бразильянка, она научилась танцевать самбу раньше, чем выговаривать слово «мама»; не понравится — всегда можно вернуться. Тем более что она уже усвоила — подвернувшуюся возможность надо использовать.

Слишком уж часто говорила она «нет» в тех случаях, когда хотела бы сказать «да». Слишком твердо решалась испытать лишь то, что можно будет взять под контроль, — вот хоть ее романы, к примеру. Теперь она стояла перед неизведанным — таким же неведомым, каким было это море для тех, кто впервые отправлялся по нему в плаванье: это она помнила по школьным урокам истории. Конечно, можно сказать «нет» и на этот раз, но не будет ли она до конца дней корить себя, как после той истории с мальчиком, спросившим, нет ли у нее лишней ручки, и исчезнувшим вместе с первой любовью? Можно сказать «нет», но почему бы не попробовать на этот раз сказать «да»?!

По одной простой причине: она — девушка из глухой провинции, она ничего в жизни не видела и не знала, и за душой у нее не было ничего, кроме средней — более чем средней — школы, могучей культуры телесериалов и убежденности в своей красоте. Этого явно недостаточно, чтобы смотреть жизни в лицо.

Она видела, как несколько человек, смеясь, смотрят на волны, а войти в море боятся. Всего два дня назад и она была такой же, как они, а теперь ничего не боится, бросается в воду, когда захочет, словно родилась в здешнем краю. Может быть, и в Европе произойдет то же самое?

Она произнесла про себя молитву, снова прося у Пречистой совета, и через минуту решимость окрепла в ней — она почувствовала себя под защитой. Да, всегда можно вернуться, но не всегда выпадает шанс уехать так далеко. Стоит рискнуть, если на одной чаше весов — мечта (особенно если швейцарец не передумает), а на другой — двое суток обратного пути в автобусе без кондиционера.

Мария так воодушевилась, что, когда он снова пригласил ее поужинать, попыталась придать себе томно-чувственный вид и даже взяла его за руку, которую швейцарец тотчас отдернул. И вот тогда — со смешанным чувством страха и облегчения — она поняла, что дело затевается серьезное.

— Звезда самбы! — сказал он. — Красивая звезда бразильской самбы! Ехать — через неделя!

Все было чудом, но это «через неделю» выходило уже за все мыслимые рамки постижения. Мария объяснила, что не может принять такое решение, не посоветовавшись с родителями. Тогда швейцарец сунул ей под нос копию подписанного ею документа, и тут она испугалась по-настоящему.

— Контракт!

Хоть она и решила для себя, что поедет, но сочла нужным все же посоветоваться с Маилсоном — даром, что ли, он стал называть себя ее импрессарио? Совсем даже не даром, а за неплохие деньги.

Но Маилсону в это время было не до нее — он был занят тем, что старался соблазнить немецкую туристку, которая только что поселилась в отеле и загорала *топлесс*, поскольку была совершенно убеждена, что в Бразилии царят самые свободные нравы (и не замечала, что на пляже она одна ходит, выставив голые груди на всеобщее обозрение, отчего всем остальным слегка не по себе). С трудом удалось привлечь его внимание к тому, что говорила Мария.

— Ну а если я передумаю? — допытывалась она.

— Я не знаю, что там в контракте, но думаю, швейцарец притянет тебя к суду.

— Да он в жизни меня не разыщет!

— Тоже верно. В таком случае, не беспокойся.

Однако беспокоиться начал швейцарец, уже заплативший ей 500 долларов и потратившийся на платье, на туфли, на два ужина в ресторане и на оформление контракта в консульстве. И когда Мария опять стала настаивать, что должна поговорить с родителями, он решил купить два билета на самолет и лететь вместе с нею в ее городок — с тем чтобы за 48 часов все уладить, а через неделю, как и было задумано, — вернуться в Европу. Опять были улыбки и улыбки в ответ, но Мария начала понимать, что речь идет о документе, а с документами, так же как с обольщением и с чувствами, шутки плохи.

Весь городок впал в горделивое ошеломление, когда его дочь — красавица Мария — вернулась из Рио в сопровождении иностранца, который приглашал ее в Европу, чтобы сделать звездой. Об этом узнали все соседи — ближние и дальние, — а все одноклассницы задавали только один вопрос: «Как это у тебя вышло?»

— Повезло, — отвечала Мария.

Но подруги продолжали допытываться, со всякой ли, кто приезжает в Рио, случается подобное, потому что это было очень похоже на эпизод «мыльной оперы». Мария не говорила ни «да», ни «нет», чтобы придать особую ценность обретенному ею опыту и показать девчонкам, что она — человек особый.

У нее дома швейцарец снова достал свой альбом и буклет и контракт, а Мария тем временем объясняла, что у нее теперь есть свой импрессарио, и она желает сделать артистическую карьеру. Мать, мельком глянув на те крошечные бикини, в которых были запечатлены девушки на фотографиях, тотчас отдала альбом и ни о чем не пожелала спрашивать. Ей было важно только, чтобы ее дочь была счастлива и богата или несчастлива — но все равно богата.

— Как его имя?

— Роже.

— По-нашему выходит Рожерио! Моего двоюродного брата так звали.

Швейцарец улыбнулся, захлопал в ладоши, так что всем стало ясно — смысл вопроса он уловил. Отец сказал Марии:

— Да он вроде бы мой ровесник.

Но мать попросила его не вмешиваться, не мешать счастью дочери. Как и все портнихи, она много разговаривала с клиентками и приобрела большие познания в вопросах любви и супружеской жизни, а потому посоветовала:

— Знаешь, что я тебе скажу, доченька: лучше несчастливая жизнь замужем за богатым, чем, как говорится, рай в шалаше. Не бывает в шалаше рая. А там, куда ты отправляешься, у тебя больше шансов стать если не счастливой, так богатой. А не выгорит дело — сядешь в автобус да прикатишь домой.

Мария, хоть и выросла в захолустье, но все же была поумней, чем представлялось матери или будущему мужу:

— Мама, из Европы в Бразилию автобусы не ходят, — сказала она для того лишь, чтобы посмотреть, что из этого выйдет. — И потом, я же не мужа себе ищу, а собираюсь стать артисткой.

Мать поглядела на нее едва ли не с отчаянием:

— Если «туда» доедешь, то и «обратно» доберешься. Артисткой хорошо быть, пока девушка совсем еще молоденькая, пока красота ее при ней. Это лет до тридцати. А потому не теряйся, найди себе честного и порядочного человека, да чтоб любил тебя, и выходи за него замуж. И о любви особенно не заботься — я поначалу совсем не любила твоего отца, но за деньги все на свете купишь — в том числе и настоящую любовь. А ведь твой отец совсем даже не богач.

Да, это был совет не подруги, а матери. И 48 часов спустя снова уже была Мария в Рио, хотя перед отъездом успела зайти — одна, разумеется, — в тот магазин, где работала до своего отпуска, и попросить расчет.

— Слышал, слышал, что знаменитый французский импрессарио решил взять тебя в Париж, — сказал ей хозяин. — Удерживать тебя и отговаривать не стану, ищи свое счастье, просто хочу тебе кое-что сказать перед разлукой.

Он достал из кармана ладанку на шнурке.

— Это — чудотворная ладанка Приснодевы Благодатной. В Париже есть собор, выстроенный в ее честь, так что в случае чего можно туда сходить и попросить у Нее защиты. Видишь, что тут написано?

И Мария заметила, что вокруг образа Девы выведены слова: «Мария, без греха зачавшая, молись за нас и прими нас под Свой покров. Аминь».

— Слова эти повторяй хотя бы раз в день. И... — он заколебался, но было уже поздно, — ...и если когда-нибудь надумаешь вернуться, знай — я жду тебя. Я упустил возможность сказать тебе одну простую вещь: «Я люблю тебя». Может быть, уже поздно, но все-таки мне хочется, чтобы ты знала об этом.

Что значит «упустить возможность» Мария узнала рано. А слов «Я люблю тебя» она к своим двадцати двум годам наслушалась предостаточно, причем ей стало казаться, что слова эти совершенно лишены смысла — ведь ничего серьезного, глубокого, прочного и длительного они не приносили. И она поблагодарила хозяина, спрятала эти слова куда-то в подсознание (никогда ведь не знаешь, какие каверзы подстроит нам жизнь, а помнить, что в чрезвычайных обстоятельствах есть куда броситься, — приятно), одарила его целомудренным поцелуем в щечку и ушла не оглядываясь.

Вернулись в Рио, всего за один день выправили ей паспорт («Бразилия и вправду сильно изменилась», — сказал по этому поводу Роже, использовав два-три португальских слова и несколько иностранных, которые Мария перевела как: «А раньше сколько с этим было мороки!»). Вскоре с помощью импрессарио-охранника-переводчика Маилсона было приобретено и все недостающее: одежда, обувь, косметика — словом, все, о чем такая женщина, как Мария, могла только мечтать. Накануне отлета Роже сводил ее в кабаре и обрадовался, узнав, кто из танцовщиц понравился ей больше всего, — Мария, обнаружив хороший вкус, отдала предпочтение настоящей звезде, выступавшей в кабаре «Колоньи», смуглой красотке со светлыми глазами и волосами цвета крыла грауны (есть в Бразилии такая птица, с оперением которой местные писатели любят сравнивать иссиня-черные волосы). Виза с разрешением на работу была получена в консульстве, чемоданы уложены, и на следующий день они отправились в страну, славящуюся часами, шоколадом и сырами, причем Мария была твердо намерена обольстить своего швейцарца — в конце концов, он не так уж и стар, совсем не уродлив и явно не беден. Что еще нужно?

Мария была измучена долгим перелетом, но дело было не только в усталости: она еще в аэропорту почувствовала, как сердце щемит от страха: ведь она — в полной власти этого человека, не знает ни страны, ни языка, а тут так холодно... А Роже менялся прямо на глазах: он явно не стремился ей понравиться, и хоть и раньше никогда не пытался поцеловать ее или взять за грудь, но теперь всем своим видом демонстрировал полное отчуждение. Он отвез ее в маленький отель и познакомил с соотечественницей — молодой и печальной женщиной по имени Вивиан, которой и поручил подготовить Марию к работе.

Вивиан бесцеремонно смерила ее неласковым взглядом, хотя могла бы и потеплее отнестись к землячке, впервые оказавшейся за границей. И, не тратя времени на расспросы о самочувствии, перешла прямо к делу:

— Иллюзий не строй. Каждый раз, как кто-нибудь из его танцовщиц выходит замуж — а происходит это довольно часто, — Роже отправляется в Бразилию. Он знает, чего хочет, да и ты, я думаю, тоже. И сюда приехала за чем-то одним из трех — либо за новыми впечатлениями, либо за деньгами, либо мужа искать.

Как она догадалась? Неужели все на свете хотят одного и того же? Или Вивиан умеет читать мысли?

— Все, кто попадает сюда, ищут это, — продолжала Вивиан, и Мария окончательно убедилась в том, что да, умеет. — Что касается впечатлений, то здесь слишком холодно, да и денег на путешествия не хватит. Насчет денег. Чтобы заработать на обратный билет и возместить расходы на стол и кров, тебе придется вкалывать целый год.

— Но...

— Знаю, знаю — вы так не договаривались. А на самом деле, ты, как и все остальные, просто-напросто забыла спросить об этом. Была бы ты поосмотрительней, прочла бы контракт повнимательней — знала бы поточней, куда попала. Дело в том, что швейцарцы не лгут, а просто о многом умалчивают.

Мария почувствовала, как пол уходит у нее из-под ног.

— Ну и, наконец, последнее. Муж. Каждое замужество — это ощутимый удар по финансам Роже, а потому он костьми ляжет, чтобы не допустить его: нам запрещено даже разговаривать с клиентами. Чтобы познакомиться с кем-нибудь, тебе придется сильно рисковать. У нас это не получится. У нас обстановка такая... семейная, что ли. Это тебе не Бернская улица.

Бернская улица?

— К нам приходят супружеские пары, ну и туристы — их обычно немного, — а те, кто ищут себе подругу, отправляются куда-нибудь еще. Научись танцевать. Если научишься еще и петь, тебе будут больше платить. А завидовать — еще больше. Так что, даже если у тебя лучшее сопрано во всей Бразилии, лучше забудь о нем и петь не пытайся. И главное — не увлекайся телефонными разговорами. Прозвонишь все, что заработаешь, а зарабатывать ты будешь очень немного.

— Он обещал мне пятьсот долларов в неделю!

— Ладно, сама увидишь.

Запись в дневнике Марии, сделанная через полторы недели после прилета в Швейцарию:

Была в кабаре, познакомилась с «хореографом». Он родом из страны под названием Марокко, никогда в жизни не бывал в Бразилии, однако заставлял меня без конца повторять па того, что он именует «самбой». Я даже не успела отдохнуть после долгого перелета, сразу, в первый же вечер пришлось улыбаться и танцевать. Кроме меня, работают еще пять девушек, ни одна не призналась, что счастлива, ни одна толком не понимает, зачем она здесь. Посетители пьют, аплодируют, шлют воздушные поцелуи, украдкой делают непристойные жесты, но дальше этого дело не идет.

Вчера мне заплатили жалованье — ровно десятую часть от оговоренной суммы, все остальное по условиям контракта ушло на авиабилет и гостиницу. Вивиан предсказывает, что так будет продолжаться около года — и в течение этого срока сбежать мне не удастся.

Да и надо ли? Я только что прилетела, я еще ничего здесь не знаю. И так ли уж трудно танцевать по вечерам семь дней в неделю? Раньше я делала это для собственного удовольствия, теперь буду делать ради денег и славы. Ноги меня пока не подводят, трудно только улыбаться целый вечер.

Передо мной выбор — стать жертвой этого мира или авантюристкой, которая ищет клад. Все зависит от того, как я сама буду смотреть на себя и свою жизнь.

$\mathcal{M}$ария выбрала для себя второе. Надо искать спрятанные сокровища, а чувства отставить в сторону, не рыдать в подушку ночами напролет, забыть обо всем, что было и кем была прежде. Вскоре она убедилась, что обладает достаточной силой воли, чтобы притвориться, будто только что родилась и потому ни о ком не тоскует. Чувства могут и обождать, сейчас надо зарабатывать деньги, узнать чужую страну и вернуться домой победительницей.

Впрочем, все вокруг нее напоминало Бразилию вообще и ее родной городок — в частности: звучала португальская речь, девушки громогласно жаловались на мужчин, на тяжкий труд, опаздывали в казино, дерзили хозяину, и каждая считала себя первой в мире красавицей, каждая рассказывала истории о своем волшебном принце, а принцы эти, все как один, оказывались либо где-нибудь за тридевять земель, либо женаты, либо так бедны, что жили за счет своих возлюбленных. Обстановка была совсем не похожа на то, что она себе навоображала, разглядывая буклеты и афиши, а вот Вивиан определила ее точно — все по-семейному. Девушкам не разрешалось принимать приглашения посетителей или вступать с ними в интимные отношения, поскольку все они в соответствующих формулярах значились «исполнительницами самбы». Поймают за телефонным разговором — вычтут жалованье за полмесяца. И Марию, которая представляла себе все это совсем иначе — гораздо живей и веселей, — стало постепенно охватывать гнетущее чувство тоски и уныния.

Первые недели она вообще редко покидала свой отель — а вернее, пансион — особенно, когда обнаружила, что здесь никто не понимает ее языка, даже если она ПРО-ИЗ-НО-СИТ каждую фразу по слогам. Очень ее удивило и то обстоятельство, что город, в котором она оказалась, носит два имени: местные называли его «Женева», а ее землячки — «Женебра».

И вот наконец после долгих томительных раздумий в четырех стенах своего маленького номера, где даже телевизора не было, сделала она два умозаключения:

а) она никогда не найдет то, что ищет, пока не сможет выразить то, что думает. А потому надо выучить местный язык;

б) поскольку все ее товарки стремятся к одному и тому же, надо стать другой.

Но как этого добиться, она пока себе не представляла.

Запись в дневнике Марии, сделанная через четыре недели после прилета в Женеву:

Мне кажется, прошла уже целая вечность. Я не понимаю ни слова из того, что говорят вокруг, и потому часами слушаю музыку по радио, разглядываю свой номер, вспоминаю Бразилию и нетерпеливо жду минуты, когда надо будет идти на работу, а когда работаю, нетерпеливо жду минуты, когда можно будет возвращаться домой. Иными словами, я живу не настоящим, а будущим.

Когда-нибудь, в этом самом будущем — должно быть, отдаленном — я смогу купить билет на самолет, вернуться в Бразилию, а там выйду замуж за владельца магазина тканей и буду слушать ехидные замечания подруг, которые никогда не рисковали сами, а потому только и могут, что радоваться неудачам других. Нет, этого не будет! Я лучше выброшусь из самолета над океаном!

Но поскольку окна в самолете не открываются (кстати, для меня это было неприятной неожиданностью — как жалко, что нельзя вдохнуть чистого воздуха поднебесья!), то умру я здесь. Но перед тем, как умереть, я еще поборюсь за жизнь. Если бы я не боялась заблудиться в незнакомом городе, то пошла бы куда глаза глядят.

На следующий же день, не откладывая, она записалась на дневные курсы французского языка, где увидела людей всех возрастов, рас и цветов кожи — мужчин в ярких одеждах, с многочисленными золотыми цепями и браслетами, женщин под неизменным покрывалом, детей, которым иностранный язык давался много легче, чем их родителям, — а ведь должно быть наоборот: взрослые-то накопили больше опыта. Мария гордилась тем, что все они знали про ее страну — карнавал, самба, футбол — и самого прославленного ее гражданина по имени Пеле, которого они упорно называли Пе́ле, несмотря на все старания Марии объяснить, что он ПелЕ! ПелЕ-Е-Е!!! — впрочем, потом она отказалась от идеи исправить им произношение, ибо ее и саму-то называли МариЯ, и что это за пристрастие такое у иностранцев коверкать имена и при этом считать, что правы?!

Днем для языковой практики она пошла погулять по этому городу с двумя названиями, обнаружила вкуснейший шоколад, сыр, какого никогда раньше не пробовала, огромный фонтан посреди озера, снег, по которому ни разу в жизни не ступала нога ее земляков, аистов, рестораны с каминами (она, правда, ни в одно такое заведение не заходила, но с улицы видела огонь, и от этого возникало приятное ощущение — как будто этот огонь согревал и душу). Сильно удивилась она, когда поняла, что вовсе не все вывески призывают покупать часы, есть еще и банки, хоть и непонятно, куда столько — жителей-то в этой стране мало. И еще заметила, что внутри этих самых банков почти никого и нет, но решила ни о чем не спрашивать.

После трех месяцев постоянного самоконтроля на работе взыграла и забурлила в ней ее бразильская кровь — недаром же все считают бразильянок самыми чувственными и сексуальными, — и Мария завела романчик с арабом, который тоже учил французский в одной группе с нею. Длилась эта связь три недели — до тех пор, пока однажды вечером Мария, махнув на все рукой, не решила съездить со своим возлюбленным в горы в окрестностях Женевы. А когда вернулась и пришла на следующий день в кабаре, ее позвали в кабинет Роже.

Она переступила порог — и тотчас была уволена, чтоб другим девушкам неповадно было. Роже чуть не в истерике кричал, что сбылись его худшие ожидания, что в очередной раз он убедился — на бразильянок нельзя положиться (отчего же нельзя? Очень даже можно). Не помогли ее объяснения — она, мол, очень плохо себя чувствовала, от перемены климата у нее поднялась температура. Швейцарец не внял и еще посетовал, что вот, мол, изволь-ка снова лететь в Бразилию искать ей замену и что лучше бы он набрал югославских танцовщиц, которые и красивей, и гораздо ответственней относятся к своим обязанностям.

Мария при всей своей молодости была далеко не глупа, а вдобавок ее арабский друг объяснил, что по суровым швейцарским законам о труде она может подать на Роже в суд за эксплуатацию, тем более что большая часть заработанных ею денег достается заведению.

И она вернулась в кабинет Роже и поговорила с ним на вполне приличном французском языке, употребив слово «адвокат», и, благодаря этому волшебному заклинанию, вышла оттуда, унося залп проклятий и пять тысяч долларов неустойки — деньги неслыханные. Теперь она могла сколько угодно встречаться со своим арабом, покупать подарки, сфотографироваться на снегу и вернуться домой с победой.

Первым делом она позвонила соседям и попросила передать родителям, что у нее все замечательно, она счастлива, перед ней открывается блестящее будущее, так что пусть не беспокоятся. Вслед за тем — поскольку номер в гостинице, снятый для нее Роже, следовало освободить незамедлительно — оставалось только отправиться к арабу, поклясться ему в вечной любви, принять его веру и выйти за него замуж, даже если придется теперь всегда носить на голове этот странный платок, ничего страшного: всем ведь известно, что арабы очень богаты, и этого достаточно.

Однако араб к этому времени был уже далеко — наверно, где-нибудь в своей Аравии, стране, Марии неведомой, так что она поблагодарила Пречистую Деву за то, что не пришлось изменять своей вере. Теперь, сносно объясняясь по-французски, обладая достаточной суммой, чтобы купить билет на самолет, карточкой, которая черным по белому удостоверяла, что она — «исполнительница самбы», видом на жительство — тоже вещь не последняя — и твердо памятуя, что на самый крайний случай остается у нее хозяин магазина тканей, решила Мария сделать то, что было ей, как она считала, вполне по силам. А именно — зарабатывать деньги своей красотой.

Еще в Бразилии прочла она книжку про одного пастуха по имени Сантьяго, который преодолевал множество препятствий, отыскивая свои сокровища, причем препятствия эти только помогали ему обрести желаемое. Но это же просто про нее! Теперь она была совершенно убеждена, что работу потеряла для того, чтобы найти свое истинное призвание — стать фотомоделью и манекенщицей.

Она сняла дешевую квартирку (даже без телевизора — надо было экономить, пока еще не загребает деньги лопатой) и уже на следующее утро начала ходить по агентствам и в каждом услышала одно и то же — надо, мол, оставить снимки, сделанные профессиональным фотографом. Но Мария, сообразив, что эти расходы — даже и не расходы, а вложение капитала и они должны окупиться, а осуществление мечты стоит дорого, большую часть денег ухнула на услуги замечательного фотографа, который говорил мало, а брал много. В студии у него стоял исполинских размеров шкаф, и Мария позировала в самых разнообразных, изысканных и весьма экстравагантных туалетах, а также — в бикини, при виде которого Маилсон — единственный ее знакомый в Рио, импрессарио, переводчик и охранник — лопнул бы от гордости за свою подопечную. Снимков она попросила напечатать побольше, приложила их к письму, где сообщала, как хорошо ей живется в Швейцарии, и отправила домой. Пусть думают, что она разбогатела, обзавелась всем на зависть роскошным гардеробом и скоро прославит свой тихий городок. Если все пойдет как задумано (а она уже прочла много книг о «позитивном мышлении» и ни единой секунды не сомневалась в победе), встречать ее на родине будут с духовым оркестром и убедят префекта назвать ее именем какую-нибудь площадь.

Купила мобильный телефон и несколько дней провела в ожидании звонков с приглашениями на работу. Обедала она в китайских (то есть в самых дешевых) ресторанах, а чтобы убить время, зубрила, как сумасшедшая, спряжение французских глаголов.

Однако время все равно тянулось до ужаса медленно, а телефон молчал. К несказанному ее удивлению, когда она прогуливалась по берегу озера, никто на нее не обратил внимания, если не считать торговцев наркотиками, всегда сидевших на одном и том же месте — под мостом, который соединял красивый старинный парк с современной частью города. Мария даже засомневалась в своей красоте и сомневалась до тех пор, пока одна из ее бывших коллег, случайно встретившись с нею в кафе, не объяснила — дело тут не в ней, а в швейцарцах, которые никого не любят беспокоить, и в иностранцах, которые опасаются, что их арестуют за «сексуальные домогательства» — ответственность за это специально придумали для того, чтобы женщины во всем мире чувствовали себя никому не нужными.

Запись в дневнике Марии, сделанная в тот вечер, когда она потеряла мужество выходить из дому, жить и ждать, когда наконец зазвонит онемевший телефон:

Сегодня я проходила мимо парка с аттракционами. Я не могу тратить деньги впустую и потому принялась просто разглядывать посетителей. Долго простояла перед «русскими горками»: я видела, что люди ищут острых ощущений, но, когда все это приходит в движение, умирают со страху и кричат: «Остановите!»

Чего же им надо? Если они выбрали для себя приключение, разве не следует настроиться на то, чтобы идти до конца? Неужели они считают, что благоразумней будет пройти мимо этих крутых подъемов и отвесных спусков да сесть на карусель, которая крутится на одном месте?

Сейчас мне так одиноко, что я и думать не могу о любви, но необходимо убедить себя — все наладится, все будет хорошо, я устроюсь, и здесь я — потому, что выбрала себе именно такую судьбу. «Русские горки» — это моя жизнь. А жизнь — это пряная, ослепительная игра, это — прыжок с парашютом, это — риск, ты падаешь, но снова встаешь на ноги, это — то, что называется «вылезти вон из кожи», это — тоска и досада, если не удается совершить намеченное.

Трудно жить в разлуке с близкими, не иметь возможности говорить на языке, которым можешь выразить самые тонкие оттенки чувств и ощущений, но с сегодняшнего дня, как только мне станет грустно, я вспомню этот парк аттракционов. Что бы я почувствовала, если бы заснула и внезапно проснулась на «русских горках»?

Ну, наверное, прежде всего — что попала в какую-то западню, что мне страшно, что меня тошнит, что я хочу убежать отсюда. Однако если поверить в то, что рельсы — это и есть моя судьба, а вагончиком движет Бог, то кошмар станет восторгом. «Русские горки» надежно и бережно доставят тебя в пункт назначения, а пока путешествие длится, гляди по сторонам, вопи от восхищения.

Облекать в слова мысли, казавшиеся ей очень мудрыми, Мария могла, а вот следовать собственным советам получалось не очень-то: подавленность накатывала на нее все чаще, а телефон молчал по-прежнему. Чтобы отвлечься и чем-то заполнить пустые часы и попрактиковаться в языке, она стала покупать журналы со статьями о знаменитых актерах, однако вскоре поняла, что это обходится слишком дорого, а потому записалась в ближайшую библиотеку. Там ей сказали, что журналы не выдают, но предложили несколько книг, которые помогут ей полнее овладеть французским.

— Нет, книги мне читать некогда.

— Некогда? Чем же вы заняты?

— У меня много дел — учу язык, веду дневник и...

«Жду, когда зазвонит телефон», хотела добавить она, но решила промолчать.

— Милая, вы еще так молоды, — сказала ей библиотекарша. — Перед вами вся жизнь. Читайте. Забудьте все то, что вам наговорили, и читайте.

— Да я прочла уже много книг.

И в эту минуту Мария вспомнила, как охранник Маилсон говорил: «Нужно, чтобы токи шли». Библиотекарша казалась ей человеком добрым, кротким, участливым, готовым прийти на помощь. Надо обольстить ее — она может стать Марии подругой. И, мгновенно перестроившись, она сказала:

— Но хочу прочесть еще больше. Пожалуйста, посоветуйте мне что-нибудь.

Библиотекарша принесла ей «Маленького принца». Вечером Мария стала его перелистывать, рассматривать рисунки на первых страницах — там, где изображена шляпа, которая, по словам автора, никакая не шляпа, а удав, проглотивший слона. «Да он что — ребенком не был? — подумала Мария. — По-моему, это больше похоже на шляпу». Телевизора у нее не было, и со скуки она принялась следить за странствиями и приключениями Маленького принца, хотя начинала грустить всякий раз, как в книжке говорилось о любви — она запретила себе даже думать на эту тему, ибо от подобных мыслей — впору в петлю лезть. Книжка ей понравилась — если не считать грустно-романтических сцен с лисенком и розой, — а главное отвлекла: без нее она каждые пять минут смотрела, не разрядилась ли батарейка в мобильном телефоне (страшно подумать, что главный в жизни шанс может быть упущен из-за такого пустяка).

Мария стала захаживать в библиотеку, вести разговоры с этой женщиной — такой же одинокой, как и она сама, расспрашивать ее о книгах и их авторах, и так продолжалось до тех пор, пока она, подсчитав свои финансы, не поняла: еще две недели — и ей не на что будет купить билет.

Но поскольку жизнь любит нагнетать мрак для того, чтобы потом ярче блеснуть своей светлой стороной, — телефон наконец зазвонил.

Да, когда после того, как в лексиконе Марии появилось слово «адвокат», прошло три месяца, в течение которых проживала она вырванную у Роже неустойку, раздался звонок, и некто, представившийся сотрудником модельного агентства, осведомился, нельзя ли попросить к телефону мадемуазель Мари. «Можно», — с отрепетированной за столь долгий срок холодностью ответила она, надеясь, что ее голос не дрогнул от волнения. И узнала, что некоему арабу, известному у себя на родине модельеру, очень понравились ее фотографии и он желал бы пригласить Марию принять участие в дефиле. Она вспомнила о недавнем разочаровании, но также и о деньгах, в которых нуждалась отчаянно.

Встреча была назначена в фешенебельном ресторане. Мария увидела перед собой элегантного господина — куда более привлекательного и лощеного, чем Роже.

— Знаете, чья это картина? Хоана Миро. Знаете, кто такой Хоан Миро? — спросил он.

Мария промолчала, делая вид, что всецело занята едой — угощение, надо сказать, сильно отличалось от того, чем кормили в китайских ресторанах, — а про себя отметила: «Надо будет взять в библиотеке книжку про этого Миро».

Однако араб оказался настойчив:

— Вон за тем столиком любил сидеть Федерико Феллини. Вы любите фильмы Федерико Феллини?

«Обожаю», ответила Мария. Араб хотел было приступить к детальному разбору, но она, чувствуя, что ее образование не позволит ей сдать этот экзамен, решила перейти прямо к делу:

— Не стану притворяться: я знаю только разницу между «пепси» и «кока-колой». Может быть, мы поговорим о показе?

Ее откровенность явно произвела на араба хорошее впечатление:

— Поговорим, но не сейчас, а после ужина, когда выпьем по бокалу шампанского.

В наступившей тишине они смотрели друг на друга и представляли, о чем сейчас думает каждый из них.

— Вы очень красивы, — настойчиво сказал араб. — Если согласитесь выпить со мной в моем номере, получите тысячу франков.

Марии все стало ясно. Кто виноват — модельное агентство? Она сама? Почему не разузнала поточнее, что за ужин ей предстоит? Да нет, никто не виноват — ни агентство, ни она, ни араб: просто вся эта механика устроена именно так, а не иначе. Внезапно она ощутила нестерпимое желание оказаться в Бразилии, дома, рядом с матерью. Она вспомнила, как на пляже Маилсон говорил ей, что за ночь меньше трехсот долларов не берут — тогда ей это показалось забавным. А сейчас она с предельной ясностью поняла — у нее никого нет, ей не с кем посоветоваться, она абсолютно одна в чужом городе, и все ее двадцать два года относительно счастливой жизни никак не помогут ей решить, каков должен быть правильный ответ.

— Налейте мне, пожалуйста, еще вина.

Пока араб наполнял ее бокал, в голове Марии мысли неслись стремительней, чем Маленький принц перелетал с планеты на планету. Да, она приехала сюда в поисках острых ощущений, денег, мужа, она знала, что в конце концов получит предложение подобного рода — не девочка уже и могла бы привыкнуть к тому, как ведут себя мужчины. И все равно в ней еще совсем недавно теплилась надежда на модельное агентство, на артистическую карьеру, на богатого мужа... Дети, внуки, туалеты, триумфальное возвращение в родной городок... Она воображала, что у нее хватит ума, шарма, силы воли, чтобы преодолеть все трудности.

Столкновение с действительностью было столь болезненно, что Мария, к несказанному удивлению араба, расплакалась. А в нем боязнь скандала боролась с присущим каждому мужчине желанием защитить девушку — и потому он растерялся, не зная, что делать. Хотел подозвать официанта и попросить счет, но Мария остановила его:

— Подождите. Налейте мне еще и дайте немного поплакать.

И она вспомнила мальчика, который спросил, нет ли у нее лишней ручки, и другого мальчика, с которым целовалась, не разжимая губ, и о том, как радостно было ей оказаться в Рио-де-Жанейро, и мужчин, которые только брали, ничего не давая взамен, и о том, сколько любви и страсти растеряла она на своем не таком уж долгом пути. Вроде бы всегда была сама себе хозяйка — а жизнь обернулась бесконечным ожиданием чуда, настоящей любви, приключения с неизменно благополучным концом — «хеппи-эндом», как в кино или в романах. Кто-то написал, что время не меняет человека, мудрость не меняет человека, и единственное, что может перестроить строй его мыслей и чувств, — это любовь. Какая чушь! Тот, кто написал это, не видел оборотную сторону медали.

Любовь и в самом деле, как ничто другое, способна время от времени переворачивать всю жизнь человека. Но вдогонку за любовью идет и кое-что еще, тоже заставляющее человека вступать на стезю, о которой никогда прежде и не помышлял. Это кое-что зовется «отчаяние». И если любовь меняет человека быстро, то отчаяние — еще быстрей.

А что тебе теперь делать, Мария? — опрометью выбежать из этого ресторана, вернуться в Бразилию, учить детишек французскому, выйти замуж за хозяина магазина тканей? Или пройти еще немного вперед, провести еще одну ночь в этом городе, где она никого не знает и где никто не знает ее. Неужели всего одна ночь, сулящая немалые и легкие деньги, может завести ее так далеко, что она в скором времени окажется в той точке, откуда возврата уже не будет? Что происходит в эту минуту — предоставляется ли ей шанс или Пречистая Дева испытывает ее?

Араб тем временем разглядывал картину Хоана Миро, столик, где любил сиживать Федерико Феллини, гардеробщицу, принимавшую пальто посетителей, и этих самых посетителей — входивших и выходивших.

— Ты разве не знала?

— Еще вина, пожалуйста, — сквозь еще непросохшие слезы ответила Мария.

Она молилась про себя — хоть бы официант не приближался, поняв, что происходит. А официант, краем глаза с почтительного расстояния наблюдавший за этой парой, думал — хоть бы этот араб с девушкой скорее попросил счет: ресторан переполнен, некуда сажать посетителей.

И наконец — казалось, прошла целая вечность — Мария нарушила молчание:

— Так ты говоришь — «тысяча франков»? — и собственный голос показался ей чужим.

— Да, — ответил араб, уже жалея о своем предложении. — Но мне ни в коем случае бы не хотелось, чтобы...

— Расплатись. Выпьем у тебя в номере.

И снова не узнала себя — до этой минуты она была воспитанная, нежная, веселая девушка, никогда не разговаривавшая с посторонними в таком тоне. Похоже, что девушка эта сгинула в никуда — перед Марией открывалось иное бытие, где «дринк» стоит тысячу франков, а если перевести в более универсальную валюту — долларов примерно шестьсот.

И все было в точности так, как и предполагалось: она пошла с арабом в его номер, выпила шампанского, мгновенно и сильно опьянела, легла с ним, дождалась, когда он получит оргазм (даже не подумав притвориться, что сама тоже испытала хоть какие-то приятные ощущения), приняла душ в отделанной мрамором ванной, взяла деньги и позволила себе вернуться домой на такси.

Потом рухнула в постель и заснула как убитая.

Запись в дневнике Марии, сделанная на следующий день:

Я помню все, кроме той минуты, когда приняла решение. Забавно — ни малейшего чувства вины. Раньше я всегда считала, что женщинам, торгующим собой, жизнь просто не оставила никакого выбора, — а теперь вижу, что это не так. Я могла сказать «да», могла ответить «нет» — никто ни к чему меня не принуждал, ничего не навязывал.

Я иду по улице, всматриваюсь в лица прохожих, думаю — а они выбрали себе судьбу сами? Или — как это случилось со мной — были выбраны судьбой? Мать семейства мечтала стать моделью, банковский клерк — музыкантом, зубной врач втайне от всех пишет книгу и хотел бы посвятить себя литературе, а вот эта девушка грезит о телевидении, но сидит за кассой в супермаркете.

Мне нисколько не жалко себя. Я не чувствую себя жертвой, потому что могла бы покинуть ресторан, унося нетронутое достоинство и пустой бумажник. Я могла бы возмущенно прочесть мораль этому арабу или прикинуться принцессой, которую следует покорять, а не покупать. Я могла бы... да мало ли что я могла бы, но — подобно большинству представителей рода человеческого — предпочла, чтобы выбор пути за меня сделала судьба.

Я — далеко не единственная, хотя и может показаться, что меня судьба завела на обочину, если не на дно жизни. Но все мы на пути к счастью встречаем неодолимые препоны: ни один из нас — ни клерк/музыкант, ни стоматолог/писатель, ни кассирша/актриса, ни мать семейства/фотомодель — не обрел счастья.

Значит, вот как это происходит? Значит, это так просто? Иностранка в чужом городе, где она никого не знает, и то, что вчера было для нее мукой, нынче дарит чувство всеобъемлющей свободы — никому и ничего не надо объяснять.

Она решила, что впервые за много лет будет думать о себе и посвятит этому целый день. До сих пор ее вечно заботили и занимали другие — мать, одноклассницы, отец, сотрудники модельного агентства, преподаватель французского на курсах, официант, библиотекарша, и она гадала, что думают прохожие на улицах — люди, которых видела в первый и последний раз. По правде говоря, никто ни о чем не думал, а уж о ней — тем более: бедная иностранка — если завтра она исчезнет, даже полиция не хватится.

Она рано вышла из дому, позавтракала там же, где и всегда, прошлась по берегу озера, увидела какое-то сборище. Женщина, прогуливавшая свою собачку, сказала, что это курды опять устроили демонстрацию. И Мария снова, как тогда в ресторане, вместо того чтобы сделать вид, будто понимает, о чем идет речь, что человек она — образованный и культурный, спросила:

— А кто такие курды?

И женщина, как ни удивительно, не смогла ответить. Это в порядке вещей: все притворяются осведомленными, а решишься спросить — ничего не знают. Она зашла в интернет-кафе и выяснила, что курды — это жители Курдистана, несуществующей страны, ныне разделенной между Турцией и Ираком. Потом вернулась к озеру, надеясь еще застать женщину на прежнем месте — но та уже ушла: должно быть, собачка не захотела полчаса смотреть на толпу людей с флагами и транспарантами, слушать их странную музыку и непонятные крики.

«Да это же я! То есть я была такой — притворялась всезнающей, прячась за свое молчание, до тех пор, пока араб не разозлил меня настолько, что я нашла в себе смелость признаться, что умею только отличать «пепси» от «кока-колы». И что же — он был шокирован? Он переменил свои намерения? Да ничего подобного! Наверное, его потрясла моя непосредственность. Я всегда попадала впросак, пытаясь выглядеть умнее, чем я есть на самом деле. И больше этого не будет!»

Она вспомнила о модельном агентстве. Знают ли они, что было нужно арабу на самом деле — и в этом случае Мария снова притворилась наивной, — или же всерьез полагали, что он способен был предоставить ей работу?

Так или иначе, но в это пепельно-серое женевское утро, когда температура упала почти до нуля градусов, когда курды вышли на демонстрацию, а трамваи, как всегда, подходили к остановке секунда в секунду, а в ювелирных магазинах снова стали раскладывать на витринах драгоценности, когда открылись банки, когда бродяги и нищие отправились спать, а добропорядочные граждане — на службу, Мария вдруг почувствовала себя не такой одинокой. Потому что рядом с ней была теперь другая женщина — невидимая никому, кроме нее. Мария и сама никогда раньше не замечала ее присутствия, а теперь вот — заметила, ощутила.

Она улыбнулась ей — этой невидимой женщине, похожей на Пречистую Деву, мать Иисуса. И та, улыбнувшись в ответ, посоветовала быть осторожней, потому что не все так просто, как кажется. Мария не вняла совету — она уже взрослая, сама отвечает за свои поступки и не верит, что где-то там, в горних высях, плетется заговор против нее. Она теперь узнала, что есть люди, готовые выложить тысячу франков за то, чтобы провести с ней ночь — да нет, не за ночь, за то, чтобы полчаса побарахтаться с ней в постели, — и теперь ей всего лишь предстоит решить: купить ли на эту тысячу билет на самолет и вернуться домой или побыть здесь еще немного, скопить денег на дом для родителей, на красивую одежду, на путешествия по тем местам, где ей всегда так хотелось побывать.

Женщина рядом настойчиво повторяла: «Не все так просто», но Мария, обрадованная тем, что теперь — не одна, попросила не мешать: она должна подумать, ей надо принять важное решение.

И снова принялась размышлять — теперь уже более основательно — о том, стоит ли возвращаться в Бразилию. Школьные подружки, никогда в жизни не покидавшие это захолустье, наверняка скажут — ага, ее уволили, ага, у нее не хватило таланта стать звездой международного масштаба. Мать опечалится оттого, что не получит обещанных денег, даже если Мария в каждом письме будет объяснять, что, мол, посылала, да не дошли, почта украла. Отец взглянет на нее, будто говоря: «Я так и знал». Она снова пойдет работать в магазин тканей, выйдет замуж за хозяина — и все это после того, как она летела на самолете через океан, ела швейцарский сыр в Швейцарии, учила французский, оставляла на снегу свои следы.

А с другой стороны — существуют бокалы шампанского по тысяче франков. Возможно, что это ненадолго: красота мимолетна, как ветерок, но Марии хватит года, чтобы вернуться к прежней жизни, — только теперь она сама будет устанавливать правила игры. Дело в том, что она не знает, с чего начать, что именно делать. Когда она только появилась в Женеве, встретившая ее девушка — кажется, ее звали Вивиан — мельком упомянула рю де Берн, Бернскую улицу: да-да, она с этого и начала, даже не сказав Марии, куда поставить чемоданы.

И Мария тотчас отправилась к одному из тех больших щитов, которые стоят на нескольких людных и оживленных улицах Женевы — она столь приветлива к туристам, что не желает, чтобы кто-нибудь из них заблудился, и во избежание подобной неприятности устанавливает на перекрестках такие панели: на одной стороне — список улиц и площадей, на другой — подробный план города.

У стоявшего возле щита мужчины она осведомилась, не знает ли он случайно, где улица Берна. Тот взглянул на нее с явным интересом, переспросил, точно ли эту улицу она ищет или хочет знать, где проходит шоссе на Берн, столицу Швейцарии. Нет, отвечала Мария, я ищу улицу, которая находится в этом городе. Мужчина оглядел ее с ног до головы и молча пошел прочь, совершенно уверенный, что его снимают скрытой камерой для одной из тех телепрограмм, где на потеху публике людей ставят в глупое положение. Мария, простояв возле тумбы четверть часа — Женева, в сущности, невелика — вскоре нашла искомое.

А ее невидимая подруга, молчавшая все то время, что Мария водила пальцем по карте, теперь попыталась сказать, что речь теперь уже, пожалуй, не о морали, а о том, что Мария идет туда, откуда возврата нет.

А Мария ей на это возразила, что если сумела раздобыть денег на билет в Бразилию, то сумеет выбраться и из любой передряги. И потом, никто из тех, с кем сводила ее судьба, не сам выбирал для себя, что будет делать, чем заниматься. Такова она, проза жизни.

«Мы с тобой пребываем в юдоли слез, — продолжала она разговор с невидимой подругой. — Мы можем мечтать, сколько душе угодно, но жизнь — печальна, сурова, неумолима. Что ты хочешь мне сказать? Что меня осудят? Да ведь никто ничего не узнает — да и будет это лишь на краткий срок».

Улыбнувшись ласково, но печально, невидимая подруга исчезла.

Мария же пошла в парк аттракционов, купила билет на «русские горки» и кричала от страха вместе со всеми остальными, хоть и понимала, что настоящей опасности нет — это все понарошку. Пообедала в японском ресторане, не понимая толком, что ест, но зная, что это — очень дорого: теперь она могла позволить себе такие удовольствия. Ей было весело, не надо было ждать телефонного звонка или дрожать над каждым франком.

Ближе к вечеру связалась с агентством, сказала, что встреча состоялась и прошла удачно, поблагодарила. Если там и вправду занимаются модельным бизнесом, ее попросят занести фотографии. Если же там оказывают услуги иного рода, ей подыщут нового клиента.

Она прошла по мосту, вернулась в свою маленькую квартиру, решив, что ни за что не станет покупать телевизор, даже если случатся лишние деньги. Она будет думать, она употребит все свое свободное время на размышления.

Запись в дневнике Марии, сделанная в тот вечер (с пометкой на полях «Не уверена»):

Я догадалась, за что мужчина платит женщине: он хочет быть счастливым.

Он не выложит тысячу франков только за то, чтобы испытать оргазм. Он хочет быть счастливым. Я тоже хочу, все на свете хотят счастья — и ни у кого не получается. Что же я потеряю, если решу на какое-то время стать... мне трудно даже мысленно выговорить это слово, не то что написать его... но все же... Итак, что я потеряю, если решу на какое-то время стать проституткой?

Честь. Достоинство. Самоуважение. Если хорошенько подумать, у меня никогда не было ни того, ни другого, ни третьего. Я не рвалась на этот свет, я не встретила того, кто полюбил бы меня, я всегда поступала неправильно — и сейчас готова допустить, что жизнь моя и так загублена мною.

На следующий день Мария позвонила в агентство справиться насчет фотографий и узнать, не предвидится ли новый показ. Сказала, ни минуты не веря, будто они ничего не знают, что араб должен был связаться с ними.

Потом отправилась в библиотеку и попросила книги о сексе. Раз уж она всерьез рассматривает возможность работы — пусть хоть и всего в течение года, как она сама себе пообещала, — в новой для себя области, то прежде всего необходимо узнать, как себя вести, как давать наслаждение, вернее — не давать, а про-давать.

К вящему ее разочарованию, ей ответили, что, поскольку это государственная библиотека, в наличии имеются только несколько руководств. Мария проглядела оглавление одного из этих учебников и сейчас же вернула его — авторы ничего не понимали в счастье, а толковали только об эрекции, эякуляции, стимуляции, средствах предохранения и прочих безвкусных предметах. Она уж собиралась было остановиться на толстом томе под названием «Психологические аспекты фригидности», потому что ее немного смущало — ни с одним мужчиной не получала она оргазма, а лишь более или менее приятные ощущения.

Но она сюда не развлекаться пришла, а по делу. И, поблагодарив библиотекаршу, Мария пошла в магазин и сделала первое вложение капитала в маячившее на горизонте предприятие — накупила разнообразных нарядов, показавшихся ей «секси» и способных, по ее мнению, пробудить в мужчине желание. А затем двинулась по недавно выясненному маршруту на Бернскую улицу. Она начиналась с церкви, за церковью помещался японский ресторан (какое совпадение — и третьего дня она ужинала в японском!), за рестораном тянулись ряды витрин с дешевыми часами, и вот наконец появились кабаре и клубы, о которых она столько слышала. В этот час все они были закрыты. Тогда Мария погуляла вокруг озера, приобрела — без малейшего замешательства — пять порнографических журналов, намереваясь ими руководствоваться в своей деятельности, и несколько часов спустя, вечером, снова появилась на Бернской улице. Выбор ее пал на заведение с милым бразильскому сердцу названием — «Копакабана».

Я еще ничего не решила, твердила она себе. Попытка — не пытка. Но никогда еще за все время, проведенное в Швейцарии, не чувствовала она себя так вольготно и уютно.

— Ищете работу, — не утруждая себя вопросительной интонацией, сказал хозяин, перемывавший за стойкой стаканы. Заведение представляло собой десяток столов, крошечный пятачок для танцев и несколько диванов вдоль стен. — Ничем не могу помочь. Мы уважаем закон: чтоб поступить сюда, надо иметь по крайней мере разрешение на работу.

При виде документа, предъявленного Марией, он стал несколько более приветлив:

— Опыт есть?

Она не знала, что ответить: скажешь «есть» — спросит, где работала раньше? Скажешь «нет» — пошлет подальше.

— Я пишу книгу.

Эти слова будто сами собой сказались или кто-то прошептал их ей на ухо. Мария заметила, что хозяин не поверил, но виду не подал.

— Прежде чем принять окончательное решение, поговорите с девочками. Тут у нас человек шесть из Бразилии. По крайней мере, будете знать, что вас ожидает.

Мария хотела ответить, что советы ей без надобности и что решение она еще не приняла, но хозяин, оставив ее одну и не предложив ей даже стакана воды, куда-то удалился.

Стали появляться «девочки», и хозяин, окликнув нескольких бразильянок, попросил ввести новенькую в курс дела. Никто не изъявил желания вступить с Марией в беседу — как она догадалась, конкурентки им были совершенно ни к чему. Заиграла музыка, зазвучали бразильские песни (даром, что ли, дело происходило в «Копакабане»?), входили все новые и новые девушки — одни с азиатскими чертами лица, другие, казалось, только что спустились с заснеженных романтических гор вокруг Женевы. Наконец, после того как она два часа провела в ожидании, выкурила полдесятка сигарет, истомилась от нестерпимой жажды, совершенно отчетливо ощущая, что совершает ошибку, многократно произнося про себя «Что я тут делаю?!» и досадуя на полное отсутствие интереса со стороны хозяина и девиц, одна из соотечественниц все же приблизилась.

— Почему ты выбрала именно это место?

Мария могла бы повторить историю про книгу, но вспомнила про курдов и про Хоана Миро и сочла за благо сказать правду:

— По названию. Я не знаю, с чего начать, и не знаю, стоит ли вообще начинать.

Девица была явно удивлена таким прямым и откровенным ответом. Она отпила чего-то похожего на виски, послушала бразильскую музыку, сообщила, что очень скучает по родным краям и что работы сегодня будет мало, потому что международный конгресс, работавший в окрестностях Женевы, закрылся, а потом, заметив, что Мария не уходит, сказала:

— Все очень просто, только надо помнить три правила. Первое: не влюбляйся в тех, кто тут работает, или в клиентов. Второе: не верь обещаниям и требуй деньги вперед. Третье: никаких наркотиков. — Она помолчала и добавила: — И сразу начинай. Если сегодня уйдешь домой, никого не подцепив, задумаешься и навряд ли вернешься сюда.

Мария готовилась всего лишь услышать краткое суждение о том, годится ли она для временной работы, но тотчас поняла, что вот-вот накатит неизменная спутница скоропалительных решений — тоска и неминуемо приходящее следом отчаяние.

— Ладно. Сегодня и начну.

Она не стала признаваться, что начала вчера. Девица подошла к хозяину бара, которого называла Миланом, и тот подозвал к себе Марию:

— Что у тебя под одеждой?

Никто и никогда не задавал ей такого вопроса. Ни любовники, ни араб, ни подруги. По меньшей мере, странно. Но очевидно, таковы уж были нравы в этом заведении — брать быка за рога.

— Трусики. Голубые, — ответила она и добавила не без вызова: — Лифчик не ношу, — но одобрения не дождалась.

— Завтра наденешь черное белье, пояс с чулками. Так полагается — чем больше есть что с себя снять, тем лучше.

Не теряя времени и излагая все эти сведения как откровение, Милан сообщил: «Копакабана» — не какой-нибудь притон, а порядочное заведение. Мужчины приходят сюда, пребывая в уверенности, что встретят здесь одинокую, свободную женщину. Если кто-нибудь подсядет за ее столик, а не будет перехвачен по дороге (ибо, помимо всего прочего, существует такое понятие: «особый клиент»), то наверняка спросит:

«Позвольте вас угостить?»

На что Мария может ответить согласием или же отказом. Она имеет право выбирать себе партнера, но говорить «нет» больше одного раза за ночь не рекомендуется. В случае согласия она заказывает себе фруктовый коктейль (это — по странному совпадению — самое дорогое, что есть в меню). Ни капли спиртного, и нельзя, чтобы выбор напитка делал за нее клиент.

Затем она должна принять приглашение потанцевать. Большая часть завсегдатаев хорошо всем известна (на то они и завсегдатаи) и, если не считать «особых клиентов» (более подробно о них Милан распространяться не стал), никакой опасности не представляют. Полиция и министерство здравоохранения требуют ежемесячно делать анализ крови, чтобы девицы не распространяли болезни, передающиеся половым путем. Презерватив — обязательно, хотя никто, разумеется, проверять, выполняется это правило или нет, не станет. Никаких скандалов: Милан — женат, отец семейства, он дорожит своим добрым именем и репутацией заведения.

Он продолжал объяснять тонкости ритуала: потанцевав, она с клиентом возвращается за столик, а клиент, как если бы эта мысль только что пришла ему в голову, предложит ей пойти в отель. Обычная такса — 350 франков, из которых 50 получает Милан, якобы за обслуживание (эта юридическая уловка позволяет избежать неприятностей с законом и обвинения в незаконном предпринимательстве и сексуальной эксплуатации девушек с целью получения прибыли).

— Мне за... это заплатили тысячу, — попробовала возразить Мария.

Хозяин приподнялся, показывая всем своим видом, что разговор окончен, но бразильянка, сидевшая рядом, удержала его:

— Да она шутит.

И, повернувшись к Марии, произнесла по-португальски отчетливо и раздельно:

— Это — самое дорогое заведение во всей Женеве. Никогда больше не повторяй таких глупостей. Он знает цены на рынке и знает также, что никто не получает за сеанс тысячу франков, разве что от «особого клиента». Да и то — если повезет и если научишься всем премудростям.

Глаза Милана — позднее Мария узнала, что он родом из Югославии, но живет здесь уже лет двадцать, — не оставляли и тени сомнения:

— Такса — 350 франков.

— Поняла, — пробормотала униженная Мария.

Сначала спрашивает, какого цвета у нее исподнее. Потом определяет, сколько стоит ее тело.

Но времени подумать не было — хозяин продолжал давать инструкции: к клиенту домой или не в пятизвездные отели не ходить. Если клиенту некуда отвести ее, она должна сама отвезти его в отель, находящийся в пяти кварталах отсюда, причем — обязательно на такси, чтобы не примелькаться девицам на Бернской улице. Тут Мария сообразила — не в том дело, чтобы не примелькаться, а чтобы не переманили в другое заведение, где будут лучше платить. Однако, наученная горьким опытом первой дискуссии, смолчала.

— Еще раз говорю: на работе — ни капли спиртного, как будто ты американский полицейский, — видела, наверно, в кино? Ладно, пока все, мне пора, сейчас начнет подтягиваться клиентура.

— Поблагодари, — сказала девица опять же по-португальски.

Мария сказала «спасибо». Милан улыбнулся, но его список рекомендаций еще не был исчерпан:

— Да, совсем забыл! От предложения выпить и до выхода должно пройти никак не больше сорока пяти минут — а поскольку здесь, в Швейцарии, везде понатыканы часы, пунктуальными становятся даже югославы и бразильцы. И запомни, что время — деньги, а мне надо детей кормить.

Запомнила.

Милан протянул ей стакан газированной минеральной воды с ломтиком лимона — все вместе вполне могло сойти за джин-тоник — и велел подождать.

Бар мало-помалу стал заполняться посетителями. Мужчины входили, оглядывались по сторонам, рассаживались поодиночке, и тотчас появлялся кто-нибудь из «местных», словно начиналась вечеринка и люди, давно и хорошо друг друга знающие, собрались после долгого трудового дня, чтобы вместе повеселиться. Каждый раз когда посетитель находил себе пару, Мария с облегчением вздыхала, хотя уже немного освоилась. Может быть, потому что это была Швейцария, может быть, потому что рано или поздно она непременно найдет острые ощущения, деньги, мужа — все, о чем мечтала. А может быть, и потому, что — она только сейчас это поняла — впервые за много недель вышла вечером из дому и оказалась там, где играла музыка и время от времени раздавалась португальская речь. Она смеялась, потягивала фруктовый коктейль, весело болтала с другими девушками.

Никто из них не был с ней особенно приветлив, никто не пожелал ей успеха на новом поприще — ну да это и понятно: в конце концов, она была их конкуренткой, соперницей, ибо охотились они за одной и той же добычей. Но это ее нисколько не огорчало, а наоборот — раззадоривало и вселяло в нее гордость: она сражалась с ними, боролась на равных. В любую минуту Мария могла встать, открыть дверь, уйти и никогда больше не возвращаться, но даже и в этом случае навсегда запомнила бы, что у нее хватило отваги прийти сюда, обсуждать такие вопросы, о которых раньше не осмеливалась бы даже подумать.

Я — не жертва судьбы, повторяла она себе ежеминутно, я не боюсь рисковать, я не скована никакими рамками, я проживаю такие минуты, которые потом, в унынии старости, в безмолвии сердца, буду — как ни странно — вспоминать с отрадой и светлым чувством.

Она была уверена, что никто к ней не подойдет, и завтра все это предстанет безумным сном, увидеть который еще раз она не решится никогда, ибо с каждой минутой становилось все яснее — получить тысячу франков за ночь можно только однажды, а потому лучше взять билет и вернуться в Бразилию. Чтобы скоротать время, Мария стала прикидывать, сколько зарабатывают эти девушки, если, предположим, они выйдут с клиентом три раза за вечер, отработают четыре часа...

Получалось, что за день они получают столько, сколько она — за два месяца стояния за прилавком магазина тканей.

Да, конечно, ей заплатили тысячу за ночь, но ведь недаром говорят — новичкам везет. Но все равно — доход обычной средней проститутки во много раз больше того, что она могла бы заработать уроками французского в своем городке. А для этого всего только и надо — сколько-то времени посидеть в баре, потанцевать да лечь на спину, вот и все. Даже разговаривать не обязательно.

Деньги — это, конечно, стимул, продолжала размышлять она. Но ведь это еще не все. А вдруг тем людям, что собираются здесь, — и клиентам, и девицам — удается найти еще какую-то отраду? А вдруг мир — совсем не такой, как рассказывали о нем в школе? Если пользоваться презервативом, опасности нет никакой. И можно даже не бояться, что тебя узнает соотечественник. Никто не приезжает в Женеву, кроме тех — им однажды сказали об этом на курсах, — кто ходит в банки. Но большинство бразильцев всему на свете предпочитают магазины, особенно в Майами или в Париже... Триста франков в день, пять дней в неделю...

Огромные деньги! Что же здесь делают эти девицы, если за месяц можно скопить столько, что хватит купить дом для родителей?! Может быть, они работают недавно?

Или — спросила себя Мария и сама испугалась — или потому, что им это нравится?

Ей захотелось выпить — накануне шампанское очень помогло.

— Позволите вас угостить?

Она подняла голову. Перед ней стоял мужчина: лет тридцати на вид, в темно-синей форменной тужурке, украшенной эмблемой какой-то авиакомпании.

Земля замедлила вращение, и Мария почувствовала, будто отделяется от своей телесной оболочки и смотрит на себя со стороны. Умирая со стыда, но не в силах справиться с жарким румянцем, заливающим щеки, она кивнула, улыбнулась и поняла, что с этого мгновения жизнь ее изменилась необратимо.

Фруктовый коктейль, разговор, что вы здесь делаете, холодно, не правда ли? Мне нравится эта музыка, хотя я предпочитаю «Абба», а вы — из Бразилии? Расскажите мне о своей стране. У вас там карнавал. Бразильянки все такие красивые?

Улыбнуться и поблагодарить за комплимент, быть может, немного смутиться. Еще один танец, перехватить взгляд Милана, который чешет в затылке и показывает на часы. Аромат туалетной воды — придется привыкать к чужим незнакомым запахам. По крайней мере, к запаху туалетной воды. Они танцуют медленно, прильнув друг к другу. Еще один фруктовый коктейль, а время идет. Она взглядывает на часы, летчик спрашивает — может быть, она кого-нибудь ждет? Да, через час должна будет встретиться тут с друзьями. Он приглашает ее в отель. Отель, постель, 350 франков, душ (летчик с интересом заметил, что раньше такого не пробовал). Нет, это не Мария, это какое-то другое существо, вселившееся в ее бесчувственное тело, механически выполняющее некий ритуал. Роль сыграна. Милан все предусмотрел, обо всем предупредил, не сказал только, как надо прощаться с клиентом. Она говорит «спасибо», летчик потерял прежнее оживление и явно хочет спать.

Хочется домой, но она пересиливает себя, надо идти в бар, отдать Милану пятьдесят франков, и вот — новый клиент, еще один фруктовый коктейль, вопросы о Бразилии, отель, душ (на этот раз — без комментариев), возвращение в бар, комиссионные хозяину, а он говорит: на сегодня свободна, клиентов мало. Она не берет такси, пешком проходит всю Бернскую улицу, поглядывая на клубы и бары, на витрины часовых магазинов, церковь на углу (она закрыта, как всегда закрыта...) Некому встретить ее взгляд — все как всегда.

Она идет по холодной улице, но не чувствует, что озябла. Она не плачет, не думает о том, сколько заработала, она в некоем душевном оцепенении — кажется, это называется «в трансе». Есть люди, которые родились на свет, чтобы идти по жизни в одиночку, это не плохо и не хорошо, это жизнь. Мария — из их числа.

С трудом удается ей собрать силы и подумать о случившемся. Она только начала — и уже может считать себя профессионалкой, кажется, всю жизнь только этим и занималась. Она испытывает странный прилив любви к себе, она довольна тем, что не убежала. Теперь надо сообразить, будет ли она продолжать. Если будет, то станет самой лучшей — а ведь она никогда, ни в чем не была лучшей.

Но жизнь внушила ей — и как быстро! — что выживает сильнейший. Чтобы стать сильной, надо быть лучшей из всех. Иного не дано.

Запись в дневнике Марии, сделанная через неделю:

Я — не тело, наделенное душой, я — душа, часть которой видима и называется телом. Все эти дни — хотя следовало бы ожидать, что все будет наоборот, — душа обнаруживала свое присутствие сильней, чем прежде, больше, чем всегда. Она ничего мне не говорила, не упрекала меня и не жалела, а только наблюдала за мной.

И сегодня я поняла, почему так происходит: уже давно я не думаю о том, что называется «любовь». Мне кажется, она убежала от меня, будто почувствовав, что ей тут не рады, что она — нежеланная гостья, что ею пренебрегают. Но если я не буду думать о любви, я стану ничем.

Когда на следующий день я вернулась в «Копакабану», на меня поглядели не без ува-

жения — и я поняла, что многие девушки приходят на один вечер, а продолжать духу не хватает. Та, кто возвращается, становится для здешних союзницей, подругой — потому что доказала: она способна понять все трудности и причины — верней сказать, отсутствие причин — того, почему выбрала себе такую жизнь.

Все мечтают, что вот придет кто-то и откроет в них истинную женщину, спутницу, возлюбленную, подругу, разбудит в них нежность и страсть. И все — с первой же минуты новой встречи — понимают: ничего этого не будет.

Я должна написать о любви. Я должна думать, думать, писать и писать о любви — иначе душа не выдержит, надломится.

$\mathcal{M}$ария, хоть и понимала всю важность любви, крепко запомнила совет, полученный в первый вечер, и старалась избывать это чувство лишь на страницах своего дневника. Во всем остальном она отчаянно стремилась стать самой лучшей, заработать как можно больше денег, потратив как можно меньше времени, не думать и объяснить себе убедительно, почему она занимается тем, чем занимается.

И это было самым трудным. А в самом деле — почему?

Потому что нуждалась. Не совсем так — все и всегда нуждаются в деньгах, но далеко не каждый выберет себе жизнь на обочине общества. Потому что хотела обрести новые впечатления. Да неужели? Здесь в изобилии возможностей получить новые впечатления — катайся на горных лыжах, плавай на лодочке по Женевскому озеру, а ведь ни то, ни другое никогда ее не интересовало, даже любопытства не вызвало. Может быть, ей уже нечего терять и жизнь ее превратилась в ежедневное и нескончаемое разочарование?

Нет, ни один из этих ответов не был искренен и правдив, так что лучше не ломать себе голову и жить как живется, идя по дороге, на которую вступила. У Марии было много общего с девицами из «Копакабаны» и с другими женщинами, встречавшимися ей, — ни о чем так не мечтали они, как о замужестве и обеспеченном будущем. А те, кто не мечтал об этом, были либо замужем (почти у трети ее новых подруг имелись законные супруги), либо еще не совсем оправились после развода. Именно поэтому — чтобы понять самое себя — она и пыталась тщательно классифицировать причины, по которым здешние девицы выбрали эту профессию.

Ничего нового она не услышала и составила перечень ответов:

а) Нужно помогать мужу («А он не ревнует? А если в заведении появится его приятель?» — хотелось спросить Марии, но она не решалась).

б) Нужно родителям дом купить (она сама приводит этот аргумент — звучит благородно, но уж больно расхожее объяснение).

в) Нужно денег накопить для возвращения домой (колумбийки, перуанки, тайки, бразильянки обожали ссылаться на это обстоятельство, хотя каждая из них по много раз держала в руках искомую сумму и растрачивала ее, опасаясь осуществления своей мечты).

г) Мне нравится (это плохо вязалось с окружающим и звучало фальшиво).

д) Больше нигде не смогла устроиться (это тоже — не довод: в Швейцарии постоянно есть вакансии кухарок, нянек, шоферов).

И Мария, так и не найдя ни единого убедительного аргумента, бросила попытки объяснить окружающую ее Вселенную.

Вскоре она убедилась в правоте Милана: ей никогда больше не предлагали провести вместе несколько часов за тысячу франков. С другой стороны, когда она называла сумму — 350 франков, — это воспринималось как нечто само собой разумеющееся: никто не возмущался, не торговался, а если и переспрашивали, то либо уточняя, дабы не было неприятных сюрпризов, либо — чтобы унизить ее.

— Наше ремесло отличается от всех прочих, — заметила как-то раз одна из девиц. — Здесь новенькая зарабатывает больше, чем опытная проститутка. Всегда притворяйся, что ты делаешь только первые шаги.

Мария еще не успела узнать, что такое «особые клиенты», о которых в первый вечер Милан упомянул мельком — больше никто на эту тему не говорил. Вскоре она затвердила основные профессиональные заповеди — никогда не спрашивать, женат ли клиент, есть ли у него дети, улыбаться, говорить как можно меньше, никогда не назначать свиданий на стороне. Самый важный совет получила она от филиппинки по имени Ния:

— Под конец надо стонать, будто получаешь неземное наслаждение. Тогда клиент будет выбирать тебя снова и снова.

— Но зачем же? Ведь мужчины нам платят за свое удовольствие.

— Ошибаешься. Клиент доказывает себе, что он — настоящий мужчина, «мачо», не когда у него возникает эрекция, а когда оказывается способен доставить наслаждение партнерше. Они рассуждают так: «Если уж проститутке со мной так хорошо, значит, я — лучше всех».

Минуло полгода. Мария усвоила все, что было надо, — например, устройство «Копакабаны». Это было одно из самых дорогих заведений на Бернской улице, клиентуру составляли респектабельные господа, получившие от жен разрешение задержаться, поскольку «намечался ужин с деловыми партнерами», но не позже, чем до одиннадцати вечера. Большинству девиц было от восемнадцати до двадцати двух лет, и оставались они в заведении в среднем два года, после чего их место сейчас же занимали следующие. А они переходили в «Неон», потом в «Ксениум» — чем старше они становились, тем дешевле стоили и тем больше приходилось работать. Почти все в конце концов оказывались в «Тропическом экстазе», куда брали женщин до тридцати. А уж там, обслуживая одного-двух студентов, они обеспечивали себе всего-навсего ужин и комиссионные для хозяина. В худшем случае программа урезалась до бутылки дешевого вина.

Мария узнала множество мужчин. Ни возраст, ни то, как человек одет, роли для нее не играло, ее «да» или «нет» зависели от запахов. Она не имела ничего против табака, но не переносила, когда от клиента несло дешевым одеколоном, немытым телом или винным перегаром. «Копакабана» была тихим местом, да и вообще для продажной любви нет на свете места лучше, чем Швейцария, при условии, что у тебя есть вид на жительство, разрешение на работу и ты свято выплачиваешь социальную страховку. Милан неустанно твердил, что не желает, чтобы его дочери увидели его имя на страницах газет, пробавляющихся скандалами, и потому, когда надо было подтвердить статус любой из его подопечных, был непреклонней и суровей любого полицейского.

Ну, а после того как в первый или во второй вечер психологический барьер был преодолен, начиналась обычная работа — такая же, как и всякая другая: тяжкий труд, конкуренция, стремление быть и выглядеть «на уровне», жизнь по расписанию, жалобы на слишком плотный график, отдых по воскресеньям. Большинство проституток были верующими и ходили в церковь — кто в какую — молиться своим богам.

Мария, однако, пыталась сберечь душу с помощью дневника. Она была немало удивлена, когда обнаружила, что каждый пятый из ее клиентов приходит исключительно, чтобы поговорить. Они платили положенное и оговоренное, вели ее в отель, но когда приходило время раздеваться, говорили — это необязательно. Им хотелось рассказать, что их выматывает работа, что жена изменяет, что им одиноко и не с кем словом перемолвиться (Марии ли было не знать этого?).

Поначалу это ей было странно. Но однажды, подцепив важного француза, занимавшегося подбором кандидатов на высокие административные должности (он объяснял ей все это так, словно ничего увлекательней и на свете нет), услышала от него:

— Знаешь, кто больше всех страдает от одиночества? Это — человек, сделавший успешную служебную карьеру, получающий огромное жалованье, пользующийся доверием и начальников, и подчиненных, имеющий семью, с которой проводит отпуск, детей, которым помогает готовить уроки, а в один прекрасный день перед ним появляется кто-то вроде меня и задает ему вопрос: «Хотел бы ты поменять службу и зарабатывать вдвое больше?»

И тогда человек, у которого есть все, чтобы быть любимым и счастливым, становится несчастнейшим существом. Почему? Потому что ему не с кем поговорить. Он раздумывает над моим предложением и не может обсудить его с сослуживцами, потому что они начнут отговаривать его и убеждать остаться на прежнем месте. Он не может поделиться мыслями с женой, которая была свидетельницей его многолетнего восхождения, понимает, что такое стабильность, но не понимает, что такое риск. Он ни с кем не может поговорить, а ведь ему предстоит радикально изменить свою жизнь. Ты понимаешь, что должен чувствовать такой человек?

Нет, Мария не считала, что он сильнее всего страдает от одиночества, — потому что знала другого человека, который уж точно мог бы дать этому топ-менеджеру по части одиночества сто очков вперед, и человек этот — она сама. Тем не менее она не стала спорить, потому что рассчитывала на хорошую прибавку к «гонорару» и в расчетах своих не ошиблась. Но с того дня поняла: она должна придумать что-нибудь такое, чтобы снять с клиента ту тяжеленную кладь, которой они, казалось, были навьючены. Это значило — стать лучшей в предоставлении услуг, и, следовательно, получать больше денег.

А когда ее осенило, что избавлять от душевного томления — не менее или даже более доходно, чем утолять плотский голод, она снова отправилась в библиотеку. Стала заказывать книги по психологии супружеских отношений, книги о политике, и библиотекарша была просто в восторге — еще бы: девушка, к которой она испытывала такую нежность, выбросила из головы секс и обратилась к предметам более важным. Мария стала регулярно читать газеты — и даже экономические разделы, поскольку большинство ее клиентов имело отношение к бизнесу. Она брала руководства по аутотренингу — поскольку они спрашивали у нее совета. Она интересовалась исследованиями по вопросам эмоций — поскольку все они страдали по тем или иным причинам. Мария была не какая-нибудь потаскушка — она выделялась из своей среды, она вызывала уважение — и потому уже через полгода обзавелась обширным кругом постоянных и выгодных клиентов высшего разбора, что вызывало у прочих девиц зависть, ревность и восхищение.

Что же касается секса, то в этом отношении ничего не менялось: лечь, попросить надеть презерватив, немножко постонать, чтобы увеличить шансы на прибавку (благодаря филиппинке Нии она узнала, что эти стоны приносят лишних 50 франков), а потом принять душ, только — сразу, и тогда покажется, что омывает она не только тело, но — до известной степени — и душу. Все по раз и навсегда заведенному ритуалу. Никаких поцелуев — поцелуй для проститутки есть нечто священное. Все та же Ния объяснила, что поцелуй надо приберегать для возлюбленного, ну прямо как в сказке про Спящую Красавицу: этот поцелуй разбудит ее и вернет в волшебный мир, в котором Швейцария вновь превратится в страну шоколада, коров и часов.

Никакого наслаждения, удовольствия или хотя бы возбуждения. Мария в своем стремлении к совершенству посмотрела несколько порнофильмов, надеясь почерпнуть что-нибудь полезное для себя. Она увидела много интересного, но приложить к делу не смогла, чтобы не задерживать клиентов, да и Милан бывал очень доволен, когда за вечер получалось три «выхода».

И, когда истекли первые полгода, Мария положила в банк шестьдесят тысяч франков, обедать стала в ресторанах подороже, купила телевизор (она его, правда, не включала, но — пусть будет) и теперь всерьез рассматривала возможность переехать в квартиру получше. Она уже могла позволить себе покупать книги, однако продолжала посещать библиотеку, превратившуюся в некий мост, который связывал ее с реальным миром, самый прочный и самый долговечный мост. Ей нравились краткие беседы с библиотекаршей — а та была очень довольна, что эта милая девушка наконец нашла свое счастье и, судя по всему, — хорошую работу, хоть ни о чем не спрашивала, поскольку швейцарцы — люди застенчивые и сдержанные (да брехня это: за столиком в «Копакабане» или в постели они ничем не отличались от представителей других наций).

Запись в дневнике Марии, сделанная в томительный воскресный вечер:

У всех мужчин, каковы бы они ни были, — рослых и приземистых, нагловатых или робких, молчаливых и болтунов — есть одна общая черта: все они приходят в «Копакабану», преодолев страх. Самые опытные скрывают его нарочито громким голосом, самые неуравновешенные, не в силах притворяться, пьют, надеясь избавиться от неприятных ощущений. Но я пока не видела никого — ну разве что кроме неведомых «особых клиентов», которых Милан мне пока еще не показывал, — кто бы не испытывал страха.

Но почему? Ведь это мне надо бояться. Ведь это я иду вечером в незнакомое место, я — слабая женщина, у меня нет оружия. Вообще, мужчины — очень странное племя: я говорю не только о тех, кто приходит в «Копакабану», но и обо всех, кто встречался мне. Да, они грозят, кричат, могут побить, но все без исключения сходят с ума от страха перед женщиной. Может быть, не перед той, которую взяли в жены, но непременно найдется такая, кто подчинит их себе и заставит выполнять все свои прихоти. Иногда это — родная мать.

Мужчины, проходившие перед ней с того дня, как она занялась этим ремеслом, изо всех сил старались выглядеть уверенными в себе хозяевами жизни, однако в глазах у них Мария неизменно видела страх — страх перед женой, страх спасовать в решающий момент, страх оказаться не на должной высоте даже с проституткой — с женщиной, которой они платят. А вот если бы они купили в магазине пару башмаков, а те бы им не понравились, неужели не хватило бы у них решимости вернуться с чеком и получить деньги обратно? А здесь они тоже платят некой фирме, но в случае фиаско ни за что на свете не придут в «Копакабану», ибо уверены, что об этом знают все. И им стыдно.

«Ведь это я должна бы стыдиться, что не смогла возбудить мужчину. А стыдятся они».

И, желая избавить их от терзаний, Мария старалась сделать все, чтобы они чувствовали себя непринужденно, а если видела, что клиент не в форме или слишком много выпил, старалась обходиться без полноценного секса, ограничиваясь ласками и мастурбацией — что им очень нравилось, хотя, если вдуматься, выглядело нелепо, поскольку она для этого была не нужна.

Надо было всеми средствами добиться того, чтобы клиент ничего не стыдился. И эти мужчины, такие могущественные и надменные у себя в кабинетах, где перед ними проходила бесконечная череда подчиненных, партнеров, поставщиков, где все было тайной, лицемерием, страхом, — приходили вечером в «Копакабану» и не жалели 350 франков за то, чтобы на ночь отрешиться от самих себя.

«На ночь? Не надо преувеличивать, Мария. На самом деле сеанс продолжается 45 минут, а если вычесть время на раздевание-одевание, неискреннюю ласку, обмен банальностями, то на чистый секс останется всего одиннадцать минут».

Одиннадцать минут. То, на чем вертится мир, длится всего одиннадцать минут.

И вот ради этих одиннадцати минут, занимающих ничтожную часть долгих двадцатичетырехчасовых суток (если предположить, что все эти мужчины занимаются любовью со своими женами, — только предполагать этого не надо, ибо это абсолютная чушь и ложь), они вступают в брак, обзаводятся семьей, терпят плач младенцев, униженно оправдываются, если приходят домой позже обычного, разглядывают десятки, сотни женщин, с которыми им хотелось бы прогуляться по берегу Женевского озера, покупают дорогую одежду себе и еще более дорогую — своим супругам, платят проституткам, чтобы получить то, чего лишены, поддерживают гигантскую индустрию косметики, диеты, всех этих фитнесов и шейпингов, порнографии, власти, а когда встречаются с себе подобными, вопреки расхожему мнению, никогда не говорят о женщинах. А говорят о работе, о деньгах, о спорте.

Куда-то не туда пошла наша цивилизация, и дело тут не в озоновой дыре, не в уничтожении лесов Амазонки, не в вымирании медведей-панда, не в курении, не в канцерогенных продуктах и не в кризисе тюремной системы, как объявляют газеты.

А именно в той сфере бытия, где трудилась Мария, — в сексе.

Впрочем, она стремилась не спасти человечество, а пополнять свой банковский счет, еще полгода терпеть одиночество и сделанный ею выбор, регулярно переводить матери деньги (которая удовлетворилась объяснением, что денег не было по вине швейцарской почты, работающей не в пример хуже бразильской), покупать себе то, о чем раньше не могла и мечтать. Она сняла себе другую, гораздо более комфортабельную квартиру (даже с центральным отоплением, хотя было уже лето), из окон которой виднелись церковь, японский ресторан, супермаркет и симпатичное кафе, где она любила листать газеты.

Оставалось выдержать поставленный самой себе срок. А в остальном все шло по-прежнему и как всегда: «Копакабана», «Позвольте вас угостить?», танец, «Вы из Бразилии?», отель, деньги вперед, разговор и умение затронуть нужные места тела и души — главным образом, души — помочь в интимных проблемах, стать подругой на тридцать минут, из которых одиннадцать уходят на телодвижения и стоны, долженствующие изображать страсть. Спасибо, надеюсь, через неделю увидимся, ты — удивительный мужчина, расскажешь остальное в следующий раз, ой, спасибо, мне даже неловко, мне было так хорошо с тобой.

И самое главное — не влюбляться. Это был самый главный, самый животрепещущий совет из всех, которые дала ей бразильянка, прежде чем исчезнуть из «Копакабаны», — а не оттого ли она исчезла, что влюбилась? За два месяца работы ей несколько раз делали предложение, причем трижды — вполне серьезно: первым был высокопоставленный банковский клерк, вторым тот самый летчик, с которым она дебютировала, а третьим — владелец оружейного магазина. Все трое обещали «вырвать ее из этой жизни», сулили, что у нее будет свой дом, достойное будущее, дети и, быть может, внуки.

И все это — ради одиннадцати минут в день? Не может быть. Теперь, поработав в «Копакабане», она знала, что одиночество — не только ее удел. А представитель рода человеческого может неделю не пить, две недели не есть, много лет обходиться без крыши над головой — но одиночества не выносит. Одиночество — самая жестокая пытка, самая тяжкая мука. Трое претендентов, равно как и многие-многие другие из тех, что искали ее общества, так же как она, испытывали это разрушительное чувство — ощущение того, что во всем мире никому до тебя нет дела.

Во избежание искушений сердце ее было отдано дневнику. В «Копакабану» она приносила только свое тело и свой ум, с каждым днем становившийся все тоньше, все схватчивей. Ей удалось убедить себя, что она приехала в Женеву и в конце концов оказалась в «Копакабане» из каких-то высших соображений, и каждый раз, беря в библиотеке очередную книгу, видела: никто не описал как следует эти важнейшие в сутках одиннадцать минут. Быть может, ее предназначение в мире, ее удел, каким бы жестоким он ни казался сейчас, — написать книгу, рассказать свою историю, поведать о своем приключении.

Вот именно — Приключение! Быть может, она и искала в жизни приключения, хотя это запретное слово люди не решались даже произносить, но с удовольствием следили за приключениями других на экранах телевизоров и в кино. Как прекрасно сочетается это слово с пустынями и ледниками, с путешествиями в дикие, неизведанные края, с таинственными людьми, заводящими разговоры на корабле посреди реки, с киностудиями, самолетами, индейскими племенами, с Африкой!

Мысль написать книгу пришлась ей по вкусу, и она даже придумала ей название — «Одиннадцать минут».

Она разделила своих клиентов на три типа. Первый — «терминаторы» (в честь героя фильма, который ей очень нравился): эти входили в «Копакабану» уже слегка навеселе, делая вид, будто ни на кого не смотрят, и считая, будто все взоры обращены к ним; танцевать не любили и без околичностей отправлялись с ней в отель. Второй тип она окрестила «милашки» (тоже позаимствовав название у фильма): эти были элегантны и до такой степени учтивы и приветливы, словно без этого земля сошла бы со своей оси. Они притворялись, что вот, мол, шли по улице, увидели — бар «Копакабана», отчего ж не заглянуть? Они поначалу были ласковы, а в номере отеля не слишком уверены в себе, но именно по этой причине оказывались в конечном счете в тысячу раз требовательней «терминаторов». Третий получил имя «Большой Босс» (и это тоже благодаря кино). Эти к женщине относились как к товару. Они не стеснялись и не притворялись, были самими собой — танцевали, разговаривали, платили ровно столько, сколько было сказано, не набавляя ни единого франка сверху, ибо знали, что и почем покупают, и никогда не изливали ей душу. Вот эти были, пожалуй, единственные, кто вполне понимал смысл слова «приключение».

Запись в дневнике Марии, сделанная во время месячных, когда она не могла работать:

Если бы сегодня мне надо было рассказать кому-нибудь о своей жизни, я могла бы сделать это так, что меня сочли бы женщиной независимой, отважной, счастливой. А ведь это не так: мне запрещено произносить то единственное слово, которое гораздо важнее одиннадцати минут. Это слово — «любовь».

Всю свою жизнь я воспринимала любовь как осознанное и добровольное рабство. И обманывалась — свобода существует лишь в том случае, если явлена и показана. Тот, кто отдается чувству без оглядки, тот, кто чувствует себя свободным, тот и любит во всю силу души.

А тот, кто любит во всю силу души, чувствует себя свободным.

И по этой причине, что бы я ни делала, как бы ни жила, что бы ни открывала для себя — все бессмысленно. Я надеюсь, что эта пора быстро пройдет — и я вернусь к себе самой, отыскав мужчину, который будет меня понимать и не заставит страдать.

Что за чушь я несу? Любящий никогда не причинит боли любимому; каждый из нас ответствен за чувства, которые испытывает, и обвинять в этом другого мы не имеем права.

Потеря тех, в кого я влюблялась, прежде ранила мне душу. Теперь я убеждена: никто никого не может потерять, потому что никто никому не принадлежит.

Вот она, истинная свобода — обладать тем, что тебе дороже всего, но не владеть этим.

И еще три месяца миновало, и приблизилась осень, а вместе с ней и обведенная кружком в календаре дата: через девяносто дней — возвращение домой. Как стремительно летит, как томительно тянется время, подумала Мария, обнаружив, что время и в самом деле движется по-разному в разные дни, в зависимости от расположения духа. Но так или иначе приключение ее приближалось к концу. Разумеется, она могла бы и продолжить, но у нее перед глазами все стояла печальная улыбка никому, кроме нее, невидимой женщины, которая тогда, во время прогулки по берегу озера, сказала ей: «Не все так просто...» Как ни велико было искушение продолжить, как ни готова теперь была Мария ответить на любой вызов, одолеть любые препоны, появляющиеся перед ней, — но всё же эти месяцы одиночества внятно подсказывали ей: настанет миг, когда надо будет резко оборвать ставшую уже привычной жизнь в «Копакабане». Через три месяца она вернется в бразильское захолустье, купит небольшую фазенду (оказалось, что она заработала больше, чем ожидала), коров (отечественных, а не швейцарских), перевезет к себе родителей, наймет двоих работников и откроет свое дело.

Хотя она по-прежнему считала, что свобода лучше всего прочего учит необходимости любить и что никто никому принадлежать не вправе, в голове у нее все еще роились мстительные замыслы — и возвращение в Бразилию с победой составляло немалую их часть. После того как у нее появится фазенда, она поедет в город, зайдет в банк, где трудится тот самый бывший мальчик, который когда-то предпочел ей ее лучшую подругу, и откроет счет на крупную сумму.

«Привет, Мария, как поживаешь, ты меня не узнаешь?!» — спросит он. А Мария сделает вид, что напрягает память, а потом ответит: «Нет, что-то не узнаю», скажет, что провела целый год в ЕВ-РО-ПЕ (так и скажет — медленно и раздельно, чтобы все его коллеги слышали). Нет, лучше будет: «В ШВЕЙ-ЦА-РИИ» (это будет экзотичней и романтичней, чем «во Франции»), где, как известно, лучшие в мире банки.

«А вы, простите... кто?» — осведомится она в свою очередь. Он скажет, что, мол, в школе вместе учились. «А-а-а, — протянет она. — Вроде бы что-то смутно припоминаю», но всем своим видом покажет, что говорит это исключительно из вежливости. И вот оно — осуществление желанной мести. А потом она будет усердно работать, а когда дело пойдет как задумано, Мария посвятит себя тому, важнее чего нет на свете, — поискам настоящей любви, того единственного мужчины, который ждал ее все эти годы и которого она пока просто еще не успела узнать.

Мария выбросила из головы замысел книги под названием «Одиннадцать минут». Теперь надо бросить все силы на устройство будущего, а иначе придется отложить отъезд, а это — огромный риск.

$\mathcal{B}$ тот день после обеда она отправилась к своей лучшей — и единственной — подруге-библиотекарше. Попросила книги по животноводству и фермерству. Та призналась Марии:

— Знаете, когда несколько месяцев назад вы искали у нас книги о сексе, я немного встревожилась. Ведь столько молоденьких красивых девушек поддаются иллюзии легких денег, забывают, что когда-нибудь состарятся и тогда уж не встретят единственного своего мужчину.

— Вы имеете в виду проституцию?

— Это, пожалуй, слишком сильно сказано.

— Я ведь вам говорила, что работаю в компании, занимающейся экспортом-импортом мяса. И все же если предположить, что стала бы проституткой, неужели последствия были бы столь серьезны? Разве нельзя остановиться, вовремя бросить?.. В конце концов, кто в юности не совершал ошибок?

— Так говорят все наркоманы: «Нужно только вовремя бросить». И никому это еще не удавалось.

— Видно, что в молодости вы были очень хороши собой... Вы родились в стране, которая уважает своих граждан... Этого достаточно, чтобы чувствовать себя счастливой?

— Я горжусь тем, как преодолела препятствия, оказавшиеся на моем пути, — сказала библиотекарша и чуть помедлила, раздумывая, стоит ли продолжать. Что ж, этой девушке ее история может оказаться полезна.

— У меня было счастливое детство, я училась в одной из лучших бернских гимназий, потом переехала в Женеву, поступила на службу, вышла за человека, которого полюбила. Я все делала для него, а он — для меня, но время шло, и ему пришлось выйти на пенсию. И когда он получил возможность делать все, что ему нравится, я заметила: с каждым днем его глаза становятся все печальней — наверно, потому, что за всю свою жизнь он никогда не думал о себе. Мы никогда не ссорились всерьез, жили тихо, без бурь и потрясений: он никогда мне не изменял, всегда относился ко мне с уважением. Мы жили нормальной жизнью — но до такой степени нормальной, что без работы он почувствовал себя никому не нужным, никчемным, ничтожным... Через год он скончался от рака.

«Все это чистая правда, спохватилась она, но может оказать негативное воздействие на эту девушку».

— Так или иначе, лучше, когда жизнь не преподносит неприятных сюрпризов, — договорила она. — Не исключено, что, если бы наша жизнь была более насыщенной, мой муж умер бы раньше.

Мария вышла из дому с намерением найти справочники по усадебному хозяйству. Она была свободна и потому решила прогуляться. В верхней части города ее внимание привлекла табличка с изображением солнца и надписью «Дорога Святого Иакова». Что это такое? Заметив на другой стороне улицы бар, она зашла туда и, верная своему обыкновению спрашивать обо всем, чего не знала, обратилась к девушке за прилавком.

— Понятия не имею, — отвечала та.

Это был фешенебельный квартал, и чашка кофе стоила здесь в три раза дороже. Но раз уж зашла и раз уж оказалась при деньгах, то заказала кофе и решила перелистать справочники, купленные по дороге. Открыла первую книжку, но, как ни старалась сосредоточиться на чтении, ничего не получалось — это было до ужаса скучно. Было бы гораздо интересней поговорить об этом с кем-нибудь из клиентов — они всегда знают наилучший способ поместить и приумножить капитал. Мария расплатилась, поднялась, поблагодарила официантку, оставила ей щедрые чаевые (в этом смысле она была суеверна и считала: кто много дает, тот много и получает), направилась к двери и вдруг, не отдавая себе отчета в том, как важно это мгновение, услышала фразу, которая переменила ее планы, ее будущее, ее представление о счастье, ее душу и женскую суть, ее отношение к мужчине, ее место в мире.

— Постойте-ка.

Она удивилась. Дело происходило в респектабельном кафе, а не в «Копакабане», где мужчины могли позволить себе разговаривать с нею в таком тоне, хотя и она имела полное право ответить: «Даже не подумаю».

Мария хотела уж было продолжить путь, проигнорировав эту просьбу — или приказание? — но любопытство пересилило: она обернулась в ту сторону, откуда прозвучал голос. Увидела она нечто странное — длинноволосый мужчина лет тридцати (или правильней было бы сказать — «молодой человек лет под тридцать»: мир вокруг нее стремительно старел), стоял на коленях, а вокруг валялись кисти. Он писал портрет посетителя, сидевшего за столиком с бокалом анисового коктейля. Мария не заметила их, когда входила в бар.

— Не уходите. Я сейчас закончу. Мне хотелось бы написать и вас тоже.

Мария ответила — и, ответив, сама себе расставила силки:

— Мне это ни к чему.

— От вас исходит свет. Дайте сделать хотя бы эскиз.

Что такое «эскиз»? Какой еще «свет»? Мария была отнюдь не лишена тщеславия, и слова незнакомца польстили ей, тем более что он вроде не шутил. А что, если перед ней — знаменитый художник? Он увековечит ее образ на полотне. Картину выставят в Париже или в Сальвадоре-да-Баия! Она прославится!

А с другой стороны — почему он сидит на полу, разложив вокруг все свои кисти-краски? Ведь это — дорогой и популярный бар.

Словно отгадав ее мысли, официантка сказала вполголоса:

— Он очень известен.

Интуиция не подвела Марию, но она постаралась сохранять хладнокровие.

— Время от времени он приходит к нам и всегда приводит с собой какую-нибудь знаменитость. Говорит, здешняя обстановка его вдохновляет. Знаете, по заказу муниципалитета Женевы он создал панно, где изобразил людей, прославивших город.

Мария перевела взгляд на человека, который позировал художнику, и снова официантка прочла ее мысли:

— А это — ученый-химик, он сделал сенсационное открытие и получил Нобелевскую премию.

— Не уходите, — повторил художник. — Я освобожусь через пять минут. Присядьте пока, закажите себе что хотите, это запишут на мой счет.

Мария, как загипнотизированная, выполнила приказ — села у стойки, заказала анисовый коктейль (она не разбиралась в напитках и потому решила взять пример с Нобелевского лауреата) и стала наблюдать за работой художника. «Я не прославила Женеву, значит, его заинтересовало что-то другое. Но это — не мой тип», думала она, снова и снова повторяя слова, которые твердила себе с первого дня в «Копакабане»: спасение — в добровольном отказе от всех силков и ловушек, расставляемых сердцем.

А поскольку для нее это стало непреложной истиной, можно было и подождать немного — не исключено, что официантка говорит правду и этот человек откроет перед ней двери в мир неведомый, но такой желанный: разве не мечтала она стать моделью?

Меж тем художник проворно и быстро завершал свою работу. А что, если этот мужчина (она решила называть «мужчина», а не «парень», иначе чувствовала себя не по годам старой) даст ей шанс? Не похоже, чтобы он затеял все это для того лишь, чтобы, как говорится, приударить за ней. Через пять минут, как и было обещано, художник в последний раз прикоснулся кистью к холсту. Мария унеслась мыслями к Бразилии, к своему блистательному будущему, не испытывая ни малейшего интереса к знакомству с новыми людьми, которые могли только нарушить ее грандиозные планы.

— Спасибо, можете изменить позу, — сказал художник химику, словно очнувшемуся ото сна, и, обернувшись к Марии, повелительно произнес: — Идите вон в тот угол и сядьте как вам удобно. Освещение превосходно.

И вот — так, словно ей это было на роду написано, так, словно это было самое обычное дело, так, словно она знала этого человека всю жизнь, или так, словно до сей минуты она спала или грезила и только сию минуту поняла, что надо делать в действительности, Мария взяла свой стакан, сумочку, книги, толкующие об успешном ведении усадебного хозяйства, и направилась, куда было велено, — к столику у окна. Художник собрал свои кисти, холст, батарею стеклянных баночек с разноцветными красками, пачку сигарет и опустился на колени у ее ног.

— Некоторое время постарайтесь не двигаться.

— Вы слишком многого хотите: вся моя жизнь проходит в движении.

Мария сочла эту фразу блистательной, но художник явно пропустил ее мимо ушей. Стараясь держаться непринужденно и не смущаться под его взглядом, она показала ему в окно на табличку, давеча привлекшую ее внимание:

— Вы не знаете, что такое «Путь Святого Иакова»?

— В средние века паломники со всей Европы шли этой улицей по направлению к испанскому городу Сантьяго-де-Компостела — городу Святого Иакова.

Он отогнул часть холста, приготовил кисти. Мария по-прежнему не знала, что ей делать и как быть.

— Вы хотите сказать, что эта улица приведет меня прямо в Испанию?

— Да. Месяца через два-три. Только вот что — вы не могли бы посидеть молча? Всего минут десять. И уберите со стола ваш пакет.

— Это книги, — ответила она, слегка раздосадованная бесцеремонностью этой просьбы: пусть знает, что перед ним — интеллигентная женщина, которая не по магазинам бегает, а ходит в библиотеку.

Но он сам без лишних слов снял со стола пакет и поставил его на пол. Да ладно, не больно-то и хотелось производить на него впечатление: она ведь не на работе, так что лучше приберечь свои чары для тех, кто их щедро оплачивает. Зачем так уж стараться ради этого человека, у которого вряд ли хватит денег угостить ее хотя бы чашкой кофе? Мужчине под тридцать не стоит носить такие длинные волосы — это смешно. А с чего это она решила, будто у него нет денег? Ведь официантка сказала, что он — знаменитость... Или это она про химика? Она стала рассматривать его одежду, но ничего особенного не заметила; впрочем, опыт подсказывал, что мужчины, одетые скромно и небрежно, порой оказываются богаче тех, кто носит респектабельный костюм и галстук. Кажется, это тот самый случай.

«А при чем тут вообще этот художник?! Меня интересует картина».

Десять минут — не слишком высокая цена за бессмертие. Мария видела, что он пишет в той части холста, где уже был изображен увенчанный нобелевскими лаврами химик. Она спросила себя, не надо ли будет потом потребовать с него платы.

— Поверните голову к окну.

И снова она повиновалась беспрекословно, что было ей совсем не свойственно. Она стала смотреть на прохожих, на табличку над тем местом, где начиналась дорога, представляя себе, что и много веков назад уже была здесь эта улица, что она пережила все прогрессы, все перемены, творившиеся в мире и в самом человеке. Быть может, это — добрая примета и ее портрет, который окажется в музее, ждет лет через пятьсот та же судьба?

Художник усердно работал, а она мало-помалу стала терять прежнюю веселость и ощущать собственную незначительность. Входя в этот бар, она была уверена в себе, в своей способности принимать самые трудные решения — вот хоть, например, бросить денежную работу и взвалить на плечи тяжкое бремя управления фазендой. А теперь вернулось прежнее чувство растерянности перед миром — чувство, которое проститутке не по карману: это чересчур большая роскошь.

И она догадалась, почему ей так не по себе: впервые за много месяцев на нее смотрели не как на женщину, а... она не могла бы определить это точно, но ближе всего к истине было бы: «Он видит мою душу, мои страхи, мою слабость, мою неспособность противостоять миру, с которой я, как мне казалось, сумела справиться, но о которой ничего, по сути, не знаю».

— Я бы хотела...

— Ради Бога, помолчите, — сказал художник. — Я вижу исходящий от вас свет.

Никто и никогда не говорил ей такого. Говорили: «Я вижу, какой у тебя удивительный изгиб бедра», или «Я вижу, какой удивительной формы твои груди», или — в самом лучшем случае — «Я вижу, что ты хочешь порвать с этой жизнью, прошу тебя, разреши мне снять для тебя квартирку». И к этим репликам она привыкла, но... Свет? Может быть, он имеет в виду наступающие сумерки?

— Свет, присущий только вам одной, — добавил он, догадавшись, что она ничего не понимает.

Свет, присущий мне одной. Нельзя промахнуться сильней, чем этот художник, который к тридцати годам умудрился сохранить такую младенческую невинность. Как известно, женщины созревают и взрослеют раньше, чем мужчины, и Мария, хоть и не сидела ночи напролет, обдумывая метафизические проблемы своего бытия, одно, по крайней мере, знала точно: в ней нет того, что художник назвал «светом», а она определила бы как «сияние». Женщина как женщина, молча страдает от одиночества, пытается найти оправдание тому, что делает, притворяется сильной, а на самом деле — слаба, отвергает любые страсти во имя своей опасной работы, строит планы на будущее, терзается от разочарований и ошибок прошлого — так что никакого в ней нет света или сияния. Должно быть, это просто способ заставить ее молчать и радоваться, что сидит здесь, как дура, и даже пошевелиться не может.

«Свет, присущий мне одной. Мог бы придумать что-нибудь другое, вроде — «чудный у вас профиль».

Как входит свет в дом? Если окна открыты. Как входит свет в человека? Если дверь любви не захлопнута. А уж ее дверь заперта на все замки. Должно быть, это очень скверный и бездарный художник, раз он не понимает таких простых вещей.

— Вот и все, — сказал он и стал собирать свои принадлежности.

Мария не шевельнулась. Она хотела было попросить — «покажите», — но ведь это могло свидетельствовать о ее невоспитанности, о том, что она не доверяет его работе. Но любопытство снова пересилило. Она попросила разрешения взглянуть, он кивнул.

Он изобразил только ее лицо — оно было похоже на ее собственное, но если бы Мария взглянула на картину, не зная модели, то сказала бы: женщина, которая здесь запечатлена, гораздо сильнее ее и наполнена светом, который Мария, глядясь в зеркало, не замечала.

— Меня зовут Ральф Харт. Хотите, закажу вам еще что-нибудь выпить?

— Нет, спасибо.

Судя по всему, теперь беседа двинется по накатанной колее — мужчина будет соблазнять женщину.

— Пожалуйста, еще два анисовых, — попросил он, снова пропустив ее слова мимо ушей.

А какие у нее дела? Читать опостылевшую книжку об управлении усадебным хозяйством? В двухсотый раз прогуливаться по берегу озера? Лучше уж поговорить с тем, кто разглядел в ней ей самой неведомый свет — и именно в тот день, когда начался отсчет последних трех месяцев...

— Чем вы занимаетесь?

Этот вопрос она не любила, не хотела слышать: он заставил ее отказаться от нескольких возможных встреч, когда по той или иной причине кто-то подходил к ней поближе (в Швейцарии это бывает редко — здешние люди сдержанны и замкнуты). Что же ему ответить?

— Работаю в кабаре.

Готово! Гора с плеч! Мария осталась довольна собой, ибо за время, проведенное в Швейцарии, усвоила: надо спрашивать («А кто такие курды?» «А что такое Дорога Святого Иакова?») и отвечать («Работаю в кабаре»), не заботясь о том, что о тебе подумают.

— Мне кажется, я вас где-то видел.

Мария поняла, что художник собирается идти дальше, и обрадовалась своей маленькой победе: этот человек, пять минут назад бесцеремонно отдававший ей приказы и казавшийся таким уверенным в себе, теперь стал таким же, как все мужчины, которые теряются перед незнакомой им женщиной.

— А что это за книги?

Она показала обложки — справочник по сельскому хозяйству, руководство по управлению фазендой.

— Вы работаете в секс-индустрии?

Пожалуй, это чересчур дерзкий вопрос. Неужели она одета слишком вызывающе и он догадался о ее профессии? Так или иначе, надо выиграть

134

время. Все это стало напоминать ей забавную игру. А что ей терять?

— Почему все мужчины только об этом и думают?

Он снова сложил книги в пакет.

— Секс и управление усадебным хозяйством. Не знаю, что скучней.

Что-что? Марии вдруг стало обидно. Как он смеет так отзываться о том, чем она зарабатывает себе на жизнь?! Впрочем, он ведь этого еще не знает, это всего лишь предположение — и довольно нахальное, — но и его нельзя оставить без ответа.

— А я вот считаю, что нет на свете ничего скучнее живописи. Остановленное мгновение, прерванное движение, нечто застывшее, фотография, которая никогда не будет похожа на оригинал. Мертвечина, не интересная никому, кроме самих художников, а они считают себя людьми особенными, носителями культуры и уверены, что не чета всем остальным. Приходилось слышать о Хоане Миро? Мне вот — нет, пока один араб в ресторане не упомянул о нем, но это ровно ничего не изменило в моей жизни.

Она не знала, не слишком ли далеко зашла, потому что официантка принесла коктейли и разговор оборвался — оба некоторое время не произносили ни слова. Мария думала, что ей, вероятно, пора идти, да и Ральфа Харта, наверно, посетили те же мысли. Но два бокала, наполненные чудовищным пойлом, стояли перед ними, служа отличным предлогом еще побыть вместе.

— Зачем вам эти книги?

— То есть как «зачем»?

— Я бывал на Бернской улице. Когда вы сказали, где работаете, я вспомнил, где мог видеть вас раньше — там есть какое-то дорогущее заведение. Просто, пока писал вас, мне это не приходило в голову — слишком сильный исходит от вас свет.

Пол качнулся у Марии под ногами. Впервые устыдилась она своего ремесла, хотя для этого не было ни малейших оснований — она работала, чтобы содержать себя и своих родителей. Это скорей художнику следовало бы стыдиться того, что он захаживал на Бернскую улицу: с минуты на минуту должно было развеяться очарование.

— Послушайте, господин Харт, я хоть родом из Бразилии, но живу здесь уже девять месяцев и знаю — швейцарцы очень сдержанны, потому что живут в маленькой стране, где, как только что подтвердилось, все друг друга знают и по этой самой причине не лезут в чужую жизнь. Ваши слова неуместны и неделикатны, но если целью их было унизить меня, чтобы чувствовать себя более уверенно, то вы зря потеряли время. Благодарю за анисовый коктейль — большей гадости мне пробовать не доводилось, но я все же допью. А потом выкурю сигарету. А потом встану и уйду. А вы можете убираться прямо сейчас, потому что нехорошо знаменитому художнику сидеть за одним столом с проституткой. А ведь я — проститутка. Вы это, наверно, уже поняли? Проститутка с головы до пят, до мозга костей. И не стыжусь этого нисколько. Есть у меня такое свойство — не обманывать ни себя, ни других, в данном случае — вас. Потому что вы недостойны моей лжи. Представьте, что будет, если вон тот знаменитый химик узнает, кто я такая?

Она заговорила еще громче.

— Я — проститутка! И вот что я вам еще скажу: это дает мне свободу! Я знаю, что через три месяца — день в день — уеду из этой проклятой страны, уеду с большими деньгами, с фотографиями, запечатлевшими, как я стою на снегу, уеду куда более образованной, чем приехала, — теперь я разбираюсь в винах и в мужчинах.

Девушка за стойкой бара слушала ее, оцепенев от изумления. Нобелевский лауреат не обращал на происходящее никакого внимания. Но то ли от выпитого, то ли от предвкушения жизни в бразильском захолустье, то ли от радости, которую даровала ей возможность сказать, что думаешь, смеясь над осуждающими взглядами и возмущенными жестами тех, кого это шокирует, она продолжала:

— Уразумели, господин Харт? Сверху донизу, с головы до пят и до мозга костей я — проститутка! И в этом — моя гордость и мое достоинство!

Художник не шевельнулся и не проронил ни слова. Мария продолжала:

— А вы — хоть и художник, но ничего не понимаете в своих моделях. Может быть, химик, который сидит здесь, ни на что не обращая внимания, или просто спит, — это на самом деле — железнодорожник. И все прочие персонажи вашего полотна — не то, что есть на самом деле. А иначе вы никогда бы не сказали, будто видите, как исходит «особый свет» от меня — от женщины, которая, как вы только что узнали, — ВСЕГО ЛИШЬ ПРОСТИТУТКА!

Последние слова она выговорила громко и раздельно. Химик проснулся, официантка принесла счет. Ральф, не обращая на это внимания, ответил тоже медленно, отчетливо, но не повышая голос:

— Это не имеет никакого отношения к тому, чем вы занимаетесь. Я вижу свет. Свет, исходящий от человека, от женщины, которая обладает могучей волей и способна пожертвовать многим ради того, что считает для себя самым важным. Этот свет... этот свет — в глазах.

Мария была обезоружена — художник не поддался на ее провокацию. Ей хотелось верить, что он хочет всего лишь соблазнить ее и ничего больше. Она запретила себе думать — по крайней мере, на ближайшие девяносто дней, — что где-то на земле есть интересные люди.

— Ты видишь перед собой этот бокал с анисовой? — продолжал он, вдруг перейдя на «ты». — Так вот, ты только его и видишь. А я должен дойти до сердцевины того, что делаю, и потому вижу, как рос этот анис, как трепали его ветры, вижу руки, собиравшие зернышки, вижу корабль, привезший их сюда с другого континента, я чувствую все запахи и краски, которые стали частью этих зернышек, смешались с ним и в него проникли, прежде чем пригодились для изготовления настойки. И если бы я когда-нибудь задумал написать его, то запечатлел бы все это на полотне, хотя ты, глядя на него, по-прежнему считала бы, что видишь всего лишь бокал анисовки.

И точно так же, когда ты смотрела на улицу и думала — я знаю, что думала, — о Дороге Святого Иакова, я нарисовал твое детство, твои отроческие годы, твои несбывшиеся, оставшиеся в прошлом мечты, и новые мечты, и твою волю — она-то больше всего меня и занимает... Когда ты смотрела на мою картину...

Мария открыла ворота крепости, хоть и знала, что отныне вряд ли сможет закрыть их.

— ...я видел этот свет. Хотя передо мной была всего лишь женщина, похожая на тебя.

Вновь повисло тягостное молчание. Мария взглянула на часы.

— Через несколько минут мне надо уходить. Почему ты сказал, что секс — это скучно?

— Ты должна это знать лучше, чем я.

— Я это знаю, потому что это — моя работа. Я делаю это каждый день. Но ты — ты мужчина, тебе тридцать лет...

— Двадцать девять.

— Ты молод, привлекателен, знаменит, тебя должны еще интересовать такие вещи, и тебе незачем ходить на Бернскую улицу, чтобы найти себе подругу.

— Нет, есть зачем. Я спал кое с кем из твоих коллег, но не потому, что мне сложно найти подругу. Мне сложно с самим собой.

Мария вдруг почувствовала, как кольнула ее ревность, и сама удивилась этому. Но теперь ей и в самом деле пора было идти.

— Это была моя последняя попытка. Теперь — все, — и он начал собирать разбросанные по полу кисти и краски.

— У тебя что-нибудь не в порядке?

— Все в полном порядке. Неинтересно. Невероятно!

— Заплати по счету. Давай пройдемся. На самом деле я думаю, что многие испытывают то же, что и ты, просто никто не произносит это вслух, — и мне хочется поговорить с таким искренним человеком.

Они зашагали по Дороге Святого Иакова вверх, потом вниз. Дорога вела к реке, река — к озеру, озеро — к горам, горы — к затерянному в Испании селенью. Мимо шли прохожие — возвращались с обеденного перерыва клерки, мамаши катили коляски с детьми, щелкали фотоаппаратами туристы, снимая друг друга на фоне величественного каскада воды посреди озера, сновали восточные женщины в покрывалах, бежали трусцой юноши и девушки — и все они отправлялись в паломничество к этому мифическому городу под названием Сантьяго-де-Компостела, которого, может быть, и вовсе не существует. Может быть, это просто легенда, в которую необходимо верить, чтобы в жизни человеческой появился хоть какой-то смысл. И по запруженной народом Дороге Святого Иакова шли в числе прочих длинноволосый мужчина с тяжелым этюдником на плече и девушка чуть помоложе с пакетом, где лежали руководства по управлению усадебным хозяйством. И ни ему, ни ей в голову не пришло спросить, почему и с какой стати пустились они в это странствие вместе — получилось это само собой, будто ничего естественней и быть не могло, ибо он знал о ней все, она же о нем — ничего.

И по этой самой причине она решилась спросить — она теперь обо всем спрашивала. Поначалу он отмалчивался, отнекивался, но Мария знала в совершенстве, как добиться своего от мужчины, — и добилась, и он рассказал, что в свои 29 лет был женат дважды (это ли не рекорд?!), что много странствовал по свету, что знаком с королями и кинозвездами, что родился в Женеве, а жил в Мадриде, Амстердаме, Нью-Йорке и в Тарбе, маленьком городке на юге Франции, который не значится ни в каких путеводителях, но мил ему, потому что расположен у подножья гор и потому что жители его — люди удивительно сердечные.

Открыли его талант, когда художнику было 20 лет: один крупнейший коллекционер и, как теперь принято говорить, «арт-дилер», оказавшись в его родном городе, случайно зашел пообедать в японский ресторан, где выставлены были работы этого самого Харта. Он стал зарабатывать огромные деньги, он был молод и здоров, мог делать все что угодно, идти куда вздумается, встречаться с кем захочется, и он уже испробовал все удовольствия, какие только доступны мужчине, и ни в чем себе не отказывал, и вот, несмотря на славу, деньги, женщин, путешествия, счастья не обрел, и одна у него была в жизни радость — работа.

— Женщины причиняли тебе страдания? — осведомилась Мария и тотчас сама поняла, что вопрос задала совершенно идиотский и почерпнутый, вероятно, из справочника «Все, о чем должна знать женщина, чтобы завоевать сердце мужчины».

— Никогда. С обеими женами я был очень счастлив. Они мне изменяли, я им изменял, как и положено в нормальном супружестве. А потом, некоторое время спустя, секс перестал меня интересовать. Я продолжал любить, мне порой не хватало спутницы, но секс... а с чего это мы заговорили про секс?

— С того, что я, как ты знаешь, — проститутка.

— Ничего особенно интересного в моей жизни нет. Ну, художник, ну, добился славы довольно рано — это редко бывает — да еще в живописи, что бывает еще реже. Могу писать, как мне хочется и нравится, и продавать свои полотна за большие деньги, даже если критики будут яриться — они ведь уверены, что только им внятен смысл слова «искусство». Все считают, будто у меня есть ответы на все вопросы, и чем дольше я храню молчание, тем умнее кажусь.

Харт продолжал рассказывать о себе: каждую неделю его приглашают в какую-нибудь страну на какое-нибудь действо. У него есть агент в Барселоне — знаешь, где это? Да, в Испании. И этот самый агент — она, кстати, женщина — занимается всем, что касается гонораров, приглашений, выставок, вернисажей, но никогда не заставляет его делать то, чего ему делать не хочется. Потому что после многих лет работы они достигли определенной стабильности на рынке.

— Ну что — интересная история? — голос его звучал неуверенно.

— Скорее нетипичная. Многие, очень многие мечтали бы оказаться на твоем месте.

Теперь Ральф пожелал разузнать о Марии.

— Я, не сочти за кощунство, — едина в трех лицах. И поворачиваюсь той стороной, которая нужна тому, кто со мной говорит в эту минуту. Я — Наивная Девочка, которая смотрит на мужчину, замирая от восхищения, и притворяется, будто потрясена тем, какая у него власть, какая слава. Я — Роковая Женщина, которая атакует неуверенных в себе мужчин и берет инициативу на себя, так что им уже ничего не нужно делать и не о чем беспокоиться. И, наконец, я — Любящая Мать, которая нежно опекает тех, кто нуждается в ее советах, которая терпеливо выслушает все рассказы, если даже они у нее в одно ухо влетают, а из другого вылетают. С кем из этих трех ты хочешь познакомиться?

— С тобой.

И Мария рассказала ему обо всем — ей это было нужно, потому что случилось впервые после ее отъезда из Бразилии. И, завершая свой рассказ, сама заметила, что, хоть занимается она не вполне обычным ремеслом, все же в ее жизни нет ничего особенного, такого, что стоило бы вспомнить, если не считать недели в Рио да первого месяца в

Швейцарии. Дом — работа, работа — дом, и больше ничего.

Когда она завершила свой рассказ, они снова оказались за столиком кафе — но уже на другом конце города, вдалеке от Дороги Святого Иакова, и каждый думал о том, что припасла судьба его случайному спутнику.

— Тебя что-то заботит? — спросила она.

— Да. Не знаю, как сказать тебе «до свиданья».

И она не знала. Этот день был совсем не похож на другие. Мария чувствовала смятение, беспокойство: дверь распахнулась, а как закрыть ее — неизвестно.

— Когда ты покажешь мне картину?

Ральф протянул ей визитную карточку своего барселонского агента.

— Позвони по этому номеру через полгода, если к этому времени еще не уедешь в Бразилию. «Лики Женевы», где будут запечатлены люди прославленные и безвестные, впервые выставят в берлинской картинной галерее. А потом — турне по всей Европе.

Мария вспомнила про свой календарь, про девяносто дней, остающихся до отъезда, и про то, какой опасностью грозит ей любое чувство, любая связь.

«Что важней — жить или притворяться, что живешь? Рискнуть и сказать, что сегодняшний день был самым прекрасным из всех, что провела она в этом городе? Поблагодарить за то, что он выслушал меня, не перебивая и не комментируя? Или снова закрыться панцирем женщины с сильной волей, с «особым светом» и просто уйти?»

Пока шла по Дороге Святого Иакова, пока рассказывала о себе, была счастлива. Вот и довольствуйся этим — это и так подарок судьбы.

— Я приду к тебе, — произнес Ральф Харт.

— Не стоит. Я скоро уезжаю в Бразилию. К тому, что было, нам с тобой добавить нечего.

— Я приду как клиент.

— Для меня это будет унижением.

— Я приду для того, чтобы ты меня спасла.

Еще в начале разговора он сказал, что секс ему не интересен. «Мне тоже», хотела тогда ответить Мария, но сдержалась, памятуя, что молчание — золото.

Какая жалостная история. Снова подходит к ней мальчик, только на этот раз он просит у нее не ручку, а немного общения. Она оглянулась на свое прошлое и впервые в жизни не стала осуждать себя — виновата не она, а этот мальчик, до того неуверенный в себе, что отступился после первой же попытки. Они были детьми, а дети только так и поступают, и никто не виноват — ни она, ни он. Мария испытала огромное облегчение и сразу же почувствовала себя лучше — она не упустила свой первый в жизни шанс. Это происходит со всеми, именно так человеческое существо начинает искать свою вторую половину. Иначе не бывает.

Впрочем, сейчас как раз все обстоит по-другому. Какие бы резоны и доводы ни привела она, как бы убедительно они ни звучали (возвращаюсь в Бразилию, работаю в клубе, мы не успеем как следует узнать друг друга, секс мне не интересен, я знать ничего не хочу о любви, я должна учиться управлять моей фазендой, я ничего не понимаю в живописи, мы живем в разных мирах), жизнь бросает ей вызов. И теперь она уже не ребенок — надо выбирать, надо этот вызов *принимать*.

Она предпочла вообще ничего не говорить. Пожала ему руку, как принято было здесь, в Швейцарии, и направилась домой. Если он такой, каким бы ей хотелось, чтобы он был, его не обескуражит ее молчание.

Запись в дневнике Марии, сделанная в тот же день:

> *Сегодня, когда мы гуляли по берегу озера, по этой странной Дороге Святого Иакова, мой спутник — он художник, существо из другого мира — бросил в воду камешек. И по воде пошли круги — сперва маленькие, а потом все больше, все шире — пока не настигли утку, оказавшуюся там случайно, не имевшую к этому камешку ни малейшего отношения. И вот, вместо того чтобы испу-*

147

гаться непонятно откуда взявшейся волны, она решила поиграть с ней.

А за несколько часов до этого я вошла в кафе, услышала, как чей-то незнакомый голос окликает меня, и — словно сам Господь Бог швырнул камешек. Ток пошел между мной и человеком, который стоял в углу на коленях и рисовал. Он почувствовал колебания, порожденные камешком, и я тоже. А что теперь?

Художник знает, какая модель ему нужна. Музыкант знает, хорошо ли настроен его инструмент. Делая записи в этом дневнике, я сознаю, что есть фразы на его страницах, что сделаны не мной, а той женщиной, от которой исходит пресловутый «свет», той женщиной, которая и есть я, отказывающаяся в это верить.

Можно и дальше отказываться. А можно, подобно той утке на озере, обрадоваться, развеселиться оттого, что невесть откуда взявшийся камешек разбил неподвижность водной глади.

У камешка этого есть имя, и имя это — «страсть». Что ж, оно способно передать, как прекрасна молния, вспыхивающая между двумя людьми, но дело ведь не только в этом.

Дело еще и в восторге перед неизведанным и нежданным, в желании сделать что-нибудь с жаром, в уверенности, что мечта — сбудется. Страсть подает нам знаки, которые ведут нас по жизни, а наше дело — только уметь эти знаки понять.

Хотелось бы верить, что я влюблена. Влюблена в того, кого не знаю, с кем не связываю планов на будущее. Все эти месяцы самообуздания, отказа от любви дали обратный эффект — меня потянуло к первому встречному, который обратил на меня внимание не так, как все прочие.

Хорошо еще, что я не записала номер его телефона, что не знаю, где он живет, что могу потерять его, не виня себя, что теряю шанс.

А если так и будет, если потеряю — все равно: в моей жизни был счастливый день. Вспомни, Мария, на что похож наш мир, — и ты поймешь: один счастливый день — это почти чудо.

Когда вечером она пришла в «Копакабану», он — единственный посетитель — уже ждал ее там. Милан, не без любопытства следивший за тем, как складывается жизнь этой бразильянки, понял, что девушка проиграла сражение.

— Выпьешь?

— Я здесь работаю и работу терять не хочу.

— А я — клиент и спрашиваю, можно ли тебя угостить?

Этот человек, который в баре держался так уверенно, так ловко орудовал кистями, который запросто общался со знаменитостями и держал в Барселоне собственного агента и зарабатывал, должно быть, огромные деньги — теперь показался ей хрупким, незащищенным: он попал не в свою среду, потому что «Копакабана» — это не романтический бар на Дороге Святого Иакова. Очарование рассеялось.

— Ну так как, можно тебя угостить?

— В другой раз. Сегодня я уже занята.

Милан, уловивший конец фразы, понял, что обманулся — нет, эта девушка не купится на обещания любви, не попадет в расставленные силки. И тем не менее весь вечер он спрашивал себя, почему она предпочла какого-то старика, какого-то ничем не примечательного счетовода и страхового агента.

Впрочем, это ее дело. Платит комиссионные — пусть сама решает, с кем ей спать, а с кем — нет.

Запись в дневнике Марии, сделанная после ночи, проведенной со стариком, с ничем не примечательным счетоводом и со страховым агентом:

Чего от меня надо этому художнику? Разве он не знает, что мы принадлежим к разным странам, разным культурам, разным полам? Он, наверно, думает, что я знаю о наслаждении больше, чем он, и хочет чему-нибудь у меня научиться?

Почему он не сказал мне ничего, кроме: «Я — клиент»? Ведь так просто было бы сказать: «Я скучал по тебе» или «Какой чудный день мы с тобой провели». И я — настоящая профессионалка — ответила бы ему в том же духе, хотя он обязан был бы понять мою неуверенность, но ведь я — слабая женщина и здесь, в «Копакабане», я совсем другая.

Он — мужчина. И к тому же художник. А потому не может не знать, что великая цель всякого человеческого существа — осознать любовь. Любовь — не в другом, а в нас самих, и мы сами ее в себе пробуждаем. А вот

151

для того, чтобы ее пробудить, и нужен этот другой. Вселенная обретает смысл лишь в том случае, если нам есть с кем поделиться нашими чувствами.

Он устал от секса? Я тоже — и тем не менее ни он, ни я не знаем, что это такое на самом деле. Мы оставляем при смерти то, важней чего, быть может, и на свете нет, — а ведь я послана, чтобы спасти Ральфа и быть спасенной им. Но он не оставил мне выбора.

$\mathcal{M}$ария испугалась. Она начинала сознавать, что после столь длительного самообуздания вулкан ее души вот-вот начнет извержение и, как только это произойдет, она своим чувствам больше не хозяйка. Что это за субъект — может быть, он наврал о своей жизни все от первого до последнего слова? — с которым она провела всего несколько часов и который не прикоснулся к ней, не попытался поухаживать, соблазнить? Может ли что-нибудь быть хуже этого?

Почему так тревожно колотилось ее сердце? Потому что Мария была уверена — он испытывает то же, что и она. И тут она очень ошибалась. Ибо Ральф Харт хотел встретить такую женщину, которая смогла бы разжечь в нем почти уже погасшее пламя, хотел превратить ее в богиню секса, источающую «особый свет» (тут он был искренен) и готовую взять его за руку и показать ему дорогу к жизни. Он и представить себе не мог, что Мария так же равнодушна к плотской любви, что у нее свои проблемы в этой сфере (познав стольких мужчин, она так ни разу и не смогла испытать наслаждения), что в то утро, когда они встретились, она строила планы на будущее и мечтала, как триумфально вернется на родину.

Почему же она думала о нем? Почему думала о том, кто, быть может, в эту самую минуту изображает красками на полотне другую женщину, говоря, что от нее исходит «особый свет» и что она способна стать истой богиней секса?

«Потому что с ним я могла разговаривать».

Что за чушь! Может, она и о библиотекарше думала?! Ничего подобного. А о филиппинке Нии, единственной из всех девиц в «Копакабане», с кем можно было поделиться мыслями и чувствами, — думала? Не думала. А ведь с обеими она часто виделась, и ей было с ними хорошо.

Мария попыталась переключиться на другое — стало совсем тепло... вчера так и не успела зайти в супермаркет... Написала длинное письмо отцу, во всех подробностях и очень обстоятельно описав, какой участок земли намеревается приобрести, — пусть они с матерью порадуются. Не указала точную дату своего возвращения, но намекнула, что произойдет это в скором времени. Заснула, проснулась, снова заснула, снова проснулась. Поняла, что руководство по управлению усадебным хозяйством хорошо для швейцарцев и не годится для бразильцев — это два совершенно разных мира.

Днем она убедилась, что душа ее немного успокоилась — по крайней мере, ничего похожего на землетрясение, на извержение вулкана, на немыслимое давление, требовавшее немедленного выхода. Ей стало легче, напряжение спало — что ж, на нее и раньше порой накатывала такая страсть, а на следующий день все проходило. Все к лучшему — ее мир остался прежним. Есть семья, которая ее любит, есть человек, который ее ждет и часто пишет письма, сообщая, что торговля тканями процветает и дело расширяется. Даже если она сегодня же вечером решит улететь домой, у нее хватит денег купить фазенду. Худшее позади: она одолела языковой барьер, одиночество, ужин в ресторане с арабом, она приучила свою душу не жаловаться на то, что делают с ее телом. Она отлично знает теперь, чего хочет, и готова на все ради этого. И мужчинам в этом «этом» места нет. По крайней мере, тем, кто не говорит на ее родном языке и не живет в ее родном городе.

Да, она успокоилась, душа перестала ходить ходуном, и Мария поняла, что отчасти и сама виновата — почему она не сказала ему: «Я так же одинока и несчастна, как и ты, вчера ты сказал, что видишь исходящий от меня свет, и это были первые ласковые и искренние слова за все то время, что я провела здесь»?

По радио звучала старинная песенка: «...а любовь моя погибла, и родиться не успев». Да это просто про нее, про ее судьбу.

Запись в дневнике Марии, сделанная через два дня после того, как все пришло в норму:

Страсть не дает человеку есть, спать и работать, лишает покоя. Многие боятся ее, потому что она, появляясь, крушит и ломает все прежнее и привычное.

Никому не хочется вносить хаос в свой устроенный мир. Многие способны предвидеть эту угрозу и умеют укреплять гнилые стропила так, чтобы не обвалилась ветхая постройка. Этакие инженеры — в высшем смысле.

А другие поступают как раз наоборот: бросаются в страсть очертя голову, надеясь обрести в ней решение всех своих проблем. Возлагают на другого человека всю ответственность за свое счастье и за то, что счастья не вышло. Они всегда пребывают либо в полном восторге, ожидая волшебства и чудес, либо в отчаянии, потому что вмешались некие непредвиденные обстоятельства и все разрушили.

Отстраниться от страсти или слепо предаться ей — что менее разрушительно?

Не знаю.

На третий день, будто воскреснув из мертвых, Ральф Харт появился в «Копакабане» снова. И чуть было не опоздал: Мария уже разговаривала с другим клиентом. Однако, заметив художника, вежливо сказала, что танцевать не хочет, у нее уже назначена встреча.

Только сейчас она поняла, чего ждала все эти дни. И приняла безропотно все, что судьбе будет угодно даровать или отнять.

Она не жаловалась, она была довольна, потому что могла позволить себе такую роскошь — все равно в один прекрасный день она навсегда покинет этот город, она знала, что эта любовь — невозможна, а раз так, раз ждать нечего и надеяться не на что, то следует взять все, что случится на этом коротеньком отрезке ее жизни.

Ральф спросил, может ли угостить ее, Мария заказала фруктовый коктейль. Хозяин бара, делая вид, что перемывает бокалы, поглядывал на бразильянку с недоумением — чего ради она переменила решение? Он надеялся, что коктейлем дело не ограничится, и вздохнул с облегчением, когда клиент повел ее танцевать. Ритуал был соблюден, беспокоиться не о чем.

Мария ощущала у себя на талии руку партнера, совсем близко было его лицо, и музыка, слава Богу, гремела так громко, что разговаривать было невозможно. Фруктовый коктейль — не тот напиток, чтобы придать человеку отваги, и те несколько фраз, которыми они обменялись, были сугубо формальны. И что теперь? Отель? Постель? Должно быть, сложностей не возникнет, раз художник сказал, что секс его не интересует, ей всего лишь предстоит выполнить свои профессиональные обязанности. А это всякую страсть убьет в зародыше — и чего она так страдала и мучилась после первой встречи?!

Сегодня вечером она будет Любящей Матерью. Ральф Харт — один из миллионов отчаявшихся. Если она сыграет свою роль достойно, если сумеет не сбиться с того пути, который наметила для себя с самого начала работы в «Копакабане», все будет в порядке. Плохо только, что этот человек так близко: она чувствует его прикосновения — и ей это нравится; она вдыхает запах его одеколона — и ей это нравится. Она, оказывается, ждала его — а вот это ей уже совсем не нравится.

Минуло сорок пять минут, все правила были выполнены, и художник обратился к Милану:

— Беру ее на всю ночь. Плачу как за троих клиентов.

Хозяин пожал плечами и снова подумал, что бразильская девица угодила все-таки в расставленные ей силки любви. А Мария удивилась — она не подозревала, что Ральф Харт так хорошо знает здешние обычаи.

— Мы пойдем ко мне.

Что ж, наверно, это будет лучше всего. Хоть и противоречит наставлениям Милана, в данном случае можно сделать исключение. Во-первых, она узнает, женат он или нет, а во-вторых — посмотрит, как живут знаменитые художники, а потом возьмет да и расскажет об этом в газете своего бразильского городка — пусть всем будет известно, что она в пору своего пребывания в Европе вращалась в элитарных кругах.

«Что за нелепые резоны!»

Через полчаса они приехали в городок Колиньи, находящийся в окрестностях Женевы, — церковь, булочная, муниципалитет, все как полагается. И никакая не квартира, а двухэтажный особняк. Первая оценка: у него, должно быть, и вправду — денег куры не клюют. Вторая оценка: будь он женат, не решился бы привезти ее к себе, постеснялся бы чужих глаз.

Вывод — он богат и холост.

Вошли в холл, откуда лестница вела на второй этаж, но подниматься не стали: Ральф двинулся дальше, в заднюю часть дома, где помещались две комнаты, выходящие в сад. В одной — обеденный стол, все стены увешаны картинами, в другой — диваны, кресла, книжные полки. Пепельницы, заполненные окурками, давным-давно немытые стаканы.

— Могу кофе сварить.

Мария покачала головой. Нет, не можешь. И относиться по-особенному — тоже пока не можешь. Я борюсь с собственными, одолевающими меня демонами, я делаю все то, что строго-настрого запретила себе делать. Но ничего, ничего... Сегодня я исполню роль проститутки, или подружки, или Любящей Матери, хотя в душе чувствую себя Дочерью, которая так остро нуждается в ласке. А вот потом, когда все будет кончено, и кофе можно будет.

— Там, в глубине сада — моя студия, моя душа. А здесь, среди всех этих книг и картин, пребывает мой мозг. Здесь я размышляю.

Мария вспомнила свою женевскую квартирку. Там окна не выходят в сад. Там нет книг — разве что взятые в библиотеке: зачем тратить деньги на то, что можно получить даром? И картин тоже нет — стену украшает афиша Шанхайского цирка акробатов, представление которых она все мечтала увидеть.

Ральф предложил ей виски.

— Нет, спасибо.

Он налил себе и — не добавляя льда, не наливая содовой — выпил одним махом. Потом заговорил о чем-то интересном, и чем интересней было Марии, тем очевидней становилось — теперь, когда они остались наедине, художник боится того, что должно произойти. Хозяйкой положения опять стала она.

Ральф опять наполнил свой стакан и произнес, словно между прочим:

— Ты мне нужна.

И замолчал. Замолчал надолго. Нет, она не заговорит первой. Посмотрим, что будет дальше.

— Ты мне нужна, Мария. От тебя исходит свет. Пусть пока ты считаешь, что не веришь мне, что я всего лишь пытаюсь соблазнить тебя, улестить сладкими речами. Не спрашивай меня: «Почему именно я? Что во мне особенного?» Да ничего, ничего такого, что я мог бы объяснить хотя бы самому себе. Но — и в этом-то заключается тайна жизни — я не в состоянии думать ни о чем другом.

— Я не собиралась тебя спрашивать об этом, — сказала Мария и сказала неправду.

— Если бы я искал объяснений, то сказал бы: стоящая передо мной женщина оказалась способна преодолеть страдание, переплавить его в нечто созидательное и светлое. Но этим всего не объяснить. А я? — продолжал он. — Я наделен творческим даром, я пишу картины, за которые чуть не дерутся музеи всего мира, я — баловень судьбы, я никогда в жизни не платил женщине, я здоров, недурен собой, у меня есть все, о чем может мечтать мужчина... И вот я говорю женщине, которую повстречал в кафе, с которой провел всего лишь несколько часов: «Ты мне нужна». Ты знаешь, что такое одиночество?

— Знаю.

— Это — другое. Ты не знаешь, что такое одиночество, когда весь мир — к твоим услугам, когда ты ежедневно получаешь приглашения на премьеру, на вернисаж, на прием. Когда телефон не умолкает — это звонят женщины, которые говорят, что без ума от твоих работ и мечтали бы поужинать с тобой, и женщины эти — красивы, образованны, умны. Но какая-то сила удерживает тебя, какой-то голос шепчет на ухо: «Не ходи! Ничего хорошего не будет. Опять целый вечер ты будешь пытаться произвести на них впечатление, будешь тратить свою энергию, доказывая себе самому, что способен покорить весь мир». И тогда я остаюсь дома, ухожу в мастерскую, ищу свет, который увидел в тебе, а увидеть его я могу, лишь когда работаю.

— Что я могу дать тебе такого, чего бы у тебя не было? — спросила Мария, немного уязвленная упоминанием о других женщинах, но тотчас вспомнила: в конце концов, он заплатил за то, чтобы она была сейчас рядом с ним.

Он выпил третью порцию виски. Мария мысленно сделала то же самое, представляя, как обжигающий шарик алкоголя прокатывается по пищеводу, как разбегается по крови, вселяя в душу отвагу, — и почувствовала, что охмелела, хоть не сделала и глотка. Голос Ральфа Харта звучал теперь тверже:

— Ладно. Я не могу купить твою любовь, но ты сказала, что знаешь о сексе все. Научи меня сексу. Или научи, что такое Бразилия. Научи хоть чему-нибудь такому, чтобы я мог оказаться рядом с тобой.

Что ему ответить?

— В Бразилии я знаю только два города — тот, где родилась, и Рио. Что касается секса, я не верю, что тебя можно чему-нибудь научить. Мне скоро двадцать три, ты всего на шесть лет старше, но уверена — ты жил в миллион раз интенсивней, чем я. Я знаю лишь мужчин, которые платят, чтобы делать, что хочется им, а не мне.

— Все, о чем может мечтать мужчина, воображая себя в постели с одной, двумя, тремя женщинами, я испробовал в действительности. И не знаю, многому ли научился.

Снова воцарилось молчание, но на этот раз нарушить его должна была Мария. И Ральф не помог ей — как раньше она ему не помогла.

— Ты хочешь... использовать мои профессиональные навыки?

— Я просто хочу тебя.

Нет, он не мог произнести эти слова — потому что именно эти слова она мечтала услышать.

И снова — землетрясение, извержение, буря. Ей не выбраться из этой ловушки, которую она сама себе подстроила, она потеряет этого человека, так никогда и не овладев им по-настоящему.

— Ты знаешь, Мария. Научи меня. Быть может, это спасет меня. И тебя. Вернет нас обоих к жизни. Ты права — я всего на шесть лет старше тебя, но прожил словно несколько жизней. У нас — совершенно разный жизненный опыт, но мы оба потеряли надежду. Единственное, что может внести мир в наши души, — это быть вместе.

Зачем он все это говорит? Это немыслимо — и тем не менее это правда. Они виделись всего однажды и все-таки испытывали потребность друг в друге. Страшно представить, что будет, если их встречи продолжатся. Мария была умна от природы, и к тому же давали себя знать много месяцев чтения и наблюдений за природой человеческой; у нее была цель в жизни, но была и душа, и в душу эту предстояло заглянуть, чтобы открыть источаемый ею «свет».

Она устала быть такой, как была все это время, и, хотя скорое возвращение в Бразилию сулило много нового, трудного, интересного, она еще не познала все, что могла познать. И вот теперь Ральф Харт, человек из породы тех, кто принимает любые вызовы судьбы, кто знает все, просит эту девушку, эту проститутку, эту Любящую Мать спасти его. Что за нелепость!

Бывали в ее практике мужчины, которые вели себя с ней сходным образом — одним не удавалось возбудиться, другие хотели, чтобы с ними обращались как с маленьким ребенком, третьи изображали исполнение супружеского долга, уверяя, что их возбуждает, когда у жены — много любовников. Впрочем, хотя ни одного из «особых клиентов» ей пока не попадалось, Мария уже убедилась в том, какое неимоверное количество фантазий гнездится в человеческой душе. И все же каждый из прежних клиентов жил в своем мире, но никто не просил: «Уведи меня отсюда». Наоборот, они пытались затащить в свой мир Марию.

Но, хотя все эти многочисленные мужчины платили ей деньги, не одаривая никакой энергией, нельзя сказать, чтобы она уж совсем ничему не научилась. А вот если бы кто-нибудь из них в самом деле искал любви, а секс был бы лишь ее частью, какого обращения хотелось бы Марии?

Что бы ей понравилось?

— Получить подарок, — сказала она.

Ральф Харт не понял. Подарок? Он и так уже заплатил ей вперед за ночь и за такси, поскольку ритуал был ему известен. Что она хочет сказать этим?

В этот миг Марию осенило — она поняла, что должны чувствовать мужчина и женщина. Взяв Ральфа за руки, она повела его в комнату.

— В спальню подниматься не будем.

Она погасила свет, села на ковер и велела ему сделать то же самое. Увидев камин, приказала:

— Разожги.

— Сейчас же лето...

— Разожги камин. Ты же сам хотел, чтобы сегодня ночью я направляла наши шаги.

Взгляд ее был тверд — она надеялась, Ральф заметит исходящий от нее свет. И поняла, что заметил, — потому что он вышел в сад и вернулся с несколькими мокрыми от дождя поленьями, положил их вместе со старыми газетами в камин и развел огонь. Потом двинулся на кухню за бутылкой виски, но Мария удержала его:

— Ты спросил меня, чего я хочу?

— Нет, не спрашивал.

— Так знай: человек рядом с тобой — существует. Думай о нем. Думай, не предложить ли ему виски, джину или кофе. Спроси.

— Что ты выпьешь?

— Вина. Вместе с тобой.

Ральф принес бутылку вина. К этому времени огонь в камине уже разгорелся; Мария погасила последнюю лампу, и комнату освещало теперь только пламя. Она вела себя так, словно всегда знала: именно таков должен быть первый шаг — узнать того, кто рядом с тобой, убедиться, что он и вправду — рядом.

Открыв сумочку, достала оттуда ручку, купленную в супермаркете. Не все ли равно — сгодится и ручка.

— Возьми. Я купила ее на тот случай, если придется что-нибудь записать насчет усадебного хозяйства. Пользовалась ею два дня, работала, можно сказать, не покладая рук. Она хранит частицу моего усердия, моей сосредоточенности, моей воли. Теперь я отдаю ее тебе.

Она мягко вложила ручку в его руку.

— Вместо того чтобы купить что-нибудь такое, что понравилось бы тебе, я даю тебе свое, на самом деле принадлежащее мне. Это — подарок. Это — знак уважения к человеку, который рядом со мной. Это — просьба понять, как важно то, что он — рядом со мной. Я по доброй воле, от чистого сердца даю тебе предмет, в котором заключена частица меня самой.

Ральф поднялся, подошел к книжной полке, что-то снял оттуда и вернулся.

— А это — вагончик игрушечной железной дороги... В детстве мне не разрешали пускать ее самому: отец говорил, что она очень дорогая, из Америки... И мне оставалось только ждать, когда ему придет охота расставить все это посреди комнаты... Но по воскресеньям он обычно ходил в оперу. Детство кончилось, поезд остался, так и не принеся мне никакой радости. Я сохранил и рельсы, и паровозик, и станционные постройки, и даже инструкцию — был у меня поезд, вроде бы мой, но и не мой. Какой же он мой, если я с ним не мог играть?

Лучше было бы, если бы он сломался, как и все прочие игрушки, которые мне дарили и о которых я уже не помню... Ведь детская страсть к разрушению — это способ познания мира. Но он уцелел и теперь всегда напоминает мне детство, которого, как выясняется, у меня не было... Слишком дорогая это была игрушка... Но отцу не хотелось возиться. А может быть, каждый раз, когда он включал ее, он боялся показать, как он меня любит.

Мария устремила пристальный взгляд на огонь в камине. Что-то произошло... Нет, это не действие вина, не разнеживающее тепло. Они обменялись подарками — вот в чем было дело.

Ральф тоже повернулся лицом к огню. Оба молчали, слушая, как потрескивают дрова. Пили вино, и возникало чувство, что ни о чем не надо говорить, ничего не надо делать — можно просто сидеть бок о бок и смотреть в одном направлении.

— В моей жизни тоже есть такие неприкосновенные вагончики, — наконец произнесла Мария. — Вот, например, — сердце... Мне тоже удавалось пустить его в ход, лишь когда окружающий мир раскладывал для него рельсы... А он не всегда выбирал для этого подходящую минуту.

— Но ты любила...

— Да, любила. Сильно любила. Так сильно, что, когда любовь попросила сделать ей подарок, я испугалась и убежала.

— Не понимаю.

— И не надо. Я учу тебя, ибо открыла то, чего ты не знаешь. Это — подарок. Когда отдаешь что-то свое. Отдаешь что-то важное, что-то ценное еще до того, как тебя попросили. Ты теперь обладаешь моим сокровищем — ручкой, которой я заносила на бумагу свои сны. А я — твоим: у меня есть твой вагончик, частица детства, не прожитого тобой. Теперь я буду носить с собой частицу твоего прошлого, а ты — частицу моего настоящего. Вот и славно.

Она проговорила все это совершенно спокойно, ни на секунду не удивившись тому, что говорит и делает, словно это были наилучшие и единственно возможные слова и поступки. Потом гибким и плавным движением поднялась, повесила жакет на «плечики», поцеловала Ральфа в щеку. Он не шевельнулся, по-прежнему глядя, как зачарованный, на языки пламени и, быть может, вспоминая отца.

— Никогда не понимал, зачем я храню этот вагончик... А теперь вдруг стало ясно — чтобы отдать его тебе, вот так, вечером, при огне камина... Теперь этот дом станет легче.

И добавил, что завтра же отдаст все остальное — рельсы, паровоз, семафоры — в какой-нибудь детский приют.

— Смотри, может быть, теперь таких игрушек уже не выпускают, и эта дорога стоит кучу денег, — предупредила Мария и сейчас же прикусила язык: речь ведь не об этом, а о том, чтобы освободиться от того, что так дорого нашему сердцу.

Чтобы не сказать лишнего, она еще раз поцеловала Ральфа и направилась к дверям. Он все так же неотрывно смотрел на огонь, и тогда она деликатно попросила открыть.

Ральф поднялся, и она объяснила, что, хоть ей и приятно, как он смотрит на огонь, у них в Бразилии есть такая странная примета: когда уходишь из дома, где побывал в первый раз, дверь нельзя открывать самому, а иначе никогда больше сюда не вернешься.

— А я хочу вернуться.

— Хоть мы и не раздевались, и я не обладал тобой, и даже не прикоснулся к тебе, мы любили друг друга.

Мария рассмеялась. Он предложил отвезти ее домой. Она отказалась.

— Завтра в «Копакабане» я увижу тебя.

— Нет, не приходи. Выжди неделю. Я твердо усвоила: ждать — это самое трудное. Я тоже хочу освоиться и привыкнуть к тому, что ты — со мной, даже если тебя нет рядом.

И снова — в который уж раз за то время, что она провела в Женеве, — Мария оказалась в сырой тьме. Но раньше эти прогулки неизменно наводили либо на грустные мысли об одиночестве, о родном языке, не звучавшем вокруг нее уже столько месяцев, о том, как хочется вернуться в Бразилию, либо заставляли ее прикидывать, сколько она заработала и сколько еще заработает.

Но сегодня она шагала на встречу с самой собой, с той женщиной, которая сорок минут провела у пылающего камина рядом с мужчиной, с женщиной, исполненной света, мудрости, опыта, очарования. Как давно она не видела ее лица — кажется, в последний раз это было, когда она гуляла по берегу озера, раздумывая, не посвятить ли себя этой чужой для нее жизни, и, помнится, она улыбалась очень грустно. Во второй раз ее лицо Мария увидела на холсте. И вот теперь снова ощутила ее волшебное присутствие. Лишь убедившись, что его больше нет, что она осталась, как всегда, одна, Мария взяла такси.

Лучше не думать о случившемся только что, чтобы не испортить, чтобы не дать тоске заметить все те светлые мгновения, прожитые ею в этот вечер. Если та вторая Мария и вправду существует, она вернется — когда-нибудь, когда надо будет.

Запись в дневнике Марии, сделанная в тот вечер, когда она получила в подарок игрушечный вагончик:

Самое глубокое, самое искреннее желание — это желание быть кому-нибудь близким. Дальше уже — реакции: мужчина и женщина вступают в игру, но то, что предшествует этому, — взаимное притяжение, — объяснить невозможно. Это — желание в своем самом чистом виде.

И пока оно еще пребывает таким, мужчина и женщина влюблены в жизнь и проживают каждое мгновение осознанно и восторженно, не переставая поджидать нужную минуту, когда можно будет отпраздновать новое благословение.

Они не спешат, не торопятся, не подгоняют ход событий неосознанными поступками. Ибо знают: неизбежное проявится, истинное обязательно найдет способ и путь обнаружиться. Когда придет время, они не станут колебаться и не упустят его — этот волшебный миг, ибо уже научились сознавать важность каждой секунды.

Прошло еще несколько дней, и Мария почувствовала, что, как ни старалась, все-таки снова угодила в капкан, но это ее не печалило и не тревожило. Даже наоборот — теперь, когда терять было нечего, она обрела свободу.

Она с полной отчетливостью сознавала, что, как бы романтически ни складывались ее отношения с Ральфом Хартом, в один прекрасный день он сообразит: она — всего лишь проститутка, а он — известный художник. Она живет в далекой стране, где года не проходит без какого-нибудь потрясения, он — в земном раю, где жизнь человеческая от колыбели до могилы упорядочена и защищена. Он учился в лучших академиях и посещал лучшие музеи в мире, а она еле-еле дотянула до аттестата зрелости. Так что, как ни хорош сон, а просыпаться рано или поздно придется, а Мария прожила на белом свете достаточно, чтобы понимать: действительность плохо вяжется с мечтами. Но теперь для нее вся отрада и заключалась в том, чтобы сказать этой самой действительности: «Я не нуждаюсь в тебе, мое счастье не зависит от того, что происходит вокруг».

«Боже, до чего же я романтична».

Целую неделю она пыталась понять, что может она сделать для того, чтобы Ральф Харт стал счастливым: ведь это он вернул ей ее достоинство и «свет», которые она считала потерянными навсегда. Но единственным способом отблагодарить его было то, что Ральф считал ее специальностью, — секс. Поскольку в «Копакабане» все обстояло обыденно и рутинно, Мария решила поискать иные источники познания.

Она посмотрела несколько порнографических фильмов, но и на этот раз не нашла в них ничего интересного — разве что почерпнула кое-какие сведения относительно поз и количества партнеров. Когда фильмы не помогли, обратилась к литературе: надо будет впервые за время ее пребывания в Женеве купить книг, хоть это и непрактично, все равно ведь — прочтет да выкинет. И она отправилась в книжный магазин, который заметила еще в тот день, когда они шли по Дороге Святого Иакова, и осведомилась, есть ли там что-нибудь по интересующему ее вопросу.

— Еще бы! — воскликнула продавщица. — Огромное количество книг! Впечатление такое, будто людям ни до чего другого вообще нет дела. Вот специальный отдел, но помимо этого во всех романах — видите, сколько их тут? — есть по крайней мере одна сексуальная сцена. Люди думают только о сексе, если даже он спрятан в изящных любовных историях или в серьезных научных трактатах о поведении человека.

Однако Мария во всеоружии своего опыта знала, что продавщица ошибается — людям просто хочется так думать, потому что они считают, будто весь мир только тем и занят. Люди соблюдают режим, носят парики, часами сидят в косметических кабинетах или в гимнастических залах, надевают то, что подчеркивает достоинства и скрывает недостатки фигуры, тщатся высечь искру — ну и что? Наконец ложатся в постель, и продолжается это всё *одиннадцать минут*. Одиннадцать минут — и всё. И ничего такого, что поднимало бы в небеса, а потом пройдет еще немного времени — и никакой искрой не разжечь угасшее пламя.

Но глупо спорить с беленькой продавщицей, которая считает, будто книги могут объяснить, как устроен мир. Мария уточнила только, где находится этот специальный отдел, и обнаружила на стеллажах сколько-то там книг о гомосексуалистах, лесбиянках, скабрезные мемуары каких-то монахинь, какие-то руководства по технике восточного секса, снабженные многочисленными иллюстрациями, на которых представлены были чрезвычайно неудобные позиции. Внимание ее привлек только один том под названием «Священный секс». По крайней мере, это что-то другое.

Мария купила эту книгу, принесла ее домой, включила радио, нашла программу, всегда помогавшую ей думать (там передавали музыку негромкую и мелодичную), стала листать, разглядывая позиции, совокупляться в которых могли бы только акробаты. Текст оказался скучным.

Она достаточно разбиралась в своей профессии, чтобы знать: не все в жизни зависит от того, в какой позиции ты занимаешься любовью, а в большинстве случаев все это чередование движений происходит естественно и бездумно, само собой, как в танце. Тем не менее она попыталась сосредоточиться на чтении.

Через два часа она сделала два вывода.

Во-первых: надо поужинать и бежать в «Копакабану».

Во-вторых: человек, написавший эту книгу, ничего не смыслил в предмете своего исследования, ровным счетом *НИ-ЧЕ-ГО*. Очень много теории, какие-то восточные премудрости, бессмысленные ритуалы, дурацкие рекомендации. Автор предавался медитациям в Гималаях (интересно знать, где это?), увлекался йогой (об этом Мария что-то слышала), изучил гору литературы, поскольку беспрерывно ссылался то на того, то на этого, но самого главного так и не понял. Секс — это не теория, не воскуряемый фимиам, не эрогенные зоны, не высокоумные и глубокомысленные рассуждения. Как может человек (автор — кажется, женщина) браться за такую тему, если даже Мария, работающая в этой сфере, толком не может в ней разобраться? Гималаи, что ли, виноваты? Или дело в неодолимом стремлении усложнять предмет, прелесть которого и состоит в простоте и страсти? Если уж эта тетка сумела опубликовать свою книгу (и ведь она продается!), то не подумать ли всерьез и Марии о том, чтобы вернуться к рукописи «Одиннадцать минут»? В ней, по крайней мере, не будет фальши — она всего лишь расскажет свою историю как есть, без прикрас.

Но, во-первых, некогда, а во-вторых, не интересно. Ей надо собрать всю свою энергию, чтобы сделать счастливым Ральфа Харта и научиться управлять фазендой.

Жизнь порой бывает удивительно скупа — целыми днями, неделями, месяцами, годами не получает человек ни единого нового ощущения. А потом он приоткрывает дверь — и на него обрушивается целая лавина. Именно так случилось у Марии с Ральфом Хартом. Минуту назад не было ничего, а в следующую минуту — столько, сколько ты и принять не можешь.

Запись в дневнике Марии, сделанная сразу после того, как она отбросила скучную книгу:

Я встретила мужчину и влюбилась в него. Я позволила себе эту слабость по одной простой причине — я ничего не жду и ни на что не надеюсь. Знаю — через три месяца буду далеко отсюда и он станет для меня воспоминанием, но без любви больше жить не могу, я и так уже на пределе.

Пишу для Ральфа Харта — так зовут этого мужчину. Я не уверена, что он еще раз придет в заведение, где я работаю, но, даже если придет, впервые в жизни от этого ничего не изменится. Мне достаточно любить его, мысленно быть с ним рядом и украшать этот прекрасный город его лаской, его словами, отзвуком его шагов... Когда я уеду из Швейцарии, он обретет облик, имя, я вспомню, как пылали дрова в камине. Все, что я пережила здесь, все тяготы, через которые мне пришлось пройти, никогда не станут вровень с этим воспоминанием, даже близко к нему не подойдут.

Мне хочется сделать для него то, что он сделал для меня. Я долго думала и поняла, что в то кафе зашла не случайно — самые важные встречи устраивают души, еще прежде, чем встретятся телесные оболочки.

Как правило, эти встречи происходят в тот миг, когда мы доходим до предела, когда испытываем потребность умереть и возродиться. Встречи ждут нас — но как часто мы сами уклоняемся от них! И когда мы приходим в отчаяние, поняв, что нам нечего терять, или наоборот — чересчур радуемся жизни, проявляется неизведанное и наша галактика меняет орбиту.

Все умеют любить, ибо получают этот дар при рождении. Кое-кто распоряжается им довольно искусно, большинству приходится учиться заново, воскрешая в памяти приемы и навыки, но все — все без исключения! — должны перегореть в пламени былых страстей, воскресить былые радости и горести, падения и подъемы — и так до тех пор, пока не нащупают путеводную нить, таящуюся за каждой новой встречей... Да, эта нить существует.

И вот тогда плоти станет внятен язык души. Это и называется словом «секс», это я и смогу дать человеку, вернувшему меня к жизни, хотя он даже не подозревает, сколь важна была его роль в моей судьбе. Он просит меня об этом; он это получит; я хочу, чтобы он был счастлив.

*Ч*ерез два часа после того, как сделала Мария последнюю запись в дневнике, Милан, чуть успела она перешагнуть порог «Копакабаны», сказал:

— Стало быть, ты была с этим художником.

Надо полагать, Ральф посещал это заведение — Мария поняла это, когда он, обнаружив отличное знакомство с местными обычаями, заплатил втрое, причем не осведомился, сколько будет стоить ночь.

В ответ Мария только кивнула, напустив на себя таинственный вид, но Милан не обратил на это ни малейшего внимания, ибо знал здешнюю жизнь лучше, чем она.

— Думаю, ты уже годишься для следующего шага. Есть тут один особый клиент, который всегда осведомляется о тебе. Я отвечал, что у тебя, мол, еще опыта мало, и он мне верил. Но, пожалуй, пришло время попробовать.

«Особый клиент»?

— А художник при чем?

— Да при том, что он тоже — особый клиент.

Значит, все, что она делала, Ральф Харт уже испытал с кем-нибудь из других девиц? Мария закусила губу и промолчала: не она ли записала в дневнике, что прожила прекрасную неделю?!

— И с этим новым надо будет сделать то, что мы делали с художником?

— Что вы делали с художником, я не знаю, но если сегодня тебя захотят угостить — откажись. Особые клиенты лучше платят, так что в накладе не останешься.

Все в этот вечер шло своим чередом — девицы из Таиланда, как всегда, сели вместе, у колумбиек был обычный всепонимающий вид, три бразильянки (и Мария среди них) притворялись, что погружены в свои мысли и нет на свете ничего такого, что могло бы их заинтересовать или удивить. Были еще австриячка, две немки, а прочий контингент составляли приезжие из Восточной Европы — все как на подбор высокие, красивые, белокурые: славянки почему-то всегда раньше других выходили замуж. Появились посетители — русские, швейцарцы, немцы: всё люди преуспевающие и способные заплатить за самых дорогих проституток в одном из самых дорогих городов мира. Кое-кто направлялся и к ее столику, но она переводила взгляд на Милана, а тот еле заметно качал головой. Мария была довольна: может быть, сегодня и не придется ложиться в постель, ощущать чужой запах, принимать душ в ванной комнате, где порой бывало чересчур прохладно. Ей хотелось совсем другого — научить пресытившегося человека, как надо заниматься... нет, не сексом, а любовью. И по здравом размышлении она решила, что никто, кроме нее, не сумеет придумать историю настоящего.

В то же время она спрашивала себя: «Почему люди, все испробовав и испытав, всегда хотят вернуться к истоку, к началу?» Впрочем, это не ее дело: заплатите как следует, и я — к вашим услугам.

В дверях появился мужчина — на вид помоложе, чем Ральф Харт, красивый, черноволосый, с улыбкой, открывавшей превосходные зубы. На нем был костюм, какой любят носить китайцы, — не пиджак, а нечто вроде тужурки с высоким воротом, из-под которого выглядывала безупречной белизны рубашка. Он подошел к стойке бара, переглянулся с Миланом, а потом направился к ней:

— Позвольте вас угостить.

Повинуясь кивку Милана, Мария пригласила его сесть рядом. Заказала свой фруктовый коктейль, стала ожидать приглашения на танец.

— Меня зовут Теренс, — представился клиент. — Я работаю в британской фирме, выпускающий CD. Говорю это, потому что знаю: я пришел туда, где людям можно доверять. И надеюсь, это останется между нами.

Мария по обыкновению что-то начала говорить про Бразилию, но он прервал ее:

— Милан сказал: вы знаете, что мне нужно.

— Что вам нужно, пока не знаю. Но я пойму.

Ритуал не был выполнен. Теренс заплатил по счету, взял ее за руку, они вышли, сели в такси, и там он протянул ей тысячу франков. На мгновение ей вспомнился тот араб, с которым она ужинала в ресторане, где все стены были увешаны полотнами знаменитых художников. С тех пор она ни разу не получала от клиента столько, и теперь это ее не обрадовало, а встревожило.

Автомобиль остановился у входа в один из самых фешенебельных женевских отелей. Теренс поздоровался с портье и, отлично ориентируясь, повел ее в апартаменты — несколько соединенных между собой номеров с видом на реку. Он откупорил бутылку вина — вероятно, какого-то редкостного — и предложил ей бокал.

Потягивая вино, Мария разглядывала клиента, гадая: что может быть нужно такому молодому, красивому, респектабельному господину от проститутки? Теренс говорил мало, потому и она по большей части молчала, пытаясь понять, какие прихоти «особого клиента» ей придется исполнить. Она понимала, что инициативу проявлять не следует, но, если уж так сложились обстоятельства, следует вести себя в соответствии с ними — в конце концов, не за каждую ночь получает она тысячу франков.

— У нас есть время, — проговорил Теренс. — Времени сколько угодно. Захочешь — сможешь переночевать здесь.

Марии вновь стало не по себе. Клиент не выглядел смущенным и говорил — не в пример многим другим — спокойно. Он знал, чего хочет: в прекрасном номере с видом на озеро в прекрасном городе зазвучала — не позже и не раньше, а когда надо — прекрасная музыка. Костюм был хорошо сшит и сидел как влитой; а стоявший в углу маленький чемодан свидетельствовал, что его владелец может себе позволить путешествия налегке или приехал в Женеву на одну ночь.

— Нет, ночевать я буду дома, — ответила Мария.

Сидевшего перед нею мужчину как подменили — исчезло учтивое выражение лица, в глазах появился холодный, ледяной блеск.

— Сядь-ка вон туда, — произнес он, указывая на кресло рядом с маленьким письменным столом.

Это был приказ, настоящий приказ! Мария подчинилась и, как ни странно, собственная покорность подействовала на нее возбуждающе.

— Сядь прямо! Не сутулься! Спину держи! Будешь горбиться — накажу!

«Накажу»? Особый клиент! Она мгновенно поняла, что это значит, и, достав из сумочки тысячу франков, положила купюры на столешницу.

— Я знаю, чего ты хочешь, — сказала она, глядя в самую глубину его льдисто-голубых глаз. — Но не расположена.

Теренс увидел, что она не шутит, и стал прежним.

— Выпей вина. Принуждать тебя я не собираюсь. Побудь еще немного или иди, если хочешь.

Эти слова немного успокоили Марию.

— Я работаю на хозяина, он меня защищает и мне доверяет. Пожалуйста, ничего с ним не обсуждай, — сказала она, причем ее голос не звучал умоляюще или жалобно: она просто вводила Теренса в курс дела.

А он превратился в такого, каким был в «Копакабане» — клиент как клиент, не слишком нежен, не очень груб, и только, в отличие от всех прочих, точно знает, чего хочет. Казалось, он вышел из транса, перестал играть роль в так и не начавшемся спектакле.

Что же — неужели уйти, так и не узнав, что такое «особый клиент»?

— Чего же ты хочешь?

— А ты не догадываешься? Боли. Страдания. И огромного наслаждения.

«Боль и страдание плохо вяжутся с наслаждением», — подумала Мария, хотя ей отчаянно хотелось, чтобы одно было неотделимо от другого — и тогда горький жизненный опыт стал бы отрадным и светлым воспоминанием.

Теренс взял ее за руки и подвел к окну: на противоположном берегу озера высилась колокольня собора: Мария вспомнила, что видела ее, проходя с Ральфом Хартом по Дороге Святого Иакова.

— Видишь эту реку, это озеро, эти дома, этот храм? Пятьсот лет назад все это было примерно таким же, как сейчас.

Вот только город был совершенно пуст: неизвестная болезнь свирепствовала в Европе, и никто не знал, отчего умирает такое множество людей. Ее стали называть моровой язвой, Божьей карой, постигшей мир за грехи населявших его.

И тогда нашлись такие, кто решился пожертвовать собой ради остального человечества. Они выбрали то, чего больше всего боялись, — физическую боль. И стали днем и ночью ходить по этим мостам, улицам и площадям, хлеща себя бичами, стегая цепями. Они страдали во имя Божье и в страдании славили Бога. И вскоре поняли, что терзать свою плоть им приятнее, чем выпекать хлеб, пахать землю, кормить скотину. Боль доставляла уже не страдание, а наслаждение — поскольку они сознавали, что избавляют род людской от грехов. Боль превратилась в ликование, в ощущение полноты жизни, в блаженство.

В глазах Теренса вновь возник угасший было на несколько минут холодный блеск. Он взял деньги, положенные Марией на стол, отсчитал от них 150 франков, спрятал их в карман, а остальное протянул ей.

— Насчет хозяина не беспокойся. Это его комиссионные. Обещаю, что ничего ему не скажу. Можешь идти.

Мария машинально взяла деньги.

— Нет!

Что это было — вино, араб в ресторане, женщина с печальной улыбкой, мысль о том, что она никогда больше не вернется в это проклятое место, страх любви, надвигавшейся на нее в обличье мужчины, письма к матери, где описывалась прекрасная жизнь и тысячи возможностей получить прекрасную работу, мальчик, спросивший, нет ли у нее лишней ручки, борьба с самой собой, чувство вины, любопытство, желание узнать, где находится последний предел, за который уже нельзя переступить, упущенные шансы, неосуществленные возможности? Другая Мария сидела здесь, она не преподносила подарки, а приносила себя в жертву.

— Я больше не боюсь. Приступай. Если нужно, накажи меня за то, что я пыталась ослушаться. Я вела себя неправильно с тем, кто защищал меня и любил, я солгала ему, я предала его.

Она вступила в игру. Она говорила то, что надо говорить в таких случаях.

— На колени! — тихо и грозно произнес Теренс.

Мария повиновалась. С ней никогда еще так не обращались, и она не знала, хорошо это или плохо, а всего лишь хотела пойти дальше: за все, что было сделано в жизни, она заслуживала того, чтобы ее унизили. Она стремительно выгрывалась в новую роль, становясь другой — совершенно неведомой женщиной.

— Ты будешь наказана. Ты — никчемное существо, не знающее правил, понятия не имеющее о сексе, о жизни, о любви.

И Теренс, произнося все это, словно раздваивался, превращаясь в двух разных людей: один спокойно объяснял правила, другой заставлял ее чувствовать себя самым ничтожным существом на свете.

— Знаешь, зачем мне все это? Потому что нет на свете большего наслаждения, чем открыть кому-нибудь врата в мир неведомого. Лишить невинности — нет, не тело, а душу. Понимаешь?

Она понимала.

— Сегодня я еще разрешаю тебе спрашивать. Но в следующий раз, когда поднимется занавес в нашем театре, прервать начавшийся спектакль ты будешь не вправе. Он прервется, только если не совпадут наши души. Помни — это спектакль. Ты должна сыграть роль человека, стать которым тебе никогда не хватало отваги. Постепенно, мало-помалу ты поймешь, что этот человек — ты и есть, но до тех пор, пока не осознаешь это с предельной ясностью, тебе придется притворяться, играть, изображать.

— А если я не смогу вынести боль?

— Боли не существует. Есть лишь то, что превращается в таинственное наслаждение. В твоей роли есть такие слова: «О, почему ты так жесток?! За что ты терзаешь меня?! Остановись, я не выдержу». И потому, если хочешь избежать опасности... опусти голову и не смотри на меня!

Мария, стоя на коленях, потупилась, уставившись в пол.

— А чтобы избежать серьезного физического ущерба, мы будем применять кодовые слова. Если один из нас скажет — «желтый», это будет значить, что следует уменьшить накал. Скажет «красный» — остановиться немедленно.

— «Один из нас»? — переспросила Мария.

— Роли меняются. Одна не существует без другой. Никто не сможет унизить, пока не будет унижен сам.

Какие ужасные слова — они донеслись из какого-то неведомого мира, темного, смрадного, гниющего. И, хотя от страха и возбуждения Марию била крупная дрожь, все равно она хотела идти вперед.

Теренс с неожиданной лаской прикоснулся к ее голове.

— Конец.

Он попросил ее подняться — попросил без особенной сердечности, но и без той глухой враждебности, которая сквозила в его голосе прежде.

Мария, все еще дрожа, встала, надела жакет. Теренс заметил ее состояние.

— Выкури сигарету на дорожку.

— Ничего ведь не было.

— Да и не надо. Все начнет происходить у тебя в душе, и к следующей нашей встрече ты будешь готова.

— Неужели все это стоит тысячу франков?

Не отвечая, он тоже закурил. Они допили вино, дождались, когда стихнет чудесная мелодия, вместе насладились наступившей тишиной. Но вот настал миг произнести какие-то слова, и Мария сама удивилась тому, что сказала:

— Не понимаю, почему мне хочется вываляться в этой грязи.

— Тысяча франков.

— Нет, дело не в этом.

Теренс, судя по всему, остался доволен ее ответом.

— Я и себя тоже спрашиваю. Маркиз де Сад утверждал, что человек может познать свою суть, лишь дойдя до последней черты. Для этого нам требуется все наше мужество — и только так мы учимся чему-то.

Когда начальник унижает своего подчиненного или муж — жену, то это либо всего лишь трусость, либо попытка отомстить жизни. Эти люди не осмеливаются заглянуть вглубь своей души и потому никогда не узнают, откуда проистекает желание выпустить на волю дикого хищного зверя, и не поймут, что секс, боль, любовь ставят человека на грань человеческого.

И лишь тот, кто побывал на этой грани, знает жизнь. Все прочее — просто времяпрепровождение, повторение одной и той же задачи. Не подойдя к краю, не заглянув в бездну, человек состарится и умрет, так и не узнав, что делал он в этом мире.

И вот — снова она идет по улице, под холодным ветром. Нет, он ошибается — для того чтобы обрести Бога, не надо познавать своих демонов. Из дверей бара навстречу ей вышла группа студентов — веселых, чуть хмельных, красивых, здоровых. Скоро они окончат университет и начнется то, что называется «настоящей жизнью». Поступят на службу, обзаведутся семьей, будут растить детей и смотреть телевизор, стареть и с горечью сознавать, как много потеряно, как мало сбылось. А потом — разочарования, болезни, немощь, зависимость от других, одиночество, смерть.

Что же произошло? Ведь она сама искала спокойствия, чтобы жить «настоящей жизнью», а все, что делала в Швейцарии и о чем никогда даже не предполагала, это — так, преодоление временных трудностей, неблагоприятных обстоятельств, рано или поздно случающихся у каждого. Да, в период этих временных трудностей она ходит в «Копакабану», отдается за деньги, становится, в зависимости от того, что нужно клиенту, то Наивной Девочкой, то Роковой Женщиной, то Любящей Матерью.

В конечном счете это всего лишь работа, в которую она старается вкладывать как можно больше профессионализма — потому что за профессионализм следует надбавка — ну, не «чаевые» же — и как можно меньше души, ибо боится втянуться и привыкнуть. Девять месяцев пыталась она подчинить себе мир, ее окружающий, и вот перед самым возвращением домой обнаружила в себе способность любить, ничего не требуя взамен, и страдать от своей любви. И кажется, будто жизнь таким странным болезненным способом желает рассказать ей о себе, о своих собственных тайнах, о тьме и свете.

Запись в дневнике Марии, сделанная в тот вечер, когда она познакомилась с Теренсом:

Он упомянул маркиза де Сада, о котором я не знала ничего, кроме общеизвестного, сказав: «Себя можно познать лишь после того, как откроешь границы своих собственных возможностей». Что ж, это верно. А вместе с тем — и нет: ведь вовсе не так уж важно узнать о себе все или как можно больше, ведь человек сотворен не только для обретения мудрости, но и для того, чтобы пахать зем-

лю, ждать дождя, сеять пшеницу, собирать урожай, печь хлеб.

Во мне уживаются две женщины: одна желает получить от жизни всю страсть, радость, приключения, какие только может она дать. А другая хочет стать рабыней тихого повседневья, семейного очага, всего того, что можно запланировать и исполнить. Я — мать семейства и проститутка одновременно, и обе живут в моем теле и борются друг с другом.

А встреча женщины с самой собой — игра увлекательная, но чрезвычайно опасная. Это — божественный танец. Когда мы встретимся, столкнутся два сгустка божественной энергии, две галактики. И если не обставить эту встречу как полагается, одна галактика может уничтожить другую.

И вот она снова сидит с Ральфом Хартом в его гостиной — сидит рядом с ним на полу, перед камином, пьет вино, и все испытанное накануне с этим британским менеджером кажется сном, увлекательным или кошмарным, смотря по настроению. Сейчас она вновь ищет смысл своего бытия — а вернее сказать, самый безрассудный, самый безумный способ вверить себя этому человеку — отдать ему свое сердце, ничего не прося взамен.

Как повзрослела она в ожидании этого часа! Наконец-то открылось ей, что настоящая любовь не имеет ничего общего с тем, что она себе воображала, — с цепью событий, порожденных любовной энергией, с обручением и помолвкой, венчанием и свадьбой, детьми и кухней, ожиданием мужа с работы и парком аттракционов по воскресеньям, новым ожиданием, совместным старением, а вот и кончилось ожидание, и на место его пришли мужчина пенсия, недуги и хворобы и ощущение того, что теперь уже слишком поздно исполнить то, о чем мечталось.

Она поглядела на человека, которому решила предаться, ничего ему не рассказывая о том, что чувствует, ибо нынешние ее чувствования невозможно облечь в какие бы то ни было слова. Ральф вел себя непринужденно, словно радуясь тому, что начинается в его жизни новый и интересный этап. Улыбаясь, он рассказывал о недавней поездке в Мюнхен, где встречался с директором крупной картинной галереи.

— Он спросил, готова ли картина «Лики Женевы», а я ответил, что только недавно встретил одного из главных персонажей — женщину, которую хотел бы поместить на это полотно. Она излучает свет. Но я не хочу говорить о себе, хочу поцеловать ее. Я ее желаю.

«Желаю. Желаю? Желаю!» Вот он — отправной пункт сегодняшнего вечера. По крайней мере, это ей очень хорошо известно.

Вот например — как разбудить желание.

— Итак: ты меня желаешь. Вот в этот самый момент. Ты сидишь в метре от меня, ты привел меня, скажем, из «Копакабаны», ты заплатил за мои услуги и знаешь, что получил право касаться меня. Но не решаешься. Гляди на меня. Гляди и думай, что я, быть может, не хочу, чтобы ты на меня глядел. Представляй себе, что скрывается у меня под одеждой.

Мария неизменно одевалась в черное и не могла понять, почему другие девицы из «Копакабаны» стараются привлечь клиента сильно открытыми и яркими нарядами. Куда эффективней одеваться так, как одеты женщины, которых клиент может встретить у себя в офисе, в поезде, в гостях у подруги своей жены.

Ральф смотрел на нее, и Мария чувствовала, что он раздевает ее взглядом, и ей нравилось это «бесконтактное» желание, которое могло бы возникнуть за столиком ресторана или в зале кинотеатра.

— Мы на вокзале, — продолжала она. — Мы с тобой незнакомы и вместе ждем поезда. Но вот случайно я встретилась с тобой глазами и не отвела их. Ты не знаешь, что я пытаюсь сказать, ибо хоть ты и умен, и способен увидеть исходящий от человека свет, но недостаточно чуток, чтобы разглядеть, что же освещает этот свет.

Уроки англичанина пошли ей впрок. Ей бы хотелось как можно скорее забыть лицо Теренса, но он незримо присутствовал здесь, направляя ее воображение.

— Мои глаза устремлены на тебя. И, может быть, я спрашиваю себя: «Где я могла встречать этого человека?» А может быть, я просто рассеянна. А может быть, боюсь не понравиться тебе, допуская, что ты знаешь меня. Я оказываю тебе услугу, позволяя несколько мгновений пребывать в сомнениях и решить, как себя вести.

А может быть, совсем просто, проще некуда — я хочу встретить мужчину. Может быть, я пытаюсь убежать от любви, причиняющей одни страдания. Может быть, хочу отомстить за неверность, за только что случившуюся измену — и вот отправилась на вокзал на поиски незнакомца. Может быть, я хочу на одну ночь стать проституткой, чтобы внести разнообразие в опостылевшую мне рутину. А может быть, я и в самом деле — проститутка, вышедшая на ежевечерний промысел.

Внезапно она замолчала, унесясь мыслями в тот отель, где была вчера, где должна была познать унижение — «желтое», «красное», боль и огромное наслаждение. Все это вдруг воскресло в душе и удовольствия не доставило.

Ральф заметил, что она думает о чем-то другом, и сделал попытку вернуть ее «на вокзал»:

— Ну, вот мы встретились, и тебя тоже потянуло ко мне?

— Не знаю. И ты не знаешь: мы ведь еще не говорили с тобой.

Она снова на несколько мгновений задумалась. Так или иначе, «театр» ей помог: он заставляет появиться настоящего персонажа, отгоняя множество придуманных, но живущих в нашей душе.

— Однако я не отвожу глаз, и ты не знаешь, что делать. Подойти? Заговорить? А если тебе ответят резко и неприязненно? Позовут полицейского? Или пригласят выпить кофе?

— Я возвращаюсь из Мюнхена... — произнес Ральф Харт, и голос его звучал теперь совсем не так, как раньше: они словно бы и вправду впервые увидели друг друга. — Я размышляю о серии сво-

197

их картин об ипостасях секса — о бесчисленных масках, которые надевают люди, чтобы никогда не пережить настоящей встречи.

Он знает, что такое «театр». Милан говорил, что этот художник тоже относится к числу «особых клиентов». Прозвучал сигнал тревоги — но Марии нужно было время, чтобы собраться с мыслями.

— Директор галереи спросил меня, что послужит основой для этой вашей работы. Я ответил: «Женщины, которые чувствуют себя достаточно свободными, чтобы заниматься любовью за деньги». «Таких женщин мы называем проститутками», — сказал он. «Ладно, пусть так, — ответил я, — я изучу их историю и сделаю из нее нечто более утонченное — такое, что понравится семейным парам, которые будут приходить в ваш музей. В конце концов, все на свете — вопрос трактовки и мастерства, не правда ли? Мастерство в том и заключается, чтобы подать под аппетитным соусом то, что трудно переварить». «Однако секс — вовсе не под запретом, — возразил мне директор. — Напротив, эта тема так замусолена и затерта, что трудно найти к ней новый подход». А я спросил: «Знаете ли вы, где берет начало сексуальное желание?» — «В инстинкте». — «Верно, но ведь это всем известно. Как же нам сделать хорошую выставку, если мы с вами толкуем только о научных материях?! Я хочу говорить о том, как объясняет это влечение обыкновенный человек, немного склонный, впрочем, к философии». «Приведите пример», — сказал директор. И я ответил, что, когда сяду в поезд и поеду домой и какая-нибудь женщина бросит на меня взгляд, я заговорю с ней и скажу, что она — незнакомка и потому мы с нею вольны делать все, о чем мечтали, воплощать любые фантазии, а потом разойтись по домам, она — к мужу, я — к жене, разойтись, чтобы никогда больше не встретиться. И вот на этой железнодорожной станции я вижу тебя.

— Твоя история так интересна, что убивает желание.

Ральф Харт со смехом согласился. Они допили вино, и он принес из кухни новую бутылку. Мария пристально смотрела на огонь в камине, зная, каков будет следующий шаг, но в то же время наслаждаясь этим разнеживающим теплом и уютом, забывая британца Теренса и вновь готовясь вверить всю себя этому художнику.

Ральф наполнил бокалы.

— Спрашиваю из чистого любопытства: и как же ты завершил бы этот разговор с директором?

— Ну, раз уж перед тобой такой интеллектуал, надо бы сослаться на Платона. Тот утверждал, что при начале времен мужчины и женщины были сотворены не такими, каковы они теперь, — это было существо единое, но с двумя лицами, глядевшими в разные стороны. Одно туловище, одна шея, но четыре руки и четыре ноги и признаки обоих полов. Они словно срослись спинами.

Однако ревнивые греческие боги заметили, что благодаря четырем рукам это существо работает больше, а два лица, глядящие в разные стороны, позволяют ему всегда быть настороже, так что врасплох его не застанешь, а на четырех ногах можно и долго стоять, и далеко уйти. Но самое опасное — будучи двуполым, ни в ком оно не нуждалось, чтобы производить себе подобных.

И Зевс, верховный олимпийский бог, сказал тогда: «Я знаю, как поступить, чтобы эти смертные потеряли свою силу».

И ударом молнии рассек существо надвое, создав мужчину и женщину. Таким образом народонаселение земли сильно увеличилось, но при этом ослабело и растерялось — отныне каждый должен был отыскивать свою потерянную половину и, соединясь с ней, возвращать себе прежнюю силу, и способность избегать измены, и свойство работать долго и шагать без устали. И это-то вот соединение, когда два тела сливаются в одно, мы и называем сексом.

— Это — правда?

— Так считал древнегреческий философ Платон.

Мария глядела на Ральфа с восторгом, и воспоминания о прошлой ночи совершенно изгладились из ее памяти. В этом человеке она увидела тот самый свет, который, по его словам, исходил и из нее, и легенду эту он рассказывал ей живо и весело, и глаза его блестели не от вожделения, но от радости.

— Можно тебя спросить?..

Ральф кивнул.

— Объясни мне, почему после того, как боги разделили этих четвероногих, четвероруких существ надвое, кто-то из них решил, что новое соединение может быть всего лишь сделкой — такой же, как любая другая, — которая не умножает, а умаляет силу человека?

— Ты говоришь о проституции?

— Вот именно. Знаешь ли ты, когда секс перестал быть священным?

— Могу узнать, если хочешь, — ответил Ральф. — Я никогда об этом не задумывался, да и не только я — вообще никто. Сомневаюсь, что найдутся сведения по этому вопросу.

— Приходило ли тебе в голову, — не унималась Мария, — что женщины (и главным образом — проститутки) способны любить?

— Приходило. В день нашей первой встречи, в баре, когда я увидел исходящий от тебя свет. И тогда я решил угостить тебя кофе, решив поверить во все — и даже в то, что тебе удастся вернуть меня в мир, который я покинул уже довольно давно.

Пути назад не было. Мария-наставница должна была немедленно спешить к нему на выручку или... Или обнять его, поцеловать, попросить, чтобы он не оставлял ее.

— Вернемся на вокзал, — сказала она. — А верней — вернемся в эту комнату и в тот день, когда мы пришли сюда впервые, и ты признал, что я — существую, и вручил мне подарок. Это была первая попытка проникнуть в мою душу, и ты не знал, скажут ли тебе «Добро пожаловать». Но если верить твоему Платону, с тех пор, как человеческие существа были разделены, они стараются вновь слиться воедино. Это инстинкт. Но ведь и разум тоже — разве без него смогли бы мы одолеть все трудности, которые встречаются на пути к этой встрече?

Я хочу, чтобы ты смотрел на меня, и вместе с тем — смотрел так, чтобы я этого не замечала. Первое желание — очень важно, ибо оно глубоко запрятано, запретно, недопустимо. Ты ведь не знаешь, обрел ли свою вторую потерянную половину. Не знает этого и женщина, которую ты пожелал. Но что-то притягивает вас друг к другу — стало быть, веришь, что нашел.

Откуда я все это беру? Из глубины сердца, потому что хочу, чтобы все было именно так. Из снов. Из того, что грезится каждой женщине.

Она расстегнула и спустила с плеча платье — так, чтобы обнажилась крошечная часть ее груди, увенчанная соском.

— Желание — это не то, что ты видишь, а то, что ты себе воображаешь.

Ральф Харт смотрел на черноволосую женщину в черном платье, сидевшую в его гостиной и высказывавшую самые нелепые желания — ну вот, к примеру, затопить камин в самый разгар лета. Да, он хотел бы вообразить себе, что скрывается под этим черным платьем, да, он оценил форму и величину ее грудей и знал, что она не нуждается в лифчике и носит его, очевидно, потому, что этого требует ее профессия. Груди были не велики и не малы — юны и упруги. Взгляд ее не выражал ничего. А что, в сущности, делает здесь эта женщина? А он-то почему длит эти странные и небезопасные отношения — ведь ему нетрудно обольстить кого угодно? Он богат, молод, прославлен, недурен собой. Он обожает свою работу, он любил тех, на ком женился, и они его любили. Короче говоря, он, Ральф Харт, с какой стороны на него ни взглянешь, должен был бы провозглашать во всеуслышание: «Я — счастливый человек!»

А он — несчастлив. В то время как большинство представителей рода людского бьется за кусок хлеба, за крышу над головой, за работу, которая обеспечила бы пристойное существование, Ральф Харт мог себе позволить ни о чем таком не беспокоиться — и это делало его еще более несчастным. Оглядываясь назад, на свою не такую уж долгую жизнь, он едва ли мог насчитать больше двух или трех дней, когда, просыпаясь и глядя на солнце — или на дождь, — испытывал бы радость от этого утра: радость, не связанную ни с какими желаниями, планами, радость беспричинную и бескорыстную. Да, так вот: за исключением этих двух-трех дней вся его жизнь представляла собой череду мечтаний, то осуществлявшихся, то несбыточных, и непрестанное желание преодолеть самого себя, прыгнуть выше головы — он и сам не мог бы объяснить, кому и что именно, но беспрерывно кому-то что-то доказывал.

Он смотрел на эту красивую, скромно одетую женщину, которую повстречал случайно (хоть и видел раньше в «Копакабане»), и видел, что здесь ей не место. Она просила, чтобы он пожелал ее — и он желал ее сильно, куда сильней, чем мог себе представить, но это не было тягой к ее груди, вожделением к ее плоти. Он просто хотел быть с нею рядом, хотел обнять ее и молча смотреть на языки пламени в камине, потягивая вино, покуривая, — и этого было бы для него достаточно. Жизнь состоит из простых вещей, а он так устал от многолетних поисков неизвестно чего.

Но если он прикоснется к ней, все будет кончено. Потому что, несмотря на исходящий от нее свет, едва ли она сознает, как хорошо ему быть рядом с ней. Он платит? Да — и будет платить столько времени, сколько нужно, пока не сможет сесть с нею рядом на берегу озера, заговорить о любви — и услышать о любви в ответ. Лучше не рисковать, не торопить события, ничего не говорить.

Ральф Харт перестал мучить себя этими мыслями и сосредоточился на игре, которую они только что затеяли вдвоем. Сидящая перед ним женщина права — не достаточно ни вина, ни сигареты, ни огня, ни общения: нужно другое опьянение, другое пламя.

Женщина в платье на бретельках показала ему краешек своей груди — и он увидел ее тело, скорее смуглое, чем белое. И он пожелал ее. Пожелал ее страстно.

Мария заметила, как изменилось выражение его глаз. Сознание того, что она — желанна, возбуждало ее больше, чем что-либо другое. Все это не имело ничего общего с обычным приемом клиента, твердившего: «Хочу обладать тобой... хочу жениться на тебе... хочу, чтобы ты кончила... хочу, чтобы ты родила от меня... хочу сделать наши встречи регулярными...» Нет, это вожделение было свободно и словно разлито в воздухе, электризуя его, оно заполняло жизнь желанием быть чем-то — и этого было более чем достаточно, оно все приводило в движение, оно готово было сдвинуть горы и увлажняло ее лоно.

Вожделение было источником всего, вожделение заставило ее покинуть родные края и открыть новые миры, выучить французский, победить предубеждение и предрассудки, мечтать о своей фазенде, любить, ничего не требуя взамен, ощущать себя женщиной от одного взгляда этого человека. С продуманной медлительностью она спустила с плеча вторую бретельку, дала платью соскользнуть, расстегнула лифчик. Так постояла, обнаженная до пояса, гадая — бросится ли он сейчас на нее с объятьями и любовными клятвами или окажется достаточно чуток, чтобы в самом желании ощутить наслаждение.

Мир вокруг этой пары стал меняться — из-за окна не доносилось ни звука, куда-то исчезли камин, картины и книги, не было больше ничего, кроме смутного предмета вожделения, и ничего, кроме него, больше значения не имело.

Мужчина не шевелился, не сдвинулся с места. Поначалу Мария заметила в его глазах промельк какой-то робости — но она мелькнула и исчезла. Он не сводил с нее взгляда, и там, в мире своего воображения, ласкал ее, сплетался с ней в объятии, смешивал воедино страсть и нежность, крик и стон.

Но в мире реальном стояла тишина, никто из двоих не произносил ни слова, и это возбуждало Марию еще больше, потому что не мешало вольному полету мыслей и фантазий. Она могла попросить его нежно прикоснуться к ней, могла развести бедра и ласкать себя перед ним сама, произносить непристойности и романтические признания так, словно это — одно и то же, могла поднырнуть под волну оргазмов, и от ее неистовых криков проснулись бы соседи и весь мир проснулся бы. Перед ней стоял ее избранник, мужчина, дарящий ей наслаждение и радость, тот, с кем она может быть самой собой, кому решилась бы сказать, что хотела бы остаться с ним на ночь, на неделю, на всю жизнь.

Капли пота выступили на лбу у обоих. «Это — камин», мысленно произнес каждый. Но дело было не в жарко разгоревшемся пламени — просто мужчина и женщина достигли предела, исчерпали воображение, прожили вместе целую вечность прекрасных мгновений. Следовало остановиться, потому что еще минута — и действительность безжалостно уничтожила бы это волшебство.

Медленно — ибо завершение всегда дается труднее, чем начало, — Мария скрыла под кружевной тканью груди. Вселенная вернулась на прежнее место, все исчезнувшее возникло вновь; и она надела платье, улыбнулась, нежно дотронулась до щеки Ральфа. Он взял ее руку и прильнул к ней лицом, не зная, как сильно прижиматься к ней, как долго оставаться в таком положении.

Марии захотелось сказать, что она его любит. Но эти слова могли бы все испортить, могли бы отпугнуть его или — что было бы еще хуже — заставить сделать ответное признание. Марии это было не нужно: свобода ее любви в том и заключалась, чтобы нечего было ждать, не о чем просить.

— Тот, кто способен чувствовать, знает: можно наслаждаться, даже если ты не прикасаешься к тому, кого любишь. И слова, и взгляды содержат в себе тайну, заключенную в танце. Но поезд прибыл на станцию назначения, и теперь каждый идет в свою сторону. Надеюсь, что смогу сопровождать тебя в этом путешествии до... докуда?

— Пока не вернемся в Женеву, — ответил Ральф.

— Тот, кто наблюдает за возлюбленным и открывает его для себя, знает, что сексуальная энергия возникает независимо от секса. Не он дарует наслаждение, но страсть, неотъемлемая от обладания. Когда страсть сильна, она приводит к сексу, но именно в такой последовательности.

— Ты рассуждаешь о любви, как с профессорской кафедры.

Мария решила заговорить, потому что это была ее защита и способ высказать все, не беря на себя никаких обязательств:

— Влюбленный занимается любовью постоянно, даже когда не занимается любовью. Когда встречаются тела, это значит всего лишь, что переплеснулось за край содержимое кубка. Они могут оставаться вместе часы и даже сутки напролет. Могут начать соитие сегодня, а завершить его завтра, а могут даже и не завершить, ибо слишком велико наслаждение. *Ничего общего с одиннадцатью минутами.*

— Что?

— Я люблю тебя.

— И я люблю тебя.

— Прости. Сама не знаю, что говорю.

— И я не знаю.

Она поднялась, поцеловала его и вышла. Она сама открыла дверь, ибо бразильская примета требует, чтобы хозяин дома сделал это, только в первый раз провожая гостя.

Запись в дневнике Марии, сделанная на следующее утро:

Вчера вечером, когда Ральф Харт смотрел на меня, он открыл дверь, как вор, но уходя, ничего не забрал, а напротив — оставил запах роз: нет, это был не вор, а жених, навестивший меня.

У каждого человека — свое собственное желание, которое становится частью хранимых им сокровищ и, хоть оно способно и отпугнуть кого-нибудь, обычно привлекает и притягивает того, кто важен этому человеку. Это чувство избрала моя душа, и чувство это столь могущественно, что может заразить все и вся вокруг меня.

Каждый день я избираю истину, с которой хочу жить. Я стараюсь быть практичной, профессиональной, эффективной. Но всегда и неизменно предпочла бы выбрать себе в спутники его — желание. Не по обязанности, не для того, чтобы убежать от одиночества, а потому что это — хорошо. Да, это очень хорошо.

*И*з 38 женщин, регулярно появлявшихся в «Копакабане», только с одной — с филиппинкой Нией — возникло у Марии что-то похожее на дружбу. В среднем работали там от полугода до трех лет — за этот срок девица либо находила себе мужа, либо заводила постоянного любовника, либо, так сказать, выходила в тираж, перестав привлекать клиентов, и в последнем случае получала от Милана деликатное предложение подыскать себе другое место работы.

А раз дружбы ни с кем не возникло, не следовало переходить дорогу коллегам и отбивать у них постоянных клиентов, которые, войдя, сразу же направлялись к какой-то определенной девице. Это было не только непорядочно, но и небезопасно: не далее как на прошлой неделе одна колумбийка подсела к девице из Югославии, достала из сумочки бритву, аккуратно положила на край ее стакана и нежнейшим голосом сообщила, что располосует той лицо, если она еще хоть раз примет приглашение некоего директора банка, с завидным постоянством приходившего в «Копакабану». Югославка резонно возразила, что он, дескать, — свободный человек и если выбрал ее, то отказаться она не может.

В тот же вечер директор, войдя в «Копакабану», кивнул колумбийке, но подсел за столик к сербиянке. Они выпили, потанцевали, и — Мария сочла, что это, пожалуй, было уж чересчур — та подмигнула сопернице, как бы говоря: «Видала? Он выбрал меня!»

На самом деле в этом подмигивании таилось еще множество подспудных смыслов: он выбрал меня, потому что я красивей, потому что была с ним на прошлой неделе и ему понравилось, потому что я — моложе. Колумбийка в ответ промолчала. Когда же сербиянка спустя два часа вернулась из отеля, она опустилась с нею рядом на стул, выхватила лезвие и чиркнула им ее по щеке возле уха — порез был неглубокий, опасности для жизни не представлял, но должен был оставить маленький шрам, как раз такой, чтобы вечер этот запомнился на всю жизнь. Брызнула кровь, женщины сцепились, посетители в испуге повскакивали с мест и бросились к выходу.

Появилась полиция, желая знать, что случилось, но сербиянка сказала, что со стойки упал стакан и отскочившие осколки поранили ей лицо. Таков был закон молчания, или, как называли его итальянские проститутки, — «омерта»: все споры и ссоры, возникавшие на Бернской улице, следовало уладить и разрешить в своем кругу и без вмешательства властей. Власть здесь — они сами, они же — и закон.

Полицейские были осведомлены об этом и понимали, что сербиянка лжет им в глаза, но разбираться не стали — ибо задержание и содержание злоумышленницы в тюрьме слишком дорого обошлось бы швейцарским налогоплательщикам. Милан поблагодарил полицейских за оперативность, но объяснил, что произошло недоразумение, хотя не исключил и интригу со стороны какого-нибудь конкурента.

Как только полицейские удалились, он обратился к соперницам и сообщил, что для обеих доступ сюда отныне закрыт: «Копакабана» — семейное заведение (Мария слышала это не впервые, но всякий раз недоумевала), тщательно оберегающее свою репутацию (это тоже погружало ее в глубокие раздумья). И здесь не должно быть никаких драк, ибо первое правило гласит: выбор — за клиентом, а клиент всегда прав.

А второе правило требует полнейшей конфиденциальности («как в швейцарском банке», по словам Милана). Те, кто захаживают в «Копакабану», пользуются его абсолютным доверием, потому что прошли такой же отбор, как в банке, который изучает текущий счет клиента да и всю его кредитную историю.

Случались время от времени и неприятности — один не заплатил, другой угрожал девице, третий вел себя агрессивно — но за те долгие годы, в течение которых Милан, не покладая рук и не жалея сил, завоевывал добрую славу для «Копакабаны», он научился с первого взгляда определять тех, кому в его заведении делать нечего. Никто из девиц не мог понять, какими критериями он руководствуется, — не раз бывало, что какой-нибудь респектабельный на вид господин, переступив порог, узнавал, что сегодня вечером свободных мест нет (хотя имелось их в избытке), да и завтра тоже не будет (понимать это следовало так: «Уходите и не возвращайтесь»), в то время как небрежно одетого, небритого человека принимали как родного и с приветливостью необыкновенной угощали бокалом шампанского. Владелец «Копакабаны» людей встречал не по одежке и в конечном счете неизменно оказывался прав.

Обе стороны оставались довольны друг другом. Подавляющее большинство клиентов составляли люди женатые, занимавшие видное положение в обществе. Кое-кто из «персонала» тоже был замужем, кое у кого были дети, так что они время от времени посещали родительские собрания, нимало не беспокоясь о том, что могут встретиться там с клиентом, — они были уверены, что тот промолчит, опасаясь скомпрометировать себя. Такая вот действовала круговая порука.

Отношения между девицами были вполне товарищеские, но близости особой не возникало: о себе рассказывалось скупо. В тех редких разговорах, которые вела Мария со своими коллегами, ни разу не уловила она ноты горечи, виноватости или печали — девицы воспринимали свою жизнь как данность и не роптали. Был и легкий оттенок вызова — они словно гордились тем, как сложилась их судьба, тем, что противостоят миру, что независимы и уверены в себе. Отработавшая неделю «новенькая» переходила в разряд «профессионалок» и получала указания насчет того, что ей следует всемерно укреплять узы брака (проститутка не должна угрожать святости семейного очага), что в «нерабочее время» принимать приглашения нельзя ни в коем случае, что выслушивать клиента надо не перебивая и со своими суждениями особенно не лезть, а в кульминационный момент — постонать (Мария узнала, что так поступают все, ей же об этом сразу не рассказали потому, что это — один из секретов ремесла), что на улице надо здороваться с полицейскими, а разрешение на работу — продлевать аккуратно и своевременно, а медицинское освидетельствование — проходить в срок. И наконец, что не следует слишком уж задумываться над тем, как выглядит твоя работа с точки зрения морали и закона: работа — она и есть работа. И точка.

В ожидании клиентов Мария неизменно открывала книгу, а потому вскоре прослыла «интеллектуалкой». Поначалу ее спрашивали, не про любовь ли книжка, но когда девицы убедились, что она штудирует такие скучные и сухие материи, как психология, экономика, а с недавних пор — еще и усадебное хозяйство, ее оставили в покое, и она могла без помехи читать и делать выписки.

Благодаря тому, что Мария, у которой образовался многочисленный круг постоянных клиентов, появлялась в «Копакабане» ежедневно, она снискала благоволение Милана и зависть своих коллег, шушукавшихся у нее за спиной о том, что она — тщеславна, высокомерна и думает только как бы побольше денег заработать. Что ж, последнее было отчасти верно, но ей всегда хотелось спросить: «А вы-то здесь не за тем ли самым?»

Ну да, в конце концов, брань, фигурально выражаясь, на вороту не виснет — зависть и недоброжелательство суть неизменные спутники успеха. Лучше вообще не обращать внимания на эти пересуды, а сосредоточиться на выполнении двух задач — в намеченный срок вернуться в Бразилию и купить фазенду.

Ральф Харт теперь ни днем, ни ночью не шел у нее из головы, и Мария впервые в жизни была счастлива своей отсутствующей любовью — при том, что корила себя за признание, грозившее потерей всего. Потерей? А что ей терять, если она ничего не просит взамен?! Она вспомнила, как заколотилось у нее сердце, когда Милан вскользь заметил, что Ральф был — или остался? — «особым клиентом». Что это могло значить? Она терзалась от сознания измены и ревновала.

Разумеется, ревность — это в порядке вещей, хотя жизнь уже успела научить ее, что не следует думать, будто кто-то кому-то может принадлежать. А тот, кто все-таки считает, что это так, просто обманывает сам себя. И потом, она не может совладать с ревностью, и у нее нет по этому поводу каких-либо свежих идей. И она не считает ревность проявлением слабости.

Самая сильная любовь — та, которая не боится проявить слабость. Как бы там ни было, если это — настоящая любовь (а не самообман, не способ отвлечься или провести время, ибо оно в этом городе тянется бесконечно), то свобода рано или поздно победит ревность, уймет причиняемую ею боль, потому что боль — тоже в порядке вещей. Каждый, кто занимался спортом, знает: хочешь добиться результата — будь готов к ежедневной дозе боли, к тому, что тебе будет плохо. Поначалу кажется, что это — совершенно ни к чему, что это приносит только ломоту в мышцах, но с течением времени начинаешь понимать: нет, это входит в программу, не испытав боли и ломоты, не сможешь обрести легкость и силу, а потом приходит минута, когда ты чувствуешь — без боли ты не достигаешь желаемого результата.

Опасность таится в том, что порой мы обожествляем боль, даем ей имя человека, думаем о ней непрестанно, но от этого Мария, слава Богу, уже научилась избавляться.

Научиться-то научилась, однако довольно часто ловила себя на том, что думает: где сейчас Ральф, почему не видится с ней, не счел ли он глупостями ее фантазии на темы поезда и задавленного вожделения? Быть может, услышав ее признание в любви, он сбежал? И вот, стремясь не допустить, чтобы прекрасные чувства обернулись страданием, Мария разработала собственный метод — когда в голову ей приходило что-то светлое и отрадное, связанное с Ральфом Хартом (будь то огонь в камине, вино, какая-нибудь мысль, которой бы ей хотелось с ним поделиться, или приятное томление в предвкушении новой встречи), она останавливалась на миг, улыбалась небесам и благодарила их за то, что жива и ничего не ждет от возлюбленного.

Если же она начинала тосковать в разлуке или корить себя за то, что вела себя неправильно во время их последней встречи, то говорила себе: «А-а, ты желаешь думать об этом? Ну и на здоровье — думай, а я займусь делами поважней».

И бралась за чтение или — если шла по улице — внимательно приглядывалась и прислушивалась ко всему, что окружало ее, — к краскам, звукам, лицам, к стуку собственных каблучков, к шелесту переворачиваемых страниц, к проезжавшим мимо машинам, — ловила обрывки разговоров.

И неприятная мысль истаивала и исчезала. А если через пять минут возникала вновь, Мария повторяла все сначала, и тогда воспоминания, не отбрасываемые, а мягко отстраняемые, уходили надолго.

Не давала ей покоя мысль о том, что она, быть может, никогда больше не увидит Ральфа. Но и ее, благодаря новообретенному навыку и терпению, удавалось переплавить в нечто радостное: я уеду, думала Мария, и Женева навсегда воплотится в образ этого человека с детской улыбкой, низким голосом, длинными, вопреки нынешней моде, волосами. И она воображала, что, когда спустя много-много лет спросят ее, как понравился ей город, где побывала она в юности, она ответит: «Хороший город. Там можно любить и быть любимой».

Запись в дневнике Марии, сделанная в тот день, когда в «Копакабане» было мало посетителей:

Насмотревшись и наслушавшись, я пришла к выводу, что секс люди в большинстве своем используют как наркотик — чтобы сбежать от действительности, забыть о своих проблемах, расслабиться. И, как всякий наркотик, он обладает пагубным и разрушительным действием.

И если человек одурманивает себя — не важно, сексом ли или другим наркотиком, — это его дело: последствия будут лучше или хуже в зависимости от того, что он сам для себя выбрал. Но если речь зашла о преуспевании и жизненном успехе, следует понимать: «недурно» — это совсем не то же самое, что «хорошо».

Напрасно полагают мои клиенты, будто сексом можно заниматься в любое время дня и ночи. В каждом из нас тикают биологические часы, и для гармонического соития стрелки у обоих партнеров должны одновременно подойти к одной и той же цифре. А такие совпадения случаются далеко не всегда. Но тому, кто любит, половой акт для счастливого самоощущения не нужен. Мужчина и женщина — если они вместе, если они любят друг друга — должны сверять свои часы, подводить стрелки, действуя терпеливо и упорно, используя игру и некие «театральные» представления — до тех пор, пока не поймут, что их совокупление — это не просто механическое соединение, а «объятие», в котором сливаются не только их половые органы.

Здесь важно все. Человек, живущий интенсивно, наслаждается каждой минутой бытия и не ощущает нехватки секса. А уж если занимается им — то от избытка сил и чувств, ибо вино, доверху наполнив стакан, неминуемо перельется через край, ибо он повинуется зову и призыву жизни, ибо в этот — и только в этот момент — удается ему потерять власть над собой.

P.S. Перечла написанное. Матерь Божья, я уж не просто умная, а заумная!!!

Через несколько минут после того, как это было написано и Мария приготовилась еще одну ночь побыть Любящей Матерью или Наивной Девочкой, открылась дверь и в «Копакабану» вошел англичанин Теренс, один из особых клиентов.

Милан, стоявший за стойкой бара, явно обрадовался — бразильянка его не разочаровала. А Мария тотчас вспомнила слова, которые могли значить так много, а могли и не значить ровным счетом ничего: «боль, страдание и огромное наслаждение».

— Я прилетел из Лондона специально, чтобы тебя повидать. Я много думал о тебе, — сказал Теренс.

Мария улыбнулась, стараясь, чтобы ее улыбка не выглядела подбадривающей и обнадеживающей. Теренс снова, как тогда, не выполнил ритуал — не предложил ей ни выпить, ни потанцевать, а просто подсел за столик.

— Когда учишь кого-то чему-нибудь, кое-что новое открываешь и для себя.

— Я знаю, о чем ты говоришь, — ответила Мария, вспоминая Ральфа Харта и злясь на себя за это воспоминание. Перед ней — другой клиент,

222

его надо обслужить и сделать все, чтобы он остался доволен.

— Пойдем?

Тысяча франков. Потаенная Вселенная. Взгляд Милана из-за стойки. Уверенность в том, что сможет в любой момент остановиться. Тот, другой мужчина, который пропал и глаз не кажет.

— Ты торопишься? — спросила она.

— Да нет... А что? — ответил Теренс.

— А то, что я хочу выпить свой коктейль, потанцевать. И еще хочу, чтобы к моей профессии относились с уважением.

Он заколебался было, но счел, что, в конце концов, это — часть спектакля, где один доминирует, другой подчиняется, а потом роли меняются. Он заказал ей коктейль, потанцевал, попросил вызвать такси и, пока ехали, вручил Марии деньги. Отель оказался тем же. Теренс, войдя, кивнул портье-итальянцу, как и в первый раз, и они поднялись в тот же самый номер с видом на реку.

Теренс чиркнул спичкой, и Мария только теперь увидела десятки свечей, расставленных по всему номеру. Он начал зажигать их одну за другой.

— Ну, что ты хочешь знать? Почему я такой? Почему ты, если не ошибаюсь, была в восторге от той ночи, которую мы провели вместе? Ты хочешь знать, почему ты — такая?

— Нет, я просто подумала, что у нас в Бразилии говорят: одной спичкой больше трех свечей не зажигай — плохая примета. Но ты, видно, человек не суеверный?

Теренс пропустил вопрос мимо ушей.

— Ты — такая же, как я. И здесь находишься не ради тысячи франков, а потому что испытываешь чувство вины, зависимости, потому что страдаешь от своих комплексов и от неуверенности в себе. И это — ни хорошо, ни плохо: такова твоя природа.

Он защелкал кнопками пульта, переключаясь с канала на канал, пока не остановился на программе новостей, где показывали беженцев, спасавшихся от войны.

— Видишь? Тебе приходилось, наверное, смотреть передачи, где люди обсуждают свои личные проблемы на виду у всего мира? Ты видела газетные заголовки и обложки журналов? Мир получает наслаждение от страдания и боли. На первый взгляд — садизм, а на самом деле, если сообразить, что нам для счастья вовсе не нужно знать всего этого, а мы не отрываемся от зрелища чужой трагедии и порой страдаем из-за нее, — мазохизм.

Он наполнил два фужера шампанским, выключил телевизор и снова начал зажигать свечи, пренебрегая бразильскими суевериями.

— Повторяю: это — в природе человека, это его суть. С тех пор как нас изгнали из рая, мы или страдаем, или причиняем страдания другим, или наблюдаем за этими страданиями. И с этим не совладать.

За окном послышались громовые раскаты — надвигалась большая гроза.

— Не могу, — ответила Мария. — Мне кажется нелепым представлять себя твоей рабыней, а тебя — учителем и повелителем. Чтобы встретиться со страданием, не нужно никакого «театра» — жизнь предоставляет нам эту возможность чуть ли не на каждом шагу.

Теренс тем временем зажег все свечи. Потом поставил одну из них на середину стола, налил шампанского, положил икры. Мария выпила залпом, думая о том, что тысяча франков уже лежит у нее в сумочке, и об этом человеке, который и притягивал ее, и пугал, и о том, как совладать с этим страхом. Она знала — ночь с Теренсом будет непохожа на все остальные.

— Сядь.

Он произнес это и нежно, и властно. Мария повиновалась, и волна жара прошла по всему ее телу; этот приказ ей уже приходилось исполнять, и она чувствовала себя теперь более уверенно.

«Это — спектакль. Я играю роль».

Как хорошо подчиняться приказам. Не надо ни о чем думать — надо только слушаться. Она жалобно попросила еще шампанского, но Теренс принес водки — она пьянила быстрей, раскрепощала сильней и больше подходила к икре.

Он откупорил бутылку, но сам почти не притронулся к водке. Мария пила одна, под аккомпанемент громовых раскатов. Гроза началась так вовремя, будто небо и земля тоже решили, проявив свой бешеный норов, принять участие в готовящемся действе.

В какой-то момент Теренс достал из шкафа маленький чемоданчик и положил его на кровать.

— Не шевелись.

Мария замерла. Он открыл чемоданчик и извлек из него две пары металлических хромированных наручников.

— Раздвинь ноги.

Мария подчинилась. По собственной воле она потеряла способность сопротивляться и покорялась, потому что хотела этого. Она понимала, что Теренс видит ее обтянутые длинными чулками бедра, черные трусики и может вообразить себе то, что скрывается под ними.

— Встань!

Она вскочила с кресла. И, пошатнувшись, поняла, что опьянела сильней, чем ей казалось.

— Не смей смотреть на меня! Опусти голову! Ты не имеешь права поднимать глаза на своего господина.

Прежде чем она успела опустить голову, тонкий хлыст, словно сам собой выскользнув из чемоданчика, щелкнул в воздухе.

— Пей. Но голову не поднимай.

Она выпила одну за другой три рюмки. Теперь это уже был не спектакль, а самая что ни на есть правда жизни — Мария потеряла контроль над собой. Она чувствовала себя неодушевленным предметом, орудием, но, как ни трудно было в это поверить, покорность давала ей ощущение полнейшей свободы. Нет, теперь она перестала быть наставницей и утешительницей, призванной выслушивать тайные признания и возбуждать — она вновь превратилась в девчонку из бразильского захолустья, раздавленную непомерной волей мужчины.

— Разденься.

Это слово прозвучало сухо, без малейшего оттенка вожделения — и потому, быть может, таило в себе невероятный эротизм. Почтительно склонив голову, Мария расстегнула платье и дала ему соскользнуть на пол.

— Надеюсь, ты понимаешь, что вела себя плохо?

Хлыст снова щелкнул в воздухе.

— Ты будешь наказана. Как ты смела мне перечить? В твои-то годы?! Ты должна стоять передо мной на коленях!

Мария начала было опускаться на колени, но хлыст опередил ее, впервые коснувшись ее тела и заставив замереть. Кожу обожгло, но следа как будто не осталось.

— Разве я приказал тебе стать на колени? Приказывал или нет?

— Нет.

Новый удар.

— Надо говорить «Нет, мой господин».

И еще удар. И снова — жгучее прикосновение хлыста. На долю секунды в голове у нее мелькнуло — она может немедленно прекратить все это. А может предпочесть иное: может пойти до конца — и не ради денег, а ради того, что он сказал ей в их первую встречу: «Человек может познать свою суть, лишь дойдя до последней черты».

Но все это было ново, сулило неизведанные ощущения. Это и было Приключение. Потом она решит, продолжать ли его, а в эту минуту она перестала быть той, у кого в жизни — три цели, той, кто зарабатывает деньги своим телом, той, кто знает художника, у которого в гостиной — камин и который рассказывает забавные истории. Здесь она не была ничем — а это было именно то, о чем она мечтала.

— Сними с себя все. И походи по комнате, чтобы я мог тебя видеть.

Не поднимая глаз, не произнеся ни слова, она повиновалась. Мужчина, смотревший на нее, не раздевался и был совершенно бесстрастен. Кто бы теперь узнал в нем того британца, с которым она так мило болтала по пути из «Копакабаны» в отель. Нет, теперь перед ней стоял прибывший из Лондона Улисс, сошедший с небес Тезей, завоеватель, ворвавшийся в самый безопасный на свете город, вломившийся в самую затворенную в мире душу. Мария сняла лифчик и трусики, чувствуя себя одновременно и беззащитной, и защищенной. Хлыст снова щелкнул в воздухе, не дотронувшись до нее.

— Голову вниз! Ты будешь унижена, я сделаю с тобой все, что пожелаю. Поняла?

— Да, господин.

Ухватив ее за руки, он защелкнул на запястьях наручники.

— Ты получишь сполна — это научит тебя приличному поведению.

Открытая ладонь со звоном впечаталась в ее ягодицу, и Мария вскрикнула от боли.

— А-а, не нравится? То ли еще будет!

Прежде чем она успела сообразить, что происходит, рот ей зажал кожаный намордник. Он был устроен так, что не мешал говорить, и она могла произнести «желтый» или «красный», но чувствовала, что судьба ей — позволить этому человеку делать все, что ему заблагорассудится. Голая, скованная наручниками, с заткнутым ртом, и кажется, что по жилам течет не кровь, а водка.

Новый звонкий удар по ягодице.

— Не стой как истукан! Двигайся!

Мария стала двигаться по комнате, выполняя звучавшие одна за другой команды — «стой», «направо», «сядь», «раздвинь ноги». Время от времени, без видимой причины на нее обрушивался хлесткий, звонкий удар — и, испытывая боль и унижение, которое было могущественней и сильнее боли, она оказывалась в каком-то ином мире, где не существовало больше ничего, и было в этом полном самоуничтожении, в потере собственного «Я», собственных желаний и воли нечто подобное религиозному экстазу. Одновременно нарастало и ее возбуждение, причем Мария сама не понимала, почему она так увлажнена.

— На колени!

Поскольку голова ее по-прежнему была смиренно и покорно опущена, Мария не могла видеть, что происходит рядом с ней, но все же заметила — или, верней, ощутила, — что где-то там, в другой галактике, на другой планете этот человек стал дышать прерывисто и тяжко, устав, очевидно, щелкать хлыстом и хлестать ее по ягодицам открытой ладонью, тогда как она чувствовала необыкновенный и с каждой минутой возрастающий подъем и прилив сил. Потеряв остатки смущения, она перестала скрывать, что получает наслаждение, застонала, взмолилась о ласке, о нежном прикосновении, но Теренс вместо этого подхватил ее и швырнул на кровать.

Резким, грубым движением — но Мария знала, что оно не причинит ей ни малейшего вреда — он развел ее ноги в стороны и закрепил по бокам кровати. Скованные за спиной руки, раскинутые бедра, намордник на лице — когда же он наконец проникнет в нее? Разве он не видит, что она готова, что она изнемогает от желания служить ему, сделать все, что он пожелает, стать его рабыней, домашним животным, неодушевленным предметом?!

— Хочешь, я раздеру тебя пополам?

Мария видела — Теренс, приставив ко входу в ее влагалище рукоять хлыста, водит им вверх-вниз. В тот миг, когда он дотронулся до клитора, она окончательно утратила власть над собой. Она не знала, много ли времени прошло, не представляла, сколько длилось это сладостное истязание, когда внезапно случилось то, чего за все эти месяцы так и не могли добиться десятки, сотни мужчин, державших ее в объятиях, — и оргазм настиг и накрыл ее. Вспыхнул свет, Мария почувствовала, что влетает в какую-то черную дыру — не собственной ли души? — и что острая боль и страх перемешиваются со всепоглощающим наслаждением, которое уносит ее далеко за пределы всего виденного и изведанного. Она застонала, закричала, забилась на кровати, не замечая, как врезаются ей в запястья стальные браслеты наручников, а в лодыжки — кожаные ремни, неистово задергалась, именно потому что была фактически обездвижена, закричала, как никогда еще в жизни не кричала, именно потому что намордник глушил ее крик, и никто не мог слышать его. Неотделимое от боли наслаждение длилось, рукоять хлыста прижималась к клитору все сильнее, и оргазм хлынул из всех отверстий ее тела — изо рта, из глаз, из лона, из каждой поры на коже.

Она лежала почти в беспамятстве, чувствуя, как плавно опускается все ниже и ниже. Рукоять хлыста исчезла, волосы ее были мокры от обильного пота, и чьи-то ласковые пальцы сняли с ее запястий наручники, отстегнули ремни, стягивавшие щиколотки.

Некоторое время она оставалась неподвижна, в смятении не решаясь взглянуть на Теренса, потому что стыдилась самой себя, своих криков, своего оргазма. Теренс поглаживал ее по волосам и тоже тяжело дышал — но он не разделил с нею наслаждение и ни на миг не потерял самообладания.

Мария всем своим нагим телом обвилась вокруг этого полностью одетого мужчины, измученного криками, приказами и постоянным контролированием ситуации. Теперь она не знала, что сказать, как поступить, но чувствовала себя так, словно кто-то надежно оберегал и охранял ее — ибо этот человек, открывший ей неведомую часть ее естества, был ее наставник и защитник.

Она заплакала, а Теренс терпеливо ждал.

— Что ты сделал со мной? — сквозь слезы спрашивала она.

— То, чего ты хотела, чтобы с тобой сделали.

Она подняла на него глаза, сознавая, что отчаянно нуждается в нем.

— Я ни к чему не принуждал тебя, ничего не заставлял делать и ни разу не услышал слово «желтый»; ты сама вверила мне власть над тобой. Никакого насилия, ни грана шантажа — ничего, кроме твоей собственной воли. И хоть ты была рабыней, а я — твоим господином, власть моя заключалась лишь в том, чтобы вести тебя по направлению к твоей собственной свободе.

Наручники. Кожаные ремни, захлестнувшие ноги. Намордник. Унижение, которое было острее и сильнее боли. И все равно — он прав! — она никогда прежде не испытывала такой полной свободы. Никогда прежде не ощущала в себе такой энергии, такой жизненной силы. Даже странно, что человек рядом с ней выглядит совершенно измученным.

— А ты... достиг оргазма?

— Нет, — отвечал он. — Господин существует для того, чтобы навязывать свою волю рабу. Наслаждение раба — радость для господина.

Она впервые слышала такое, потому что и в жизни, и в книгах все обстоит иначе. Но она пребывала в фантастическом мире, где от нее исходил

свет, а мужчина рядом казался тусклым и по-
гасшим.

— Иди, если хочешь, — сказал он.

— Я не хочу уходить, я хочу понять.

— Нечего тут понимать.

Поднявшись во всей силе и красоте своей наго-
ты, Мария наполнила два бокала вином, раскурила
две сигареты и одну протянула ему — теперь они
поменялись ролями: госпожа обслуживала раба в
благодарность за наслаждение, которое он ей да-
ровал.

— Сейчас я оденусь и уйду. Но мне хотелось
бы поговорить.

— О чем тут говорить? Я этого хотел, и ты
была великолепна. Я устал, а завтра мне возвращаться в Лондон.

Он вытянулся на кровати и закрыл глаза. Мария не знала, заснул ли он на самом деле или притворяется, да это и не имело значения. Она с удовольствием выкурила сигарету, медленно допила
свой бокал — все это стоя у окна и глядя на озеро.
Ей хотелось, чтобы кто-нибудь с того берега видел
ее такой — голой, удовлетворенной, уверенной в
себе.

Потом оделась и вышла, не попрощавшись и не
тревожась о том, что сама себе откроет дверь, ибо
не была вполне уверена, что хочет вернуться сюда.

А Теренс услышал, как хлопнула дверь, выждал некоторое время, чтобы убедиться — она не вернулась под тем предлогом, что забыла что-нибудь, — и лишь спустя несколько минут поднялся и снова закурил.

«У девочки есть вкус», подумал он. Она сумела выдержать хлыст, хотя это — самое банальное, самое древнее и самое, пожалуй, невинное из всех видов мучительства. На мгновение ему вспомнилось, как впервые вступил с другим человеком в эту таинственную связь, возникающую, когда два существа хотят приблизиться друг к другу, но могут сделать это не иначе, как причиняя друг другу страдания.

Там, за стенами этого гостиничного номера, миллионы супружеских пар, сами того не зная, ежедневно предаются таинствам садомазохизма. По утрам мужья отправляются на службу, вечером приходят домой, брюзжат и жалуются, всем недовольны, тиранят жену или сносят ее попреки, чувствуют себя глубоко несчастными — но при этом прочнейшим образом привязаны к своему несчастью, не подозревая, что довольно было бы одного движения, короткой фразы «Больше не хочу», чтобы избавиться от его гнета. Теренс испробовал это со своей женой, знаменитой английской певицей — он жестоко ревновал ее, устраивал ей сцены, днем горстями глотал транквилизаторы, а по вечерам напивался. Она любила его и не понимала, почему он так ведет себя; и он ее любил и тоже не понимал, чего ему надо. Казалось, что мучения, которые они причиняют друг другу, совершенно необходимы для их совместной жизни и составляют ее фундамент.

Однажды некий музыкант — Теренс считал его человеком со странностями, поскольку в их экстравагантной среде тот производил впечатление чересчур нормального — забыл у них в студии книгу. Автора звали Леопольд фон Захер-Мазох, а называлась она «Венера карающая». Теренс начал перелистывать ее, увлекся, зачитался и обнаружил, что благодаря ей лучше понимает самого себя.

«Красавица разделась и взяла хлыст на короткой рукояти с петлей, крепившейся на запястье. "Ты просил, — сказала она. — Я отстегаю тебя". "Сделай это, — прошептал ее любовник. — Я умоляю тебя"».

Жена в это время репетировала за стеклянной перегородкой. По ее просьбе микрофоны, благодаря которым звукооператоры могли все слышать, были отключены. Теренс, решив, что она условливается с концертмейстером о свидании, отчетливо осознал — она довела его до безумия, — но уже так привык к страданию, что не мог больше обходиться без него.

«Я отстегаю тебя, — говорила обнаженная женщина на страницах романа, который он держал в руках. — Сделай это, я умоляю тебя».

Он был красив, занимал видное положение в компании, выпускающей компакт-диски, — почему же он обречен вести эту жизнь?

Потому что ему это нравилось. Он считал, что заслуживает страданий уже хотя бы потому, что он не заслуживал милостей, которыми с излишней щедростью осыпала его судьба, — не заслуживал ни этих денег, ни славы, ни уважения. Осознав, что достиг в своей карьере точки, пройдя которую попадет в полную зависимость от успеха, он испугался, ибо уже не раз видел, как низвергаются люди с покоренных ими высот.

Он прочел эту книгу — и эту, и все прочие, где говорилось о таинственной взаимосвязи боли и наслаждения. Жена обнаружила эти книги, нашла взятые напрокат кассеты и спросила, что все это значит, не болен ли он? Нет, ответил ей Теренс, это материал для новой, задуманной им работы. И добавил как бы невзначай:

«Может, и нам с тобой попробовать?»

И они попробовали. Поначалу — стеснительно и робко, рабски копируя руководства, отысканные в секс-шопах. Потом сделались смелей и изобретательней, рискованней и раскованней — и при этом оба чувствовали, что брак их становится все прочнее. Отныне они были не просто мужем и женой, но сообщниками в некоем тайном, запретном, предосудительном деле.

Их эксперименты проявились и в искусстве — они придумывали новые костюмы, отделанные металлом и кожей. Жена, выходившая на эстраду в высоких сапогах, в чулках с подвязками, с хлыстом в руке, доводила публику до экстаза. Новый компакт-диск неизменно занимал первые места в хит-парадах — сначала в Англии, а потом начал триумфальное шествие по всей Европе. Теренса удивляло, почему совсем молодым людям оказались так близки его собственные фантазии, граничившие с бредом, и находил этому единственное объяснение: лишь так можно было дать выход подавленной страсти к насилию — выход бурный, шумный, но безобидный.

Хлыст стал символом их группы: его изображали на майках, почтовых открытках, афишах, наклейках, его вытатуировали себе их поклонники. Хорошее образование, полученное Теренсом, побудило его к поискам истоков и корней всего этого — объясняя это явление, он лучше понимал себя.

Нет, все было не так, как рассказывал он этой проститутке в их первую встречу, — нет, не кающиеся пытались отогнать моровую язву. От начала времен человек осознал, что страдание, принимаемое бестрепетно, — вот пропуск в свободу.

И в Египте, и в Риме, и в Персии существовала убежденность, что, если человек пожертвует собой, он может спасти свою страну и весь мир. Когда в Китае случалось какое-нибудь стихийное бедствие, карали императора, ибо он представлял на Земле божественные силы. В древней Спарте лучших воинов раз в год с утра до вечера подвергали бичеванию в честь богини Артемиды, а толпа ободряла их криками, призывая воинов с достоинством сносить порку и терпеть боль, ибо она подготовит их к боям и походам. По завершении ритуала жрецы осматривали рубцы на спинах и по их расположению предсказывали будущее.

«Отцы-пустынники», члены раннехристианской общины, возникшей в IV веке, собирались в Александрийском монастыре и стегали друг друга плетьми — так они отгоняли демонов и доказывали ничтожество плоти в духовном поиске. Жития святых пестрят подобными же примерами — Святая Роза бегала по саду, и колючие шипы терзали ее тело, Святой Доминик ежевечерне перед сном умерщвлял плоть бичеванием, мученики добровольно принимали медленную смерть на кресте или от клыков и когтей диких зверей. Все говорили, что преодоленное страдание способно даровать человеку религиозный экстаз.

Недавние, пока еще не окончательно подтвержденные исследования свидетельствуют, что определенный сорт грибов обладает галлюциногенными свойствами, то есть заставляет грезить наяву. Это доставляло такое наслаждение, что вскоре подобные опыты вырвались за стены монашеских обителей и стали завоевывать мир.

В 1718 году вышел в свет «Трактат о самоистязании», учивший тому, как обрести наслаждение через физическую боль и при этом не причинить себе вреда. К концу XVIII века по всей Европе существовали десятки мест, где люди страданием достигали блаженства. Сохранились свидетельства о королях и принцессах, которые приказывали слугам бичевать себя, а потом догадывались, что наслаждение не только в том, чтобы терпеть боль, но и в том, чтобы причинять ее, — хотя это более изнурительно и менее благотворно.

И Теренс, покуривая сигарету, испытывал определенное удовольствие при мысли о том, что большая часть человечества никогда бы не смогла понять ход его мыслей.

Он чувствовал себя членом некоего закрытого клуба, куда допускают лишь избранных. Он снова и снова вспоминал, как его супружество из постоянной муки стало истинным чудом. Жена знала, зачем он время от времени наведывается в Женеву, но это ее совершенно не беспокоило — скорее, напротив: она радовалась, что ее муж после недели изнурительных трудов получает там желанную разрядку.

Он в полной мере понял девушку, только что покинувшую его номер, — почувствовал, как сблизились их души, хоть и сознавал, что еще не готов влюбиться в нее, ибо любил свою жену. Однако ему нравилось воображать себя свободным и холостым — это помогало мечтать о новой связи.

Теперь остается самое трудное — надо сделать так, чтобы она превратилась в Венеру Карающую, во Владычицу, в Госпожу, способную унижать без жалости и наказывать без снисхождения. Если она сумеет пройти испытание, он откроет ей свое сердце.

Запись в дневнике Марии, еще хмельной от водки и наслаждения:

В тот миг, когда мне нечего было терять, я получила все. В тот миг, когда я перестала быть такой, как была, я обрела самое себя.

В тот миг, когда познала унижение и полное подчинение, я получила свободу. Не знаю — может быть, нашло помрачение рассудка, может быть, это — сон, может быть, это никогда больше не повторится. Да, я знаю, что смогу прожить без этого, но мне хотелось бы вновь встретиться с Теренсом, повторить испытанное и пойти еще дальше.

Меня страшила боль, но она была слабей, нежели унижение, и служила лишь предлогом. В тот миг, когда впервые за много месяцев — а сколько за это время было у меня мужчин и чего только не проделывали они с моим телом! — я испытала оргазм, то почувствовала — как ни дико это звучит, — что стала ближе к Богу. Я вспомнила его рассказ о моровой язве, когда флагелланты-кающиеся своим страданием выкупали спасение рода человеческого и в этом находили наслаждение. Я не хочу спасать человечество, или этого англичанина, или себя самое, — но я побывала там.

Секс — это искусство обуздать необузданное.

Нет, теперь это был никакой не театр — они и в самом деле сидели на вокзале: Мария хотела попробовать пиццу, которой торговали только там. Иногда можно немножко и покапризничать. Ральф должен был бы появиться днем раньше, когда она еще была женщиной в поисках любви, когда камин, вино, желание еще были для нее важны и необходимы. Однако жизнь распорядилась иначе, и сегодня ей целый день удалось обойтись без ставшего таким привычным упражнения — не сосредоточиваться на звуках и на том, что имеется в настоящем. Причина была проста: она не думала о Ральфе, ибо нашлось кое-что поинтересней.

Что ей делать с этим мужчиной, сидящим рядом с ней и жующим пиццу, которая, вероятно, не пришлась ему по вкусу? Убивать время, пока не настал час идти к нему домой? Когда он вошел в «Копакабану» и спросил, можно ли угостить ее, Мария хотела было ответить: нет, ей с ним не интересно, она нашла себе другого. Однако, с другой стороны, ей до смерти хотелось поделиться с кем-нибудь впечатлениями о прошлой ночи.

Она попыталась обсудить это с теми девицами из «Копакабаны», которые занимались обслуживанием «особых клиентов», но ни одна из них не проявила интереса, потому что Мария была опытна, схватывала все премудрости, что называется, на лету и мало кто в «Копакабане» мог с ней потягаться. Ральф Харт, пожалуй, был единственным, кто способен был ее понять, — недаром же Милан и его называл «особым клиентом». Но глаза его светились любовью, и это осложняло дело — лучше уж промолчать.

— Что ты знаешь о боли, страдании и огромном наслаждении?

Вот и опять она не удержалась.

Ральф отставил тарелку с пищей.

— Всё. И это меня не интересует.

Он ответил без промедления, будто был готов, что она спросит. И Мария оторопела: как, оказывается, об этом, кроме нее, знает весь мир? Боже милостивый, что же это за мир такой?

— Я познал одолевающих меня демонов и сгущающуюся вокруг меня тьму, — продолжал Ральф. — Я погрузился на самое дно, я испробовал все — и не только в этой сфере, но и во многих других. Когда мы виделись с тобой в последний раз, я сумел достичь последней черты, но не через страдание, а через желание. Я опустился на дно собственной души и теперь знаю, что есть в этой жизни еще много, много прекрасного.

Он хотел добавить: «И ты — в том числе, а потому, пожалуйста, сверни с этой дороги», однако не решился. Он вызвал такси и попросил отвезти их на берег озера, где когда-то давно — целую вечность тому назад — они гуляли в день знакомства. Мария удивилась, но промолчала: подсознательно она чувствовала — ей есть что терять, хотя разум ее по-прежнему сладко туманился от случившегося накануне.

Она очнулась от этой истомы лишь в тот миг, когда они оказались в саду, расположенном на берегу озера. Еще стояло лето, но ночи были холодные.

— Зачем мы сюда пришли? — спросила Мария. — Чувствуешь, какой сильный ветер? Меня продует.

— Я много думал о том, что ответил тебе на вокзале. Страдание и наслаждение. Сними туфли.

Она вспомнила, как один из ее клиентов тоже попросил ее об этом и испытал острый прилив возбуждения при одном взгляде на ее босые ступни. Неужели Приключение никогда не оставит ее в покое?

— Я простужусь, — заупрямилась Мария.

— Делай, что тебе говорят, — с не меньшим упорством настаивал Ральф. — Мы пробудем здесь недолго, замерзнуть не успеешь. Верь мне, как веришь себе.

Мария без всякого на то основания поняла, что он хочет помочь ей — не потому ли, что вдосталь и досыта испил горечи и теперь не хочет, чтобы и ей пришлось делать то же. Но она не нуждалась ни

245

в чьей помощи, ей нравился обретенный ею новый мир, где страдание оказывалось не горестью и не бедствием. Мысли ее обратились к Бразилии: там невозможно будет найти человека, который разделит с ней эту новую вселенную, а поскольку Бразилия была важнее всего прочего, Мария повиновалась и сбросила туфли. Мелкие камешки, усыпавшие дорожку, тотчас разорвали ей чулки. Ну и черт с ними, куплю другие.

— И жакет — тоже.

И на этот раз она могла бы сказать «нет», но с прошлой ночи в нее вселилась странная радость от возможности сказать «да» всему, что встречалось ей на пути. Она повиновалась и не сразу ощутила холод, но уже через несколько минут заметила, что продрогла.

— Пойдем. Поговорим.

— Я не могу идти — здесь сплошные острые камни.

— Именно поэтому и надо идти: я хочу, чтобы ты чувствовала, как они впиваются в твои ступни, чтобы ощутила боль, потому что ты должна ощутить — как я ощутил когда-то — страдание, отделенное от наслаждения. Я должен вырвать его из твоей души.

«Ничего ты не должен, оно мне нравится», чуть не сказала Мария, но, промолчав, медленно зашагала вперед, и уже очень скоро ступни стало жечь от холода и острых камней.

— Одну из моих выставок устроили в Японии, и я попал туда как раз в то время, когда был полностью погружен в то, что ты называешь «страдание, унижение, огромное наслаждение». В ту пору я был уверен, что обратного пути нет, что мне суждено увязать все глубже и что мне не остается ничего другого, как только истязать и подвергаться истязаниям.

В конце концов, все мы рождаемся с сознанием своей вины, страшимся, когда счастье оказывается чем-то вполне возможным, и умираем, желая наказать других, потому что всю жизнь чувствовали себя бессильными, несчастными и не оцененными по достоинству. Расплатиться за свои грехи и иметь возможность покарать грешников — это ли не наивысшее удовольствие? Да, это великолепно. Мария шла рядом с ним, но боль и холод мешали ей вникать в смысл его слов, хоть она и пыталась прислушиваться.

— Сегодня я заметил у тебя на запястьях следы от наручников.

Наручники! Чтобы скрыть их, она надела несколько браслетов — не помогло: наметанный глаз непременно заметит все, что ему нужно.

— И вот что я тебе скажу: если все, что ты испытала недавно, заставляет тебя решиться на этот шаг, не мне тебя останавливать, но знай — ничего из этого не имеет отношения к истинной жизни.

— О чем ты?

— О боли и наслаждении. О садизме и мазохизме. Назови, как хочешь. Так вот, если ты по-прежнему убеждена, что это и есть твой путь, я буду страдать, вспоминать о своем желании, о наших встречах, о том, как мы шли по Дороге Святого Иакова, и о том свете, который исходил от тебя. Я сохраню где-нибудь твою ручку и всякий раз буду вспоминать тебя, разжигая камин. И, разумеется, больше не стану искать встреч с тобой.

Марии стало страшно, она поняла — пора на попятный, надо сказать правду, перестать притворяться, что знает больше, чем он.

— Недавно — а вернее, вчера — я испытала то, чего не испытывала никогда в жизни. И меня пугает, что самое себя я смогла бы встретить, дойдя до крайнего предела падения.

Ей было трудно говорить — зубы стучали от холода, болели босые ноги.

— На моей выставке — а проходила она в городе, называющемся Кумано, — появился некий дровосек, — снова заговорил Ральф, будто не слыша сказанного ею. — Мои картины ему не понравились, но, глядя на них, он сумел отгадать то, чем я живу, то, какие чувства испытываю. Назавтра он пришел ко мне в гостиницу и спросил, счастлив ли я. Если да — могу продолжать делать, что мне нравится. Если нет — надо уйти и провести с ним несколько дней.

Он заставил меня — как я сейчас заставляю тебя — пройти босиком по острым камням. Заставил страдать от холода. Он заставил меня понять прелесть боли, если только боль эту причиняет природа, а не люди. Эта тысячелетняя наука называется *Шуген-до*.

Еще он сказал мне, что жил на свете человек, не боявшийся боли, и это было хорошо, ибо для того, чтобы владеть душой, надо выучиться сначала овладевать своим телом. И еще сказал, что я использую боль неправильно, не так, как надо, и что это плохо. Очень плохо.

И то, что невежественный дровосек считал, будто знает меня лучше, чем я сам себя знаю, раздражало меня и в то же время вселяло в меня гордость — оказывается, мои картины способны в полной мере передать все, что я чувствую.

Острый камешек рассек ей кожу на ноге, но холод был сильнее боли, и тело Марии словно погрузилось в спячку, она с трудом могла следить за ходом мысли Ральфа Харта. Почему на этом свете, на белом, на Божьем свете людям интересно только страдание, только боль, которую они ей причиняют?! Священную боль... боль наслаждения... боль с объяснениями или без, но неизменно и всегда — только боль, боль, боль?..

Порезанной ступней она наступила на другой камень и с трудом удержалась, чтобы не вскрикнуть. Поначалу она изо всех сил старалась сберечь и сохранить целостность своей натуры, власть над собой — все то, что Ральф называл «светом». Но теперь шла медленно, голова ее кружилась и к горлу подкатывала тошнота. Не остановиться ли, ведь все это бессмысленно, подумала она — и не остановилась.

Она не остановилась, потому что была самолюбива — она будет идти босиком столько, сколько понадобится, не век же длиться этому пути. Но внезапно еще одна мысль пересекла пространство: а что, если она не сможет завтра появиться в «Копакабане», потому что ноги разбиты в кровь или потому что простынет, заболеет и сляжет в жару? Она подумала о клиентах, которые напрасно будут ее ждать, о Милане, который так ей доверяет, о деньгах, которых не заработает, о фазенде и о гордящихся ею родителях. И тут же страдание оттеснило все эти мысли на задний план, и она — нога за ногу — двинулась вперед, неистово желая, чтобы Ральф Харт, заметив, каких неимоверных усилий ей это стоит, сказал — ну, хватит, надевай туфли.

Однако он казался безразличным и далеким, будто считал, что только так и можно освободить Марию от того неведомого ему, что увлекло и обольстило ее, оставив следы более заметные, чем стальные браслеты наручников. Она же, хоть и знала, что Ральф пытается помочь ей, хоть и старалась преодолеть себя, не сдаться и показать свет своей воли, своей силы, так страдала от боли, что ничего, кроме боли, уже не оставалось, боль вытеснила все мысли — и высокие, и низменные — заполнила собой все пространство, пугая и заставляя думать, что есть предел, достичь которого Мария не сможет.

И все же она сделала шаг.

И еще один.

А боль теперь, казалось, заполонила всю душу и ослабила ее, ибо одно дело — разыграть небольшой спектакль в номере первоклассного отеля, где на столе стоят икра и водка, а меж твоих раскинутых ног гуляет рукоять хлыста, и совсем другое — дрожа от холода, идти босой по острым камням. Мария была сбита с толку: она не могла даже обменяться с Ральфом ни единым словом, и вся ее вселенная состояла теперь из этих маленьких режущих камешков, которыми выложена петляющая меж деревьев тропинка.

И когда она думала, что больше не выдержит и сдастся, ее охватило странное ощущение: вот она дошла до края, до предела — а за ним оказалось пустое пространство, где она парит над самой собой, не ведая собственных чувств. Не это ли ощущение испытывали, бичуя себя, «кающиеся»? На полюсе, противоположном боли, открылся выход на иной по сравнению с сознанием уровень, и не стало места ни для чего другого, кроме неумолимой природы и ее самой, неодолимой Марии.

Вокруг нее все превратилось в сон — этот скудно освещенный сад, темная гладь озера, ее безмолвный спутник, несколько прохожих, не обративших внимания на то, что она идет босиком и еле передвигает ноги. От холода ли, от страдания — но Мария внезапно перестала чувствовать свое тело, впала в состояние, где нет ни желаний, ни страхов, и вообще ничего, кроме какого-то таинственного... да, таинственного умиротворения. Оказывается, боль — это не последний предел: она способна идти еще дальше.

Мария подумала о всех тех, кто страдал, не желая страдать и не прося о том, чтобы им причиняли страдания, а она вот поступила наоборот, хотя теперь это уже не имело никакого значения — она вырвалась за рамки своей плоти, перешла границы тела, и у нее осталась только душа, «свет», некое пространство, кем-то когда-то названное Раем. Есть такие страдания, позабыть которые удается, только когда удается превозмочь терзающую нас боль, а вернее — воспарить над ней.

Последнее, что она помнила, — Ральф подхватил ее на руки, укутав своим пиджаком. Должно быть, она лишилась чувств от холода, но и это не имело значения: она была довольна, она ничего не боялась. Она победила. И не унизилась перед этим человеком.

Минуты превратились в часы, и она, должно быть, уснула у него на руках, а когда проснулась, обнаружила, что лежит на кровати в белой, пустой — ничего, кроме телевизора в углу, — комнате.

Появился Ральф с чашкой горячего шоколада.

— Все хорошо, — сказал он. — Ты пришла туда, куда хотела прийти.

— Я не хочу шоколада, хочу вина. И хочу туда, вниз, в нашу комнату, где разбросаны книги и горит камин.

Как это сказалось, будто само собой — «наша комната»? Не это она планировала.

Она оглядела ступни — небольшой порез и несколько царапин. Через несколько часов от них и следа не останется. Не без труда Мария сошла по ступеням лестницы — она шла в свой угол, на ковер перед камином. Она уже поняла, что лучше всего чувствует себя именно там: вот ее место в этом доме.

— Тот дровосек еще сказал мне, что, когда он делает нечто вроде физического упражнения, когда он требует от своего тела все, что оно может дать, он обретает какую-то неведомую духовную силу — тот самый свет, который я заметил в тебе. Что ты почувствовала?

— Что боль — это спутница женщины.

— Это — опасность.

— Что боль имеет предел.

— Это — спасение. Не забывай об этом.

Сознание Марии все еще мутилось — этот «мир» осенил ее в тот миг, когда она вышла за назначенные ей пределы. Ральф показал ей иной вид мучения, и он тоже доставил ей странное наслаждение.

Ральф взял большую папку, раскрыл ее перед Марией. Там были рисунки.

— История проституции. То, о чем ты спрашивала меня в нашу первую встречу.

Да, спрашивала, но ведь это было всего лишь способом убить время и попыткой заинтересовать собеседника. Теперь это не имело уже ни малейшего значения.

— Все эти дни я плыл в неведомом море. Считал, что и нет никакой истории, а есть только древнейшая профессия, как принято называть это ремесло. Однако история существует, да не одна, а две.

— А что же это за рисунки?

Ральф Харт испытал разочарование оттого, что она не поняла его, однако виду не показал, сдержался и продолжал:

— Я делал эти наброски, пока рылся в книгах, читал, делал выписки.

— Мы поговорим об этом в другой раз — сегодня я хочу понять, что такое боль.

— Ты изведала ее вчера и ты открыла, что она ведет к наслаждению. Ты изведала ее сегодня — и обрела мир. И потому я говорю тебе — не привыкай, с нею слишком легко ужиться, а это — опасное зелье. Оно таится в нашем повседневье, в скрытом страдании, в наших отречениях, после которых мы виним любовь в том, что наши мечты не сбылись. Боль, являя свой истинный лик, пугает и прельщает, являясь под личиной жертвенности и самоотречения. Самоотречения или трусости. Что бы ни твердил человек, как бы на словах ни отвергал боль, он всегда отыщет средство и способ обрести ее, влюбиться в нее, сделать так, чтобы она стала частью его жизни.

— Не верю. Никто не желает страдать.

— Если ты сумеешь понять, что способна жить без страдания, это уже будет шаг вперед. Но не думай, будто другие люди поймут тебя. Да, ты права: никто не желает страдать, и тем не менее все ищут боль и жертву, а отыскав, чувствуют, что бытие их оправдано, а сами они — чисты и заслуживают уважения детей, супругов, соседей, Господа Бога. Сейчас не будем об этом думать, хочу только, чтобы ты знала — миром движет не жажда наслаждения, а отречение от всего, что важно и дорого.

Разве солдат идет на войну убивать врагов? Нет — он идет умирать за свою страну. Разве женщина показывает мужу, как она довольна? Нет — она хочет, чтобы он оценил степень ее преданности, ее готовность страдать ради его счастья. Разве человек поступает на службу в надежде осуществиться и реализовать свой потенциал? Нет — он проливает пот и слезы для блага своей семьи. Так оно и идет: дети отрекаются от мечты, чтобы обрадовать родителей, родители отрекаются от самой жизни, чтобы обрадовать детей, боль и мука оправдывают то, что должно приносить лишь радость, — любовь.

— Остановись.

И Ральф остановился. Это был наилучший момент для того, чтобы сменить тему. Он начал показывать один рисунок за другим. Сначала все сливалось в одно пятно, в путаницу линий, подобных геометрическому узору или переплетению нервов на странице анатомического атласа. Но, слушая его голос, Мария постепенно стала понимать — каждое слово сопровождалось движением, каждая фраза вводила ее в тот мир, частью которого она до сих пор отказывалась быть, твердя себе самой, что это — всего лишь недолгая полоса в ее жизни, способ заработать денег и ничего больше.

— Да, я обнаружил, что существует не одна история проституции, а две. Первую ты прекрасно знаешь, потому что это — и твоя история тоже: красивая девушка, найдя те или иные причины — а может быть, это они ее нашли, — приходит к выводу, что выжить сможет, только если будет продавать свое тело. Кое-кто из таких девушек становился повелителем целых народов, вспомни хоть Мессалину, правившуюся Римом. Другие делались фигурами легендарными — как, к примеру, графиня Дюбарри. Третьи в равной степени платили дань и бесчестью, и авантюризму — как знаменитая шпионка Мата Хари. Однако большинству никогда не суждено будет обрести славу или стать избранницей судьбы, достойно ответив на ее вызов: они всегда останутся провинциальными девчонками, ищущими славы, хорошего мужа, острых ощущений, ибо, обнаружив иную реальность, на какое-то время погружаются в нее, свыкаются с ней и, решив, что контролируют ситуацию, ничего больше не могут сделать.

Вот уже больше трех тысяч лет художники пишут картины, скульпторы создают изваяния, писатели сочиняют книги. И точно так же проститутки сквозь тьму времен продолжают заниматься своим ремеслом, словно ничего в мире особенно не переменилось. Хочешь подробней?

Мария кивнула. Ей надо было выиграть время, осознать смысл страдания и боли, и ее не покидало ощущение, что, пока она шла босиком по острым камням, сумела очиститься от какой-то скверны.

— Упоминания о проститутках встречаются в античных текстах, в Ветхом Завете и в Евангелии, о них писали египетскими иероглифами и шумерской клинописью. Однако профессия эта стала образовываться лишь в VI веке до Рождества Христова, когда древнегреческий законодатель Солон повелел открыть публичные дома, поставить их под контроль государства и взимать налоги за «торговлю своим телом». Афинские мужи — теперь мы бы назвали их бизнесменами — обрадовались, ибо то, что раньше было запрещено, ныне стало легальным. А проститутки, сообразно тем податям, которые они платили, стали делиться на несколько разрядов. Самая дешевая — рабыня, принадлежавшая хозяевам заведения, — называлась «порнай». Ступенью выше находилась «перипатетика», искавшая клиентов на улице. И наконец, на самом верху располагались наиболее дорогие и красивые — их звали «гетеры», что по-гречески значит «спутница», ибо она сопровождала афинских купцов в их поездках, посещала дорогие таверны, владела и распоряжалась немалыми деньгами, давала советы и активно вмешивалась в политику Афин. Как видишь, что вчера было, то и сегодня бывает.

А в средние века из-за болезней, передающихся половым путем...

Мария молчала, с опаской думала о том, не заболеет ли после этой прогулки, смотрела на огонь — вот теперь он и вправду был необходим, он согревал ей и тело и душу. Ей не хотелось больше слушать эту историю, наводившую на мысли о том, что мир остановился, что все повторяется и что человек никогда не научится относиться к сексу с подобающим уважением.

— Тебе не интересно?

Она сделала над собой усилие: в конце концов, именно этому мужчине решила она отдать свое сердце, хотя на этот счет у нее теперь и возникли сомнения.

— Не интересно, потому что я и так это знаю. Не интересно и печально. Ты говорил, что есть и вторая история.

— Вторая история — полная противоположность первой: это священная проституция.

Мария стряхнула свою сонную истому и стала слушать внимательно. Священная проституция? Зарабатывать деньги сексом и тем не менее приближаться к Богу?

— Древнегреческий историк Геродот писал про Вавилон: «Там существует диковинный обычай: всякая женщина, родившаяся в Шумере, обязана хотя бы раз в жизни отправиться в храм богини Иштар и в знак гостеприимства за символическую плату предложить себя первому встречному».

Ладно, она потом спросит, что это за богиня. Должно быть, эта самая Иштар помогла ей восстановить потерянное, казалось бы, навсегда — стыдно ничего про нее не знать.

— Влияние богини Иштар распространилось на весь Средний Восток, достигло Сардинии, Сицилии и средиземноморских портов. Позднее, когда возникла Римская империя, другая богиня по имени Веста требовала от посвященных ей либо непорочной девственности, либо безудержного распутства. Представь себе, чтобы поддерживать священный огонь в храме Весты, ее жрицы занимались тем, что обучали юношей царского рода плотской любви — пели эротические гимны, впадали в транс и, передавая свой экстаз Вселенной, как бы совершали причастие с богиней.

Ральф Харт достал ксерокопию какой-то древней надписи, снабженной внизу листа переводом на немецкий, и медленно продекламировал:

Я, сидящая в дверях таверны, богиня Иштар,
Я — блудница, мать, жена, божество.
Та, кого называют — Жизнь,
Хоть вы называете — Смерть.
Та, кого называют — Закон,
Хоть вы называете — Беззаконие.
Я — та, кого вы ищете,
И то, что обретаете.
Я — то, что вы расточили,
А теперь тщитесь собрать.

Мария стала всхлипывать, и Ральф Харт засмеялся: жизненная сила стала возвращаться к нему, заблистал прежний «свет». Надо продолжить рассказ, показать рисунки, сделать так, чтобы она почувствовала себя любимой.

— Никто не знает, отчего исчезла священная проституция, не просуществовав и двух тысячелетий. Может быть, из-за распространения болезней или оттого, что, когда изменились религии, сменило свои законы и правила общество. Так или иначе, ее нет и никогда больше не будет. Ныне миром правят мужчины, и само слово это превращено в клеймо, и проституткой именуют всякую женщину, из ряда вон выходящую.

— Ты сможешь прийти сегодня в «Копакабану»?

Ральф не понял, к чему был задан этот вопрос, но ответил утвердительно и без промедления.

Запись в дневнике Марии, сделанная спустя несколько часов после того, как она прошла босиком по дорожке Английского Сада в Женеве:

Мне плевать, считалось ли когда-нибудь мое ремесло священным или нет, но Я ЕГО НЕНАВИЖУ. Оно разрушает мою душу, оно заставляет меня терять связь с самой собой, оно внушает мне, что страдание есть награда, что деньги все могут купить и все оправдать.

Вокруг меня нет счастливых; мои клиенты знают: они должны заплатить за то, что должны были бы получить бесплатно, и это угнетает их. Мои товарки знают: они должны продавать то, что отдали бы даром в обмен на нежность и наслаждение, и это разъедает их душу. Гораздо раньше, чем были написаны эти слова, начала я биться изо всех сил, чтобы смириться с тем, что несчастна и недовольна своей судьбой, утешая себя, что надо потерпеть еще несколько недель.

Но больше не могу успокаивать себя этим, притворяться, будто все нормально, что это — просто такая полоса в моей жизни, период, этап. Я хочу забыть все это. Я нуждаюсь в любви. Мне надо любить — и ничего другого. Мне надо любить.

Жизнь слишком коротка — или слишком долга, — чтобы можно было позволить себе роскошь прожить ее так скверно.

Нет, это не его дом. И не ее дом. Это — не Бразилия. И не Швейцария. Это отель с одинаково — в любой точке мира — обставленными номерами, с претензией на семейную атмосферу, от которой он делается еще более чужим и безличным.

Но это не тот отель, из окна которого открывается прекрасный вид на озеро, не тот отель, с которым связана память о боли, о страдании, о восторге. Нет, здесь окно выходит на Дорогу Святого Иакова, дорогу на богомолье, но не к покаянию, это место, где в придорожных кафе встречаются люди, открывают «свет», разговаривают, становятся друзьями, влюбляются. Сейчас идет дождь, и в этот вечерний час никто не идет по этой дороге, как шли на протяжении многих лет, десятилетий, столетий — может быть, и дороге нужно перевести дух, отдохнуть немного от бесчисленных ног, днем и ночью шаркающих по ней.

Надо зажечь свет. И задернуть шторы.

Попросить его раздеться и снять одежду с себя. Темнота в физическом смысле никогда не бывает абсолютной, и, когда глаза привыкнут к ней, можно будет увидеть в пятне неведомо откуда пробившегося света силуэт мужчины. Вот и снова они встретились с ним.

Достать два носовых платка, тщательно сложенных по диагонали, чисто-начисто выстиранных и несколько раз проглаженных — чтобы не оставалось ни намека на запах мыла или духов. Приблизиться к нему и попросить, чтобы он завязал себе глаза. Замявшись на мгновенье, он ответит, что бывал уже в разных видах преисподней. Она скажет на это, что речь вовсе не о том, а просто ей нужна полнейшая, непроницаемая тьма, и что теперь пришел ее черед кое-чему научить его в отместку и благодарность за то, что вчера узнала от него о боли. Он послушается, завяжет глаза. И она — тоже. И вот теперь уже нет ни единого пятнышка света, это, наверно, и называется кромешной тьмой, так что приходится взяться за руки, чтобы добраться до кровати.

Нет-нет, ложиться мы не будем. Мы сядем, как садились всегда, лицом друг к другу, только чуть ближе, чем всегда, так, чтобы мои колени касались твоих.

Ей всегда хотелось сделать это. Но не хватало главного — времени. Ни с первым ее возлюбленным, ни с тем, кто лишил ее невинности. Ни с арабом, заплатившим тысячу франков и, вероятно, ожидавшим больше, чем она могла дать, хоть и этой тысячи не хватило, чтобы купить то, чего хотелось и о чем мечталось. Ни со всеми прочими, бесчисленными мужчинами, прошедшими через ее тело, думавшими почти всегда только о себе и очень редко — о ней: потому ли, что они исполняли какие-то давние романтические мечты, потому ли, что повиновались инстинкту, или потому, что слышали — именно так ведут себя истинные мужчины, а поступающий иначе не достоин зваться им.

Она вспоминает про свой дневник. Ей все надоело, она подгоняет томительно ползущие недели, остающиеся до отъезда, до возвращения, и потому отдается этому мужчине, ибо здесь посверкивает искорка ее собственной потаенной любви. Первородный грех — не в том, что Ева отведала запретный плод, а в том, что поняла — Адам должен разделить с ней то, что она попробовала. Ева боялась идти своей стезей одна, без помощи и поддержки, и потому хотела разделить с кем-нибудь то, что чувствовала.

Но есть на свете такое, что не делится. Но не надо бояться океанской пучины, в которую погружаемся мы по доброй воле, — страх портит игру. Человек проходит через преисподнюю, чтобы осознать это. Будем любить друг друга, но не станем пытаться владеть друг другом.

Я люблю этого сидящего передо мной мужчину, потому что он не принадлежит мне, а я — ему. Мы свободно отдаемся друг другу, и я буду повторять десятки, сотни, тысячи раз — повторять до тех пор, пока сама не поверю собственным словам.

Она задумывается на миг о других проститутках. Думает о матери, о подругах. Все они уверены, что мужчине не нужно ничего, кроме этих одиннадцати минут чистого секса, и за них выкладывает он огромные деньги. Но это не так; мужчина, в сущности, ничем не отличается от женщины: ему тоже нужно встретить кого-то и обрести смысл жизни.

Как было с ее матерью — как вела она себя? Притворялась, что получает наслаждение? Или в бразильском захолустье до сих пор наслаждение для женщины считается делом запретным? Как мало знает Мария о жизни и о любви, но сейчас, когда глаза ее завязаны, когда все время, сколько ни есть его в мире, принадлежит ей, она отыщет источник и корень, и все начнется там и так, где и как она захочет начать.

Прикосновение. Она забывает проституток и клиентов, отца и мать, она теперь — в кромешной тьме. Целый день провела она в поисках того, что могла бы дать человеку, вернувшему ей достоинство, заставившему ее понять, что стремление к радости важнее, чем необходимость страдать.

Мне хотелось бы, чтобы он обрел счастье научить меня чему-нибудь новому, подобно тому, как вчера он объяснил мне, что такое страдание, что такое уличные проститутки и проститутки священные. Я видела: ему доставляет счастье учить меня чему-нибудь, вести и наставлять. Мне хотелось бы знать, как приближаются к плоти перед тем, как приблизиться к душе, к соитию, к оргазму.

Протянув руку перед собой, она просит, чтобы и он сделал так же. Сегодня ночью, слышится ее шепот, на этой ничейной полосе отеля я хочу, чтобы он открыл и нашел грань между мной и миром. Она просит его прикоснуться к ней, сделать так, чтобы он осязал ее, ибо плоть всегда поймет плоть, даже если души не придут к согласию. Он дотрагивается до нее, она — до него, но, словно сговорившись заранее, и он, и она избегают тех частей тела, где стремительней всего пробуждается сексуальная энергия.

Его пальцы ощупывают ее лицо, и она ощущает едва уловимый запах краски, навсегда въевшийся в кожу его рук, сколько бы тысяч и миллионов раз он их ни мыл: он с этим запахом родился, чтобы увидеть первое в жизни дерево, первый дом, чтобы запечатлеть их в своих снах. Должно быть, и он чувствует исходящий от ее пальцев запах, но какой именно — она не знает и спрашивать не хочет, ибо в этот миг говорит лишь плоть, а прочее есть безмолвие.

Она ласкает, и ласкают ее. Так можно провести целую ночь, ибо это доставляет наслаждение, которое вовсе не обязательно должно завершаться сексом, думает она, и в этот самый миг, именно потому, что секс вовсе не обязателен, ощущает в межножье влажное тепло. Придет миг, когда он дотронется до нее, ощутит и почувствует всю меру охватившего ее возбуждения — ей не дано знать, хорошо это или плохо, так отзывается ее плоть, и нет необходимости говорить: «Выше... ниже... помедленней... а теперь посильней...» Мужские руки теперь прикасаются к ее подмышкам, и волоски на коже встают дыбом, и ей хочется вырвать их — как сладостна, наверное, будет эта боль. И она гладит его подмышки, ощущая под пальцами иную структуру — вероятно, это от многолетнего употребления дезодоранта... Боже, о чем она думает? Она не должна думать. Должна прикасаться, трогать — и ничего больше.

Его пальцы подкрадывающимися хищниками скользят вокруг ее грудей. Ей хотелось бы, чтобы пальцы двигались быстрей, чтобы дотронулись до сосков, потому что мысль ее обгоняет его пальцы, но он, отгадывая, наверно, ее невысказанное желание, медлит и дразнит и длит наслаждение, и целая вечность проходит, прежде чем прикосновение наконец совершается. Соски напряглись, и он играет с ними, отчего по коже бегут мурашки, и еще влажней и горячей становится в паху. Теперь его руки скользят по ее животу, расходятся в обе стороны, к бедрам, спускаются к икрам и ступням, поднимаются по внутренней стороне бедер, ощущают жар, но не приближаются, продолжая двигаться нежно и легко, словно порхая, и чем легче эти прикосновения, тем сильнее они пьянят.

Она делает то же, едва-едва дотрагиваясь к самым кончикам волос, и тоже ощущает жар, исходящий от его члена, и, словно колдовским образом вернув себе невинность, словно впервые оказывается перед ней символ иного пола, она прикасается к нему. Но это нечестно, хочется воскликнуть ей: она уже истекает, а он еще не обрел должной твердости, но, может быть, мужчине нужно больше времени, чтобы возбудиться, кто их знает...

И она принимается ласкать его так, как это умеют делать лишь девственницы, потому что искушенные проститутки — позабыли. Член отзывается на ее прикосновения, напрягается, увеличивается и подрагивает под ее пальцами, и она медленно усиливает нажим, обхватывает его крепче, по наитию поняв, к какому месту — внизу, а не вверху — надо прикоснуться, и оттягивает крайнюю плоть. Теперь он возбужден, очень возбужден и прикасается к губам ее влагалища — но по-прежнему слишком бережно и осторожно, и она борется с желанием крикнуть «Сильней! Глубже!», попросить, чтобы ввел пальцы внутрь и вверх. Но он не делает этого, а, смочив пальцы ее же влагой, теми же кругообразными движениями, какими он заставил подняться ее соски, водит теперь вдоль клитора. Этот мужчина ласкает ее, как она сама.

Вот его рука снова поднимается к ее груди, как хорошо, как бы ей хотелось, чтобы он обхватил ее. Но нет — он просто знакомится с ее телом, у них есть время... времени у них сколько угодно. Они могут соединиться прямо сейчас, и это будет совершенно естественно, и, наверное, это будет хорошо, но все так ново, так непривычно, ей приходится обуздывать себя, чтобы не испортить все. Она вспоминает, как в вечер первой встречи они пили вино — медленно, смакуя, ощущая, как оно растекается по крови, согревая и заставляя видеть мир иначе, освобождая из-под гнета жизни и крепче привязывая к ней.

Вот так же, глоток за глотком, она отведает этого мужчину — и тогда сумеет навсегда забыть то скверное вино, которое пила залпом: да, от него пьянеешь, но наутро так гадко во рту и еще гаже — в душе.

Она останавливается, мягко переплетает свои и его пальцы, слышит стон и тоже хочет простонать, но сдерживается, чувствуя, как жар разливается по всему телу — и, должно быть, с ним происходит то же самое. Оргазм не наступает, и энергия рассеивается, горячая волна идет в мозг, путает мысли, не дает думать ни о чем, кроме главного — но она этого и хочет: остановиться, замереть на середине, сделать так, чтобы наслаждение растеклось по всему телу, затопило голову, обновило само понятие «желание», вновь сделало ее девственницей.

Она снимает повязку с себя, а потом, таким же мягким движением — с него. Зажигает лампу в изголовье. Два обнаженных человека смотрят друг на друга, но не улыбаются — просто смотрят.

«Я — любовь, я — музыка, — думает она. — Давай потанцуем».

Но вслух не произносит ничего подобного: они говорят о чем-то банальном, договариваются о следующей встрече, он назначает дату — через два дня. Ему хотелось бы, чтобы она пришла с ним на вернисаж. Она колеблется. Прийти — значит узнать его мир, его друзей, а что они скажут? Что подумают?

И она отказывается. Но он, понимая, что она хотела согласиться, настаивает, приводит аргументы, которые при всей своей нелепости, становятся па их танца, и она уступает, потому что в глубине души именно это ей и нужно. Он предлагает встретиться в том самом кафе, где они когда-то впервые увидели друг друга. Нет, отвечает она, бразильцы суеверны: если вернемся к началу, круг замкнется, и все кончится.

Я рад, говорит он, что ты не хочешь, чтобы круг замкнулся. Решено — они встретятся в церкви — с ее колокольни весь город как на ладони, а стоит она на Дороге Святого Иакова, откуда начинается таинственное паломничество, которое совершают эти двое с той минуты, как увидели друг друга.

Запись в дневнике Марии, сделанная накануне того, как она купила себе билет на самолет в Бразилию:

Жила-была птица. Птица с сильными крыльями, со сверкающим разноцветным оперением. Существо, созданное для вольного полета в поднебесье, рожденное, чтобы радовать глаз тех, кто следит за ней с земли.

Однажды женщина увидела ее и полюбила. Сердце ее колотилось, глаза блестели от волнения, когда с открытым в изумлении ртом, смотрела она, как летит эта птица. И та позвала ее лететь с нею вместе — и отправились они по синему небу в полном ладу друг с другом. Женщина восхищалась птицей, почитала и славила ее.

Но как-то раз пришло ей в голову — да ведь птица эта наверняка когда-нибудь захочет улететь в дальние дали, к неведомым горам. И женщина испугалась — испугалась, что с другой птицей никогда не сможет испытать ничего подобного. И позавидовала — позавидовала врожденному дару полета.

И еще — испугалась одиночества.

И подумала: «Расставлю-ка я силки. В следующий раз птица прилетит — а улететь не сможет».

А птица, тоже любившая эту женщину, на следующий день прилетела, попала в силки, а потом посажена была в клетку.

Целыми днями женщина любовалась птицей, показывала предмет своей страсти подругам, а те говорили: «Теперь у тебя есть все». Но странные дела стали твориться в душе этой женщины: птицу она заполучила, приманивать ее и приручать больше не было нужды и мало-помалу угасал интерес к ней. Птица же, лишившись возможности летать — а в этом и только в этом заключался смысл ее бытия, — облиняла и утратила свой блеск, стала уродлива, и женщина вообще перестала обращать на нее внимание: только следила, чтобы корму было вдоволь да чтоб клетка чистилась.

И в один прекрасный день птица взяла да и умерла. Женщина очень опечалилась, только о ней и думала и вспоминала ее днем и ночью, но только не то, как та томилась в клетке, а как увидела в первый раз ее вольный полет под облаками.

А загляни она себе в душу — поняла бы, что пленилась не красотой ее, а свободой и мощью ее расправленных крыльев.

Лишившись птицы, лишилась ее жизнь и смысла. И постучалась к ней в дверь смерть. «Ты зачем пришла?» — спросила ее женщина.

«Затем, чтобы ты снова смогла летать со своей птицей по небу, — отвечала смерть. — Если бы позволила ей покидать тебя и неизменно возвращаться, ты любила бы ее и восхищалась бы ею пуще прежнего. А вот теперь, чтобы тебе снова увидеть ее — без меня дело никак не обойдется».

День Мария начала с того, к чему готовилась все эти долгие месяцы, — отправилась в туристическое агентство и купила билет на самолет, отправлявшийся в Бразилию в тот день, который был кружком обведен в ее календаре.

Быть ей в Европе оставалось всего две недели. Пройдут они — и Женева станет лицом человека, которого Мария любила и который любил Марию. Бернская улица превратится просто в улицу, названную в честь столицы Швейцарии. Она будет вспоминать свою квартиру, озеро, французскую речь и все те безумства, что способна вытворить девушка двадцати трех лет (завтра исполнится), пока не поймет, что свой предел всему положен.

Нет, она не станет ловить птицу, заманивать ее с собой в Бразилию. Ральф Харт — это то единственное по-настоящему чистое, что случилось с ней. Эта птица создана для вольного полета, и пусть со сладкой тоской вспоминает она времена, когда еще чьи-то крылья рассекали воздух рядом с нею. Ведь она, Мария, — тоже птица, и если Ральф Харт будет рядом, значит, никогда не позабудутся дни, проведенные в «Копакабане». А это — минуло и сгинуло, принадлежит прошлому, а не будущему.

Она решила, что скажет «прощай» только однажды, когда придет минута расстаться, и не будет страдать всякий раз, как вспомнит о том, что скоро ее уже здесь не будет. И потому, обманывая свое сердце, двинулась в то утро по Женеве как ни в чем не бывало, как будто до скончания века ходить ей по этим улицам, по Дороге Святого Иакова, по мосту Монблан. Она смотрела, как кружат над водой чайки, как раскладывают свой товар торговцы, как служилый люд, выходя из контор, отправляется обедать. Грызла яблоко, наслаждаясь вкусом и цветом. Видела, как в отдалении заходят на посадку самолеты, как из середины озера поднимается, играя всеми цветами радуги, столб воды, как робкая, затаенная радость охватывает всех, кто проходит мимо, кто идет навстречу. Ловила на себя взгляды заинтересованные, взгляды безразличные, взгляды ничего не выражающие. Почти целый год прожила она в этом маленьком городе, похожем на любой другой городок — сколько таких в мире? Если бы не причудливая архитектура его зданий да не вывески бесчисленных банков, вполне можно было бы вообразить себе, что дело происходит где-нибудь в Бразилии, в провинции. А что? Есть ярмарка. Есть рынок. Есть матери семейств, торгующиеся с продавцами. Школьники, которые сбежали с уроков, наврав, что мама-папа больны, и теперь целуются на берегу реки. Есть люди, чувствующие себя здесь как дома, и люди посторонние. Есть газеты, рассказывающие о разных скандальных происшествиях, и респектабельные журналы для почтенных бизнесменов, которые, насколько можно судить, читают только газеты, рассказывающие о скандальных происшествиях.

Мария направилась в библиотеку сдать руководство по усадебному хозяйству. Она не поняла в этой книжке ни слова, но это было и не важно — в те минуты, когда ей казалось, что контроль над собой и своей судьбой потерян, книжка напоминала, какая цель стоит перед ней. Книжка в строгом желтом переплете, книжка без картинок, но с мудреными графиками и схемами, была ее безмолвной спутницей и более того — путеводной звездой, сиявшей во тьме недавних недель.

Ты всегда строила планы на будущее, сказала она себе. И настоящее неизменно ошеломляет тебя. И подумала о том, что обрела себя благодаря независимости, отчаянию, страданию, обрела — и тотчас снова столкнулась с любовью. Хорошо бы, чтоб — в последний раз.

А самое забавное — что ее коллеги порой обсуждали, как им было хорошо с тем или иным мужчиной, толковали о неземных восторгах, иногда выпадавших на их долю, тогда как она, в сущности, была и осталась равнодушной к сексу. Она не решила свою проблему и в обычном совокуплении достичь оргазма ей было не дано, а потому половой акт стал для нее делом настолько обыденным и вульгарным, что едва ли когда-нибудь сможет она обрести в нем тот пыл, и жар, и радость, которые искала и жаждала.

А может быть, все дело в том, думала Мария время от времени, что правы ее родители и романтические книжки — без любви никакое удовольствие в постели невозможно.

Библиотекаршу, которую она считала своей единственной подругой, хоть никогда ей об этом не говорила, она застала в добром расположении духа. Был как раз обеденный перерыв, но Мария отказалась от предложенного сэндвича, поблагодарив и сославшись на то, что недавно завтракала.

— Долго, однако, вы изучали эту книжку.

— И все равно ничего не поняла.

— Помните, о чем вы попросили меня однажды?

Мария, разумеется, не помнила, но по лукавой улыбке, заигравшей на лице библиотекарши, догадалась, о чем шла речь. О сексе.

— Когда вы как-то раз пришли сюда за литературой такого рода, я решила обревизовать все, что тут у нас имеется в наличии. Оказалось — немного, и я сделала заказ, поскольку мы должны просвещать юношество. Тогда им не придется учиться этому наихудшим из всех возможных способом — у продажных женщин.

Библиотекарша указала на тщательно завернутую в коричневую бумагу стопку книг в углу.

— Разобрать пока еще не успела. Только мельком проглядела и, знаете, пришла в ужас от того, что увидела.

Ну да, можно было наперед сказать, о чем пойдет сейчас речь — об акробатических позициях, о садомазохизме и прочем. Лучше извиниться, спохватиться, что пора, мол, на работу (она, правда, еще не придумала, где она работает — в банке или в каком-нибудь магазине; врать — дело утомительное, тут главное — ничего не перепутать).

Мария поблагодарила и стала уж было приподниматься с места, готовясь уйти, но библиотекарша продолжала:

— Вы тоже будете ошеломлены. Вот, например, вы знаете, что клитор был открыт совсем недавно?

Открыт? Недавно? Ну да, не далее как на этой неделе кто-то прикасался к этой части ее собственного тела, найдя его так споро и ловко — несмотря на полную темноту, — что сомнений не было: эта область ему хорошо известна.

— Его существование было официально признано лишь в 1559 году, после того, как врач по имени Реальдо Колумбо выпустил в свет книгу «De re anatomica». А до тех пор, полтора тысячелетия нашей эры, о нем никто понятия не имел. Колумбо описал его в своем исследовании, назвав «органом красивым и полезным». Можете себе представить?

Обе рассмеялись.

— А два года спустя, в 1561, другой медик, Габриэлле Фаллопио заявил, что честь этого открытия принадлежит ему. Нет, вы только подумайте! Двое мужчин — разумеется, итальянцы, им и карты в руки! — спорят, кто первым ввел клитор в мировой обиход!

Разговор был занятный, но продолжать его Мария не желала — прежде всего потому, что при одном только воспоминании о завязанных глазах, о руках, которые скользили по ее телу, безошибочно находя самые чувствительные точки, она, как выражались в «Копакабане», «потекла» — и сильно. Получается, что она не умерла для секса, этот человек каким-то колдовским образом воскресил ее. Как хорошо быть живой!

А библиотекарша между тем воодушевлялась все больше:

— Но даже после того, как клитор был открыт, должного внимания ему не уделяли, скорее — напротив, — продолжала она, на глазах превращаясь в высокую специалистку по клиторологии или как там называется эта научная дисциплина. — Оказывается, то, что мы сегодня читаем в газетах об африканских племенах, у которых принято ампутировать клитор, чтобы лишить женщину права на наслаждение, — совсем не ново. У нас в Европе, в XX веке проводятся подобные операции, ибо принято было считать, что эта маленькая и не несущая никакой полезной функции анатомическая деталь есть источник истерии, эпилепсии, супружеской неверности и бесплодия.

Мария, прощаясь, протянула руку библиотекарше, но ту было никак не унять.

— Мало того: наш любимый Фрейд, основатель психоанализа, утверждал, будто оргазм у нормальной женщины должен сдвигаться от клитора к влагалищу. А самые рьяные из его последователей, развивая положения своего учителя, с пеной у рта доказывают, что клиторальное возбуждение свидетельствует об инфантильности, либо, что еще хуже, — о бисексуальности.

Тем не менее, как все мы знаем, очень трудно получить оргазм исключительно путем обычного полового сношения. Приятно, когда тобой обладает мужчина, но центр наслаждения заключен в этом крохотном бугорке, открытом неким итальянцем!

Мария, плохо слушавшая ее слова, вынуждена была признать, что Фрейд просто-таки ее имел в виду — вероятно, она инфантильна, если ее оргазм к влагалищу не смещался. А может, Фрейд ошибся?

— А что вы скажете о точке «G»?

— Простите, а где это?..

Библиотекарша покраснела, поперхнулась, но все же нашла в себе мужество ответить:

— Сразу же при входе, на первом этаже, окошечко, выходящее на задний двор.

Просто гениально! Она описывает влагалище как дом! Должно быть, вычитала это объяснение в каком-нибудь пособии по половому воспитанию девочек: после того как кто-нибудь постучит и войдет, он обнаружит внутри собственного тела всю вселенную. А она, занимаясь мастурбацией, всегда отдавала предпочтение этой самой точке «G» перед клитором, потому что в последнем случае ощущения бывали какие-то двойственные: наслаждение было почти мучительным, сопровождалось смутной тоской и неразрешимым томлением.

Нет уж, да здравствует первый этаж и окошечко, выходящее на задний двор.

Видя, что библиотекарша замолкать не собирается — вероятно, думает, что нашла в ней товарища по несчастью, то есть по загубленной сексуальности, — она помахала ей рукой, вышла и заставила себя отвлечься на любую ерунду, потому что не тот сегодня был день, чтобы размышлять о прощаниях, разлуке, клиторе, возрожденной девственности или точке «G». Она стала прислушиваться к звукам — звонили колокола, лаяли собаки, звенел по рельсам трамвай. Постукивали каблуки по тротуару, слышалось дыхание, вывески обещали все, что душе угодно.

Ей совсем не хотелось возвращаться в «Копакабану», но она чувствовала себя обязанной довести работу до конца, а почему — неизвестно: в конце концов, необходимую сумму давно уже удалось собрать. В этот день она могла бы пройтись по магазинам, поговорить с управляющим банком — тоже, между прочим, ее клиент, — обещавшим помочь с текущим счетом, могла бы выпить кофе, отправить по почте кое-что из вещей, не умещавшихся в чемоданы. Как ни странно, на душе у нее было невесело, и она не могла понять отчего. Оттого, быть может, что оставалось всего две недели. Надо было бы пройтись по городу, взглянуть на него другими глазами, порадоваться, что смогла все пережить и преодолеть.

Она остановилась на перекрестке, на котором бывала сотни раз: оттуда открывался вид на озеро с водяным столбом посреди, а на другой стороне улицы тянулся сад, и там, на клумбе, двигались стрелки выложенных из цветов часов — одного из символов города — и стрелки эти не дадут ей солгать, потому что...

Внезапно время остановилось и мир замер.

Что это за чушь насчет восстановленной девственности, не дававшая ей покоя с момента пробуждения?

Мир, казалось, застыл в оледенении, и эта секунда все никак не кончалась, не истекала, а Мария стояла перед чем-то очень значительным и серьезным. И не могла забыть об этом, в отличие от снов, которые всегда хочется записать наутро, да не выходит...

«Ни о чем не думай. Мир остановился. Что произошло?»

ХВАТИТ!

Неужели сочиненная ею красивая сказка о птице — это про Ральфа Харта?

Нет! Это о ней!

ТОЧКА!

На часах было 11:11, и в этот миг она застыла. Она чувствовала себя чужой в собственной телесной оболочке, заново открывая для себя только что восстановленную девственность, но возрождение это было столь хрупко, что постой Мария здесь еще мгновение — погибла бы безвозвратно. Вероятно, она побывала на небесах, а уж в аду — совершенно точно, но Приключение подошло к концу. Она не могла ждать еще две недели, десять дней, неделю — надо было бегом бежать сию же минуту — потому что, едва глянув на эти цветочные часы, вокруг которых толпились, щелкая фотоаппаратами, туристы и играли дети, наконец-то поняла причину своей печали.

А причина заключалась в том, что она не хотела возвращаться в Бразилию.

И дело было не в Ральфе Харте, не в Швейцарии, не в Приключении. Все было просто, даже слишком просто. Деньги.

Деньги! Клочок плотной, неярко раскрашенной бумаги, который, по всеобщему мнению, что-то стоит. И она верила в это, потому что все верили, верила до тех пор, пока, собрав целую гору этих бумажек, не пришла в банк — надежнейший, свято хранящий традиции и оберегающий тайну вкладов швейцарский банк — и спросила: «Могу ли я приобрести у вас несколько часов жизни?» И услышала в ответ: «Нет, мадемуазель, это мы не продаем, а только покупаем».

Из сна наяву ее вывел визг тормозов. Водитель что-то сердито крикнул ей, а стоящий рядом улыбчивый старичок по-английски попросил ее сделать шаг назад — для пешеходов был «красный».

«Ладно. Кажется, мне открылось то, что должны знать все».

Да нет, не знают. Она оглянулась по сторонам: опустив головы, люди торопливо шагали на службу, в школу, в бюро по трудоустройству, на Бернскую улицу, и каждый повторял: «Ничего, подожду еще немного. У меня есть мечта, но ведь не обязательно претворять ее в жизнь именно сегодня — сегодня мне надо зарабатывать деньги». Разумеется, она занимается проклятым ремеслом, но если вдуматься — всего лишь продает свое время, как и все. Занимается тем, что ей не нравится, — как и все. Общается с людьми, которых переносить невозможно, — как и все. Продает свое бесценное тело и бесценную душу во имя будущего, которое не наступит никогда, — как и все. Твердит, что накопила недостаточно, — как и все. Собирается подкопить еще немножко — тоже как все. Подкопить, подождать, заработать, отложить исполнение желаний на потом, ибо сейчас слишком занята... нельзя упускать такую возможность... клиенты ждут... постоянные посетители, способные выложить за ночь кто триста пятьдесят, а кто и тысячу франков.

И вот впервые в жизни, махнув рукой на все те превосходные вещи, которые можно было бы купить на деньги, что она заработает, — может, остаться еще на год, а? — Мария вполне сознательно, осознанно и непреклонно решила эту возможность — упустить.

Она дождалась, когда переключится светофор, перешла улицу, остановилась перед цветочными часами, подумала о Ральфе, вспомнила, как вспыхнул вожделением его взгляд в тот вечер, когда она приспустила с плеча платье, снова ощутила, как его руки обхватывают ее груди, скользят по бедрам, играют между ног, почувствовала, что снова захлестывает ее волна возбуждения, взглянула на высоченный водяной столб посреди озера — и, не испытывая никакой необходимости прикоснуться к себе, испытала оргазм прямо здесь, на виду у всех.

Но никто не заметил этого; все были заняты, очень заняты.

Как только она переступила порог «Копакабаны», ее окликнула филиппинка Ния, единственная из всех девиц, отношения с которой можно было до известной степени счесть дружескими. Она сидела за столиком с каким-то мужчиной восточного вида. Оба чему-то смеялись.

— Нет, ты только послушай, чего он от меня хочет! — воскликнула Ния.

Клиент, лукаво сощурясь и не переставая улыбаться, достал и открыл какую-то коробочку, напоминавшую футляр для сигар. Милан из-за стойки вперил в него зоркий взгляд — не шприцы ли там с ампулами? Нет, в коробке оказался предмет неведомого назначения, но к наркотикам отношения не имевший.

— Словно из прошлого века, — сказала Мария.

— Именно так! — согласился клиент, слегка раздосадованный ее невежеством. — Ему больше ста лет, и стоит он колоссальных денег.

То, что Мария видела перед собой, напоминало больше всего допотопный миниатюрный радиоприемник — лампы, рукоять, электрические батареи, клеммы. И еще — наружу выходили два проводка с небольшими — в палец длиной — стеклянными наконечниками. Трудно было представить себе, что прибор стоит колоссальных денег.

— И как же он действует?

Нии этот вопрос не понравился. Она, конечно, доверяла Марии, но люди, как известно, переменчивы — а вдруг бразильянка положила глаз на ее клиента?

— Он мне уже объяснил. Эта штука называется «Лиловый Посох».

И, обернувшись к восточному человеку, предложила уйти, показав тем самым, что принимает его приглашение. Однако тот наслаждался интересом, вызванным его игрушкой.

— В 900-е годы, когда в продажу поступили первые аккумуляторные батареи, практикующие врачи начали проводить опыты с электричеством, надеясь с его помощью излечивать умственное расстройство или истерию. Применяли его и для оздоровления кожи — ну, чтобы сводить всякие там бородавки, пятна и прочее. Видите эти стеклянные наконечники? Их прикладывают сюда — он показал себе на виски — и батарея дает такой же статический разряд, какой мы испытываем, когда воздух очень сухой.

Подобного никогда не случалось в Бразилии, а вот здесь, в Швейцарии — сплошь и рядом. Мария обнаружила это явление, когда однажды, открыв дверцу такси, услышала щелчок и ее дернуло током. Она решила, что это машина не в порядке, возмутилась, заявила, что не станет платить, но шофер в долгу не остался и обвинил ее в полном невежестве. Выяснилось, что он был прав — виною всему оказалась удивительно низкая влажность воздуха. После того как Марию несколько раз ударяло током, она боялась прикасаться к любым металлическим предметам, пока не купила в супермаркете браслет, разряжавший скапливавшееся в ней статическое электричество.

Она обернулась к восточному человеку:

— Но ведь это ужасно неприятно!

Нии с каждой минутой все меньше нравился этот диалог. Но, чтобы не устраивать скандала со своей единственной — потенциальной — подругой, она обняла клиента за плечи, чтобы ни у кого не возникало никаких сомнений насчет того, кому он принадлежит.

— Это зависит от того, куда приложить! — засмеялся клиент.

С этими словами он повернул регулятор, и наконечники стали какого-то лиловатого цвета. Потом быстрым движением приложил один к руке Нии, другой — к плечу Марии. Раздался щелчок, но ощущение было совсем безболезненным и больше напоминало щекотку.

Приблизился Милан.

— Пожалуйста, уберите.

Клиент послушно спрятал свой аппарат в футляр. Филиппинка, воспользовавшись этим, предложила ему отправиться в отель. Он был немного разочарован — девушка, появившаяся второй, проявила к Лиловому Посоху гораздо больше интереса, чем та, которая сейчас звала его с собой. Он надел пиджак, положил футляр в кожаную папку и сказал:

— Сейчас их опять выпускают — они вошли в моду у тех, кто ищет непривычных ощущений. Но вот этот экземпляр можно найти только в музее или у антикваров, да и то вряд ли.

Оставшись вдвоем, Милан и Мария переглянулись не без растерянности.

— Раньше видел такое?

— У этого субъекта — нет. Наверно, и в самом деле потянет очень прилично, но он может себе это позволить, потому что занимает видный пост в нефтяной компании. Я видел другие, современные.

— И что с ними делают?

— Засовывают себе... куда-нибудь и просят, чтобы женщина покрутила регулятор. Их бьет током.

— А сами они не могут?

— Могут, могут. Все, что имеет отношение к сексу, можно делать в одиночку. Но люди, слава Богу, пока считают, что для этого дела необходим партнер. А иначе я бы разорился, а ты бы пошла торговать свежей зеленью. Да, кстати, твой особый клиент предупредил, что будет сегодня вечером. Так что, будь добра, никаких приглашений не принимай.

— Не приму. И от него — тоже. Дело в том, что я пришла, только чтобы попрощаться.

Милан, на первый взгляд, не оценил серьезность удара.

— Художник?

— Нет. «Копакабана». Всему есть предел, и сегодня утром, когда смотрела на цветочные часы возле озера, поняла, что я — дошла.

— Какой еще предел?

— Я накопила достаточно, чтобы купить в Бразилии ферму. Знаю, что могу заработать еще, поработать еще год, казалось бы — какая разница?

Но я знаю какая. Если останусь, то никогда уже не вырвусь из этого капкана, который намертво держит и тебя, и твоих клиентов — всех этих менеджеров, охотников за талантами, директоров звукозаписывающих компаний — всех, кого я знавала, кому продавала свое время, которое теперь не выкупить обратно за все золото мира. Если задержусь еще хоть на день — застряну на год, а застряну на год — не выберусь до гробовой доски.

Милан как-то неопределенно развел руками, как бы показывая, что все понял, со всем согласен, но сказать не может ничего, чтобы не смущать девиц, работающих на него. Он был человек добродушный, и хотя решение Марии не одобрил, но и убеждать ее в том, что она поступает неправильно, не стал.

Она поблагодарила, заказала бокал шампанского — хватит с нее фруктовых коктейлей. Теперь она не на работе и может пить, сколько влезет. Милан на прощание велел в случае чего звонить и не стесняться — в «Копакабане» ей всегда будут рады.

Она попыталась расплатиться, но он остановил ее: «Это — за счет заведения». Возражать она не стала — заведению она отдала во много раз больше, чем стоит бокал шампанского.

Запись в дневнике Марии, сделанная по возвращении домой:

Я уж не помню, когда именно это было, но как-то в воскресенье я решила зайти в церковь на мессу. Пробыла там довольно долго и вдруг поняла, что зашла не туда — это был протестантский храм.

Хотела уйти, но пастор уже начал службу, и мне показалось, что будет неудобно, если я вдруг встану и выйду. Сам Бог остановил меня, потому что в тот день прозвучали слова, которые я должна была услышать.

Пастор говорил примерно так:

«У всех народов существует такая поговорка: «С глаз долой — из сердца вон». Я же утверждаю, что нет ничего более ложного на свете. Чем дальше от глаз, тем ближе к сердцу. Пребывая в изгнании и на чужбине, мы любовно лелеем в памяти любую малость, напоминающую об отчизне. Тоскуя в разлуке с тем, кого любим, в каждом прохожем на улице видим мы дорогие черты.

И наши Евангелия, и священные тексты всех религий написаны были на чужбине в попытке обрести понимание Бога и веры, приводящей народы в движение, осознать, почему бродят неприкаянные души по лицу земли. Не знали наши предки, как и мы не знаем, чего ожидает от нас и жизней наших Высшая Сила, — и в этот-то миг сочиняются книги, пишутся картины, ибо не хотим мы и не можем позабыть о том, кто мы есть».

Когда он окончил проповедь, я подошла и поблагодарила его, сказав, что была чужой в чужой стране, а он напомнил мне, что врет поговорка, с глаз долой не значит из сердца вон. И, прочувствовав это, я уезжаю.

Мария вытащила два чемодана из-под кровати, где они лежали в ожидании того дня, когда все придет к концу. Было время, она представляла, как доверху набьет их подарками, новыми платьями, фотографиями, запечатлевшими ее на снегу и на фоне европейских достопримечательностей, — воспоминаниями о счастливом времени, проведенном в гостях у самой спокойной и самой великодушной страны мира. Да, кое-что из одежды она себе купила, а в тот день, когда в Женеве выпал снег, сфотографировалась, но — и только, и ничего больше из того, о чем мечталось, не сбылось.

Она приехала сюда с мечтой заработать много денег, познать жизнь и собственные возможности, найти мужа, купить ферму для родителей и привезти их в Швейцарию показать, где жила. И вот — возвращается. Денег для исполнения мечты хватит. А в горах так и не побывала. И — что еще хуже — самой себе она теперь чужая. И все же довольна, ибо непреложно определила тот миг, когда надо остановиться.

А это мало кому удается.

Что ж, было в ее жизни четыре приключения — танцевала в кабаре, выучила французский, стала проституткой и влюбилась отчаянно и безнадежно. Многие ли могут похвастаться столькими событиями, случившимися всего за год?! Она была счастлива, хоть к счастью и примешивалась печаль, и имя печали этой было — не проституция, не Швейцария, не деньги, а Ральф Харт. Она — хоть и самой себе никогда бы в этом не призналась — в глубине души хотела выйти замуж за этого человека, который сейчас ждет ее в церкви, чтобы познакомить со своими друзьями, своими картинами, своим миром.

Она подумала: а может, не ходить? Переехать в какой-нибудь отель недалеко от аэропорта, ведь самолет — завтра утром, а каждая минута, проведенная рядом с Ральфом, обернется в будущем годом страданий, потому что ее будут терзать мысли о том, что она могла бы сказать, да не сказала, и воспоминания о прикосновениях его рук, о звуке его голоса, о его рассказах.

Мария снова открыла чемодан, достала игрушечный вагончик, подаренный Ральфом в их первую встречу у него дома. Несколько минут глядела на него, а потом выбросила в корзину для мусора — он недостоин встречи с Бразилией, он был никчемным и несправедливым по отношению к ребенку, которому так хотелось поиграть с ним.

Нет, она не пойдет в церковь; он может спросить ее о чем-нибудь, а если она ответит правду — «Я улетаю», — он попросит ее остаться, пообещает все что угодно, лишь бы не потерять ее, признается в любви, которую и так уже не скрыть. Однако любовь эта зиждилась на полной свободе, ничто другое не было бы возможно: вероятно, это и была единственная причина того, что их так влекло друг к другу: оба знали, что им ничего не надо друг от друга. Мужчины всегда пугаются, услышав из уст женщины: «Я хочу зависеть от тебя», Мария же хотела сохранить в душе другой образ Ральфа Харта — влюбленного, вверившегося ей всей душой, готового ради нее на что угодно.

Ладно, она еще успеет решить окончательно, идти ей на свидание в церкви или нет, — сейчас надо заняться делами более прозаическими. Она видела, какое множество вещей в чемоданы не влезло. Куда же все это девать? Да никуда, пусть о них заботится хозяин квартиры, пусть он распорядится оставленными на кухне миксером и кофеваркой, картинами, купленными на рынке, постельным бельем и полотенцами. Хотя ее родители нуждаются в этом барахле больше, чем любой женевский нищий, в Бразилию она его не потащит: любая мелочь будет напоминать о том, через какие испытания пришлось ей пройти, какой ценой было это куплено.

Она вышла из дому, направилась в банк с намерением снять все, что было у нее на счете. Управляющий — он тоже бывал в ее постели — сказал, что это неразумно: ведь проценты по вкладу она смогла бы получать и в Бразилии. А если

297

ее, не дай Бог, ограбят, прахом пойдут многомесячные труды. Мария заколебалась, сочтя — по своему всегдашнему обыкновению, — что ей и вправду желают добра. Но, поразмыслив немного, пришла к выводу: нет, цель этих бумажек не в их приумножении — они должны уйти в оплату за фазенду, за дом для родителей, за несколько голов скота да мало ли за что еще.

И она сняла все до последнего сантима, уложила деньги в специально по такому случаю купленный пояс-бумажник и надела его на голое тело, под одежду.

Затем направилась в бюро путешествий, молясь про себя, чтобы ей хватило мужества не остановиться на полпути. Заявила, что желает поменять билет. Ей ответили, что завтра прямого рейса нет: надо лететь через Париж и там сделать пересадку. Не важно! Лишь бы оказаться как можно дальше отсюда, чтобы не успеть передумать.

Она дошла до одного из мостов, купив по дороге мороженое, хотя было уже совсем нежарко, остановилась, оглядела Женеву. Все казалось ей теперь совсем другим, и чувствовала она себя так, словно только попала в этот город и теперь должна обегать все его музеи, осмотреть все достопримечательности, побывать в модных ресторанах и кафе. Забавно — когда живешь в городе, всегда откладываешь знакомство с ним «на потом», а в итоге покидаешь его, так толком и не узнав.

Почему же ее не радует совсем уже скорая встреча с Бразилией? Почему не печалит разлука со Швейцарией, оказавшейся достаточно гостеприимной и приветливой? Ни обрадоваться, ни загрустить — ничего у нее не выходило, разве что уронить две-три слезинки, испытывая страх перед самой собой — перед девушкой красивой и неглупой, у которой было все, чтобы добиться успеха, и которая неизменно совершала ошибки.

Ну, что ж, хоть на этот раз она поступает правильно.

Когда Мария переступила порог, церковь была совершенно пуста, и она смогла молча разглядеть витражи, красиво подсвеченные снаружи сиянием дня, точно умытого пронесшейся прошлой ночью бурей. Перед нею высился алтарь с пустым крестом — это было не распятие с истекающим кровью, корчащимся в предсмертной муке человеком, но символ воскресения, перед которым орудие казни напрочь теряло всякое значение, важность и внушаемый им ужас. Марии понравилось и то, что в настенных нишах не было окровавленных святых с разверстыми ранами, — словом, она оказалась там, где люди собираются, чтобы восславить то, что недоступно их разуму. Опустившись на колени, она пообещала Иисусу, в которого все еще верила, но о котором уже давно не думала, и Пречистой Деве, и всем святым: что бы ни случилось сегодня, она не переменит свое решение и улетит домой. Она дала эту клятву, ибо ей ли было не знать, какие хитроумные силки, способные сломить волю женщины, расставляет любовь. Вскоре Мария почувствовала у себя на плече чью-то руку и, повернув голову, прильнула к ней щекой.

— Как ты?

— Хорошо, — отвечал он, и в голосе его не слышалось никакой тоски. — Прекрасно. Пойдем выпьем кофе.

Они вышли, держась за руки, словно двое влюбленных, увидевшихся после долгой разлуки. Они поцеловались на виду у всех и, поймав на себе возмущенные взгляды кое-кого из прохожих, улыбнулись тому, что вызвали недовольство и пробудили желание, ибо знали — прохожие хотели бы последовать их примеру да не решались. Оттого и возмущались.

Они вошли в кафе — такое же, как и все прочие, но другое, потому что были там вдвоем и любили друг друга. Они говорили о Женеве, о том, какой трудный язык — французский, о витражах в соборе, о вреде курения, поскольку оба курили и даже не думали избавляться от этого вредного пристрастия.

Он не возражал, когда она заплатила по счету. Они отправились на вернисаж, и она увидела его мир — художников, состоятельных людей, казавшихся богачами, богачей, одетых скромно, чтобы не сказать «бедно», людей, толковавших о вопросах, о которых ей никогда не приходилось даже слышать. Она всем понравилась, все хвалили ее французское произношение, расспрашивали про карнавал, футбол и самбу. Все были учтивы и обходительны, приветливы и любезны.

Потом он сказал, что вечером придет за ней в «Копакабану». А она попросила не делать этого — сегодня у нее выходной и она хотела бы пригласить его на ужин.

Приглашение было принято, они договорились встретиться у него дома, чтобы потом поужинать в симпатичном ресторанчике на площади Колоньи, мимо которого так часто проезжали на такси — но ни разу не попросила она остановиться, чтобы можно было рассмотреть эту самую площадь повнимательней.

И тогда Мария, вспомнив о своей единственной подруге, решила зайти к библиотекарше и сказать, что больше они не увидятся.

Ей казалось, что она простояла в пробке целую вечность, дожидаясь, когда наконец курды (да-да, опять курды!) завершат свою демонстрацию и дадут машинам проехать. Но теперь, впрочем, это не имело особого значения — с недавних пор своим временем она распоряжалась сама.

Библиотека уже закрывалась.

— Может быть, я перехожу за грань приличий, но, кроме вас, мне не с кем обсудить кое-какие проблемы, — сказала библиотекарша, увидав Марию.

Не с кем? У нее нет подруги? Прожить целую жизнь в одном городе, целый день видеть перед собой такое множество людей — и не найти собеседницу? Наконец-то Мария нашла такую же, как она сама, а вернее сказать — как все на свете.

— Я долго думала о том, что прочла про клитор...

«О Господи! Неужели — опять об этом?!»

— ...и вспомнила, что хотя мне всегда было хорошо с мужем, но я почти никогда не испытывала оргазма. Как вы считаете, это — нормально?

— А то, что курды каждый день устраивают демонстрацию, — нормально? А то, что влюбленные женщины убегают от своих волшебных принцев, — нормально? И что люди размышляют о фермах вместо того, чтобы думать о любви, — тоже нормально? Мужчины и женщины продают свое время, которое никакими силами не смогут выкупить, — это как? А поскольку подобное происходит, то, что бы я по этому поводу ни думала, получается — нормально. Все, что совершается вопреки законам природы, что противоречит нашим самым сокровенным желаниям, представляется нам нормальным, хотя в глазах Господа Бога это — жуткое искажение. Мы ищем собственный ад, мы тысячелетиями созидали его и вот после огромных усилий можем теперь с полным правом выбрать себе наихудший образ жизни.

Мария взглянула на сидевшую перед ней женщину и — впервые за все время знакомства —

спросила, как ее зовут (ей была известна только фамилия библиотекарши). Оказалось — Хайди. И вот эта Хайди тридцать лет пробыла в браке и никогда — ни разу! — не спросила самое себя, а в порядке ли это вещей, что спишь с мужем и не получаешь никакого удовлетворения.

— Я не уверена, что мне следовало читать все это. Может, лучше было бы коснеть в невежестве и пребывать в уверенности, что верный супруг, квартира с видом на озеро, трое детей и неплохая работа в государственном учреждении — это предел мечтаний для всякой женщины. А после того, как вы пришли сюда, и после того, как я прочла эти книги, вдруг задумалась над тем, во что я превратила собственную жизнь. И что же — это у всех так?

— С полной определенностью могу вам сказать — у всех, — рядом с этой женщиной, задававшей ей вопросы и просившей совета, Мария, хоть и была вдвое моложе, чувствовала себя мудрой и всезнающей.

— Хотите, я расскажу поподробней?

Мария кивнула.

— Ну, разумеется, вы еще слишком молоды и кое-чего понять просто не сможете, но мне бы хотелось немножко поделиться с вами своим горьким опытом именно для того, чтобы вы не повторили моих ошибок.

Но почему, почему мой муж никогда не уделял внимания клитору?! Он был уверен, что главное — это влагалище и только оно дарит женщине наслаждение. О, если бы вы знали, каких трудов стоило мне притворяться, изображая то, что, по его мнению, я должна была чувствовать! Да, конечно, я испытывала приятные ощущения, но не более того... И лишь в те моменты, когда чувствовала фрикции в верхней части... вы меня понимаете?

— Вполне.

— И только сейчас я поняла, почему так происходило! Здесь все написано, — она ткнула в лежавшую на столе книгу, названия которой Мария рассмотреть не могла. — Оказывается, есть нервный узел, идущий от клитора к «точке G», он-то все и определяет! Вы знаете, что такое «точка G»?

— Как не знать, — отвечала Мария, на этот раз играя роль Наивной Девочки. — Мы об этом говорили в прошлый раз. Сразу как войдешь, на первом этаже, окошечко на задний двор.

— Да-да-да, конечно! — глаза библиотекарши сияли. — Хоть сами проверьте: спросите ваших подруг об этом, и вот увидите — ни одна не ответит! Какая нелепость! Но точно так же, как этот итальянец открыл клитор, «точка G» — это открытие нашего века. Очень скоро о нем напишут все газеты, и тогда отговориться незнанием будет уже нельзя! Мы станем свидетелями настоящего переворота!

Мария взглянула на часы, и библиотекарша заторопилась — надо было успеть рассказать этой юной красотке, что и женщины имеют право на счастье, на удовлетворение желаний, чтобы уже следующее поколение могло в полной мере воспользоваться плодами необыкновенных научных открытий.

— Доктор Фрейд был с этим не согласен уже в силу того, что родился мужчиной и, получая оргазм благодаря пенису, считал, что центр нашего наслаждения — во влагалище! Мы должны вернуться к своей сути, к тому, что всегда дарило нам наслаждение, — к клитору и «точке G». Очень, очень немногие женщины способны получить удовлетворение во время полового акта, и потому, если вы не относитесь к их числу, я предлагаю вам — измените позу! Пусть ваш партнер будет снизу, а вы — сверху. Доминируйте — и ваш клитор получит более сильную стимуляцию, и вы, а не ваш партнер будете определять продолжительность и интенсивность стимуляции, которая вам необходима! Нет! Стимуляции, которой вы *заслуживаете*!

Мария между тем лишь притворялась, будто все это ей не слишком интересно. Так, значит, она не одна такая! Так, значит, с ней все в порядке, и это — вопрос анатомии! Огромная, неподъемная тяжесть свалилась у нее с души, и ей захотелось поцеловать библиотекаршу. Как хорошо, что это открылось ей сейчас, пока она еще молода! Какой сегодня замечательный день!

Хайди улыбнулась с видом заговорщицы:

— Они не знают, что у нас тоже бывает эрекция! Эрекция клитора!

«Они» явно относилось к мужчинам. Мария, сочтя, что разговор зашел достаточно далеко, набралась храбрости и спросила:

— А у вас был кто-нибудь, кроме мужа?

Спросила — и сама испугалась того эффекта, который произвели ее слова. Глаза Хайди вспыхнули — вероятно, огнем священного негодования, — она густо покраснела то ли от гнева, то ли от смущения. Несколько минут в душе ее шла борьба — признаться или солгать. Схватка эта окончилась вничью. Она предпочла сменить тему.

— Вернемся к нашей эрекции. Так вот, клитор обладает способностью набухать кровью, становясь твердым и упругим. Вам это известно?

— С детства.

Ответ несколько сбил библиотекаршу с толку. Она, вероятно, в свое время не уделила этому явлению должного внимания.

— И круговые движения пальца, не прикасающегося к самой головке, способны стократно усилить наслаждение. Это надо усвоить! Это надо знать! Мужчины же, если и стимулируют клитор, сразу же дотрагиваются до его верхней части, не подозревая даже, что это иногда может вызвать болезненные ощущения. Вы согласны? А потому уже после первой или второй встречи инициативу надо брать на себя: займите положение сверху, сами определяйте, как и куда должно быть направлено давление, уменьшайте или увеличивайте его по своему вкусу. И, кроме того, здесь сказано — совершенно необходим откровенный разговор с партнером.

— А вы-то сами когда-нибудь вели с мужем откровенные разговоры?

Но Хайди снова ушла от прямого ответа, сославшись, что тогда были другие времена. Ей гораздо интересней было поделиться впечатлениями от прочитанного:

— Постарайтесь представить себе, что клитор — это стрелка, и попросите своего партнера двигать ее с 11 часов до 1 часа. Понятно?

Чего уж тут не понять, думала Мария, не вполне разделяя мнение автора книги, хотя все это было не так уж далеко от истины. Но когда речь зашла о часах, она взглянула на свои, сказала, что пришла только попрощаться, ее пребывание в Швейцарии подходит к концу. Библиотекарша словно не слышала:

— Хотите, дам вам эту книгу?

— Нет, спасибо. Мне надо думать о другом.

— И что же — ничего нового не возьмете?

— Нет. Я возвращаюсь домой. Хочу вас поблагодарить — вы всегда относились ко мне с пониманием и уважением. Может быть, когда-нибудь мы еще с вами увидимся.

Они обменялись рукопожатием и пожелали друг другу счастья.

Хайди дождалась, когда за Марией закроется дверь, и лишь после этого, дав себе волю, с размаху стукнула кулаком по столу. Почему, почему она не воспользовалась моментом и не поделилась с этой девушкой тем, что, судя по всему, унесет с собой в могилу?! Если уж у бразильянки хватило отваги спросить, случалось ли ей изменить мужу, почему было не ответить ей, особенно теперь, когда она открыла для себя новый мир, в котором женщины наконец-то признали, что достичь вагинального оргазма очень трудно?

«Ладно, это не так уж важно. Жизнь не сводится только к сексу».

Пусть это не самое главное в мире, но важность его неоспорима. Она оглянулась по сторонам: большая часть всех этих тысяч книг, заполнявших полки, повествуют о любви. Все это — одна нескончаемая история любви, причем одна и та же история: кто-то кого-то любит, встречает, теряет и обретает вновь. Родство и притяжение душ, странствия на край света, приключения, заботы, тревоги и лишь изредка кто-нибудь решится сказать: «Видите ли, дорогой мой, следует лучше понимать тело женщины».

Почему книги не говорят об этом открыто?

Потому, надо полагать, что никому это по-настоящему не надо. Мужчине — потому, что он продолжает искать новизны с тех самых пор, как был пещерным человеком, которого вел могучий инстинкт продолжения рода. Ну, а женщине? По собственному опыту Хайди могла судить, что получить наслаждение в объятиях своего избранника хочется лишь в первые годы брака, а потом страсть утихает, превращаясь во все более редкое исполнение *супружеских обязанностей*, но женщина никогда не признается в этом, ибо думает, что такое случилось с ней одной. И все лгут, вводя в заблуждение подруг, притворяясь, что устали от любви, что не в силах еженощно удовлетворять желание мужа.

И тогда они стараются занять себя чем-нибудь еще — воспитывают детей, возятся на кухне, наводят в доме порядок, оплачивают счета, терпеливо и кротко сносят выходки мужа, путешествуют (хотя во время этих путешествий больше думают о детях, чем о себе). Некоторые даже занимаются любовью. Но только не сексом.

Да, ей следовало бы быть более откровенной с этой бразильской девушкой, на вид такой невинной, по возрасту годящейся ей в дочери и еще не успевшей понять, как устроен мир. Она эмигрантка, живет на чужбине, тяжело и много работает (и работа, наверно, не доставляет ей удовольствия), ждет встречи с человеком, за которого можно будет выйти замуж, изобразить во время медового месяца неземное наслаждение, обрести стабильность и защиту, продолжить этот таинственный человеческий род — и сразу же забыть все эти оргазмы, клиторы, «точку G», открытую, подумать только, лишь в XX веке! Стать верной женой, хорошей матерью, стараться, чтобы дом был уютен и изобилен, время от времени мастурбировать, думая о встреченном на улице мужчине, который поглядел на нее с вожделением. Делать вид, соблюдать приличия — Господи, почему наш мир так заботится о внешних приличиях?!

Из-за них она и не ответила на вопрос, был ли у нее кто-нибудь, помимо законного супруга.

Эта тайна умрет во мне и вместе со мной, подумала она. Муж всегда был для нее всем на свете, хотя секс у них остался в далеком прошлом. Он был идеальным спутником жизни — честным, щедрым, добрым. Он делал все, чтобы его семья ни в чем не нуждалась, чтобы все, кто находился в его «зоне ответственности», были счастливы. Именно о таком муже мечтают все женщины, и потому Хайди так терзало воспоминание о том, как однажды она пожелала другого — и желание свое исполнила.

Она вспомнила, как они встретились. Она возвращалась из горного городка Давоса, когда из-за схода лавины движение поездов было на несколько часов прервано. Хайди позвонила домой, предупредив, чтобы не беспокоились, купила несколько журналов и приготовилась к долгому ожиданию.

И тут увидела неподалеку человека с рюкзаком и спальным мешком. У него были полуседые волосы, темное от загара лицо, и он, казалось, был единственным, кого нисколько не тревожило, что поезда не ходят. Наоборот, он беспечно улыбался и оглядывался по сторонам, ища, с кем бы поговорить. Хайди открыла было журнал, но тут — о, как таинственно устроена жизнь! — встретилась с ним глазами и, прежде чем успела отвести их, он уже оказался рядом.

И заговорил, не дав Хайди со свойственной ей учтивостью извиниться и сказать, что ей нужно дочитать важную статью. Сказал, что он иностранец, писатель, что в Давосе у него была деловая встреча, а теперь из-за того, что поезда не ходят, он не успевает в аэропорт. Не поможет ли она ему найти в Женеве отель?

Хайди поглядела на него с удивлением: опоздать на самолет, сидеть здесь, на неудобной станции, ожидая, пока ситуация не разрешится, — и при этом сохранять полнейшее хладнокровие и благодушие.

А он между тем продолжал говорить с ней так, словно они были давным-давно знакомы. Рассказывал о своих путешествиях, о тайне писательского ремесла и — к удивлению и ужасу своей собеседницы — обо всех женщинах, которых любил на протяжении жизни. Хайди только кивала, а он говорил без умолку. Время от времени извинялся за то, что совсем заболтал ее, просил рассказать о себе, но на это она могла ответить лишь: «Я — человек, ничем не примечательный, такая же, как все».

И внезапно она поймала себя на том, что не хочет, чтобы пришел поезд, ибо этот разговор захватывал ее все сильнее и сильнее, и речь у них шла о таком, что было ей знакомо только из книг. И, зная, что никогда больше не увидит этого человека, а потому набравшись храбрости (позднее она сама не понимала, как решилась на такое), Хайди принялась расспрашивать его обо всем, что ее интересовало. Она переживала в ту пору не лучшее время — муж стал очень ворчлив и брюзглив, часто раздражался по пустякам, и Хайди хотела знать, как бы она могла сделать его счастливым. Незнакомец сделал несколько точных и оригинальных замечаний, рассказал к случаю какую-то историю, но то, что она упомянула мужа, не очень его обрадовало.

«Вы — очень интересная женщина», произнес он фразу, которую она не слышала уже много лет.

Она не знала, как реагировать на это, и писатель, видя ее замешательство, заговорил о пустынях, о горах, о затерянных в глуши городках, о женщинах под покрывалом или обнаженных по пояс, о воинах, морских разбойниках, мудрецах.

Пришел поезд. Они сели рядом, и Хайди была уже не замужняя дама, мать троих детей, владелица *шале* на берегу озера, а искательница приключений, едущая в Женеву впервые в жизни. Она разглядывала проплывавшие в окне вагона горы, реку, и ей было хорошо от близости мужчины, желающего соблазнить ее (потому что все мужчины только о том и думают) и потому старающегося изо всех сил произвести на нее впечатление. Она думала о том, в скольких других мужчинах угадывала она это желание, никогда не давая никому ни малейшего шанса, — но сегодня мир стал иным, а она — подростком тридцати восьми лет от роду, с замиранием сердца наблюдающей за тем, как ее обольщают. Ничего прекрасней не испытывала она никогда.

Осенней порой ее жизни — пожалуй, слишком рано пришла она, эта пора, — когда казалось, что сбылось уже все, о чем загадывала, появился этот человек и, не спросив разрешения, приблизился вплотную. Сойдя на перрон женевского вокзала, она показала ему отель (самый скромный, как он настойчиво повторял, потому что должен был улететь на родину в тот же день и не желал ни на час задерживаться в безумно дорогой Швейцарии), а он попросил ее дойти с ним до номера, посмотреть, все ли там в порядке. Хайди согласилась, хоть и догадывалась, что ее ждет. Едва за ними закрылась дверь, они принялись целоваться с неистовой страстью, он сорвал с нее одежду и — Боже милосердный! — оказалось, что этот писатель знает тайные тропы, ведущие женщину к наслаждению. Видно было, что все страдания женщины и причины того, что называется умным словом «фрустрация», для него — открытая книга.

Они предавались любви целый день, и лишь когда начало смеркаться, очарование рассеялось, и Хайди произнесла фразу, которую, будь ее воля, не произнесла бы никогда:

«Я должна идти домой. Меня ждет муж».

Он закурил. Оба некоторое время молчали, и никто из них не сказал «Прощай». Хайди поднялась и вышла из номера, не оглядываясь и зная — что бы ни было сказано, будет бессмысленно.

Больше она никогда не видела этого человека, но преждевременной осенью своей жизни на несколько часов перестала быть верной женой, хозяйкой дома, любящей матерью, образцовой служащей, преданной спутницей жизни — и превратилась просто в женщину.

Еще несколько дней после этого муж то и дело удивлялся, что она сама на себя непохожа — то непривычно весела, то странно задумчива: он не мог толком объяснить, что его удивляет. Но прошла неделя, и все стало как всегда.

«Как жалко, что я не рассказала свою историю этой бразильской девочке, — думала Хайди сейчас. — А впрочем, она бы все равно ничего не поняла, потому что продолжает жить в мире, где еще существует верность, а клятвы в любви даются навечно».

Запись в дневнике Марии:

Не знаю, что он подумал в тот вечер, когда открыл дверь и увидел, что я стою на пороге с двумя чемоданами.

— Не пугайся, — поспешила я успокоить его. — Я не жить к тебе приехала. Давай поужинаем.

Он молча помог мне войти, внес мои вещи, а потом, не сказав даже «Как я рад тебя видеть!», или «Вот не ждали, не гадали», или еще что-то в этом роде, сгреб меня в охапку и начал целовать, дотрагиваясь до моего тела там и тут, обхватил ладонями мои груди, запустил руку под трусики — словно ждал этого момента бесконечно долго и боялся, что он не наступит никогда.

Не дав мне и слова сказать, он торопливо сорвал с меня одежду, повалил на пол, и вот так, прямо здесь, в холле, безо всяких приличествующих случаю церемоний и околичнос-

тей, на холодном ветру, задувавшем из-под двери, мы в первый раз занялись любовью. Я подумала было — не остановить ли его, не переместиться ли в какое-нибудь более удобное место, не сказать ли, что у нас есть время, чтобы исследовать бескрайний мир нашей чувственности, но ничего не предприняла, ибо хотела, чтобы он овладел мной как можно скорее, ибо этот мужчина никогда не принадлежал мне и никогда больше принадлежать не будет. Потому я могла любить его со всей своей энергией и — пусть хоть на одну ночь — получить то, чего у меня не было раньше и, вероятно, не будет впредь.

Уложив меня на пол, он резко внедрился в мое тело, обойдясь без предварительных ласк, так что я оказалась не вполне готова принять его, но испытываемая мною легкая боль была мне приятна, поскольку он должен был понять, что я принадлежу ему и что он не должен спрашивать разрешения. Я была там не для того, чтобы чему-то учить его или чтобы показать, насколько я чувственней других женщин, а всего лишь чтобы сказать ему «добро пожаловать!», показать, что он желанен мне, что и я долго ждала этой минуты, что меня радует неистовство его напора и полнейшее пренебрежение теми правилами поведения, которые установовились между нами, что теперь мы стали просто самцом и самкой, ведомыми одним лишь инстинктом. Позиция была самая что ни на есть банальная: я лежала на спине, разведя бедра, Ральф был сверху. Я смотрела на него, не желая имитировать наслаждение, издавать какие-то стоны, вообще не желая ничего — лишь бы наглядеться, покрепче запомнить каждое мгновение и видеть его склоненное надо мной лицо, чувствовать, как вцепляются мне в волосы его пальцы, как его рот не то целует, не то кусает. Да, никаких утонченных ласк, никакой предварительной игры: он проник в мою плоть, я — в его душу.

Он то замедлял, то наращивал темп, иногда останавливался и взглядывал на меня, но не спрашивал, хорошо ли мне, потому что знал: в этот миг наши души могут общаться только так. Движения его становились стремительнее, я знала, что одиннадцать минут вот-вот истекут, и хотела, чтобы они продолжались вечно, потому что так прекрасно — Боже милосердный, как прекрасно! — дарить ему обладание, не требуя взамен ничего. Глаза мои были широко раскрыты, и, когда их застилала пелена, я чувствовала, что мы уносимся в иное измерение, где я становлюсь Великой Матерью, самой Вселенной, любимой женщиной, священной проституткой, отправляющей древнее таинство, о котором он однажды рассказал мне, сидя у камина с бокалом вина. Когда его руки крепче стиснули мои плечи, я поняла — приближается оргазм. Движения стали неистовыми, и вот он закричал — не застонал, не глухо замычал, закусив губу, а закричал, зарычал, взвыл диким зверем. Где-то на периферии сознания мелькнула мысль, что соседи услышат, вызовут полицию — но это не имело никакого значения, и я испытала огромное наслаждение, ибо именно так повелось от начала времен, и когда первый мужчина, встретив первую женщину, впервые предался с ней любви, они тоже кричали.

Его тело обмякло, навалилось на меня всей своей тяжестью, и не знаю, как долго лежали мы, не размыкая объятий, а я гладила его голову — как в тот день, когда мы с завязанными глазами ласкали друг друга в номере отеля, — и чувствовала, что бешеный стук его сердца утихает, а пальцы, едва прикасаясь, скользят по моим рукам, заставляя каждый волосок на моем теле стать дыбом.

Он, вероятно, понял, что мне тяжело, перекатился на бок, потом лег на спину рядом со мной, и мы уставились в потолок, где горела люстра с тремя рожками.

— Добрый вечер, — произнесла я.

Он притянул меня к себе еще ближе, так что моя голова оказалась у него на груди, и лишь спустя несколько минут ответил «Добрый вечер».

— Соседи, наверно, все слышали, — продолжала я, не очень понимая, что будет дальше, потому что говорить сейчас «Я люблю тебя» не имело ни малейшего смысла: он и так это знал, а я и подавно.

— От двери сквозит, — ответил он, хоть и мог бы сказать: «Как это чудесно». — Пойдем на кухню.

Мы поднялись, и только теперь я заметила, что он даже не успел раздеться и оставался в том же виде, в каком открыл мне дверь, если не считать, конечно, изрядного беспорядка в туалете. Я набросила на голые плечи свой пиджачок. Мы прошли на кухню, он сварил кофе, выкурил подряд две сигареты, а я — одну. Присели к столу. «Спасибо», сказал он глазами, «И я тебе благодарна», взглядом ответила я. Таков был наш безмолвный диалог.

Наконец он отважился спросить, почему я с чемоданами.

— Завтра в полдень улетаю в Бразилию.

Женщина всегда знает, когда мужчина нужен ей и важен. А наделены ли этим даром мужчины? Или же мне придется сказать: «Я люблю тебя», «Я не хочу разлучаться с тобой», «Попроси меня остаться»?

— Не надо, — да, он понял, что имеет право сказать мне это.

— Надо. Я дала обет.

Потому что иначе могла бы поверить, будто все это — навсегда. А ведь это не так, а ведь это — всего лишь кусочек мечты, обуревающей девчонку из захолустья, которая приезжает в большой город (ну, если честно, не очень большой), проходит через множество испытаний, но наконец встречает человека, предназначенного ей судьбой. Да, вот он, «хеппи-энд», благополучное завершение всех моих мытарств, и, всякий раз вспоминая о жизни в Европе, я буду вспоминать того, кто полюбил меня, кто навсегда останется моим, ибо я уже побывала в его душе.

Ах, Ральф, ты и не знаешь, как сильно я тебя люблю. Думаю, что все мы, впервые в жизни въяве увидев вымечтанного нами мужчину, в тот самый миг и влюбляемся в него, хоть разум и подсказывает, что мы ошибаемся, и начинаем бороться — без желания победить в этой борьбе — со своим инстинктом. Но приходит мгновение, когда чувство берет верх — это и произошло в тот вечер, когда я шла босиком по Английскому парку, страдая от боли и холода и сознавая, как сильно, Ральф, ты меня любишь.

Да, я люблю тебя, как никогда никого не любила, — и потому покидаю тебя навсегда, ибо если сон станет явью, то желание обладать тобой, стремление к тому, чтобы твоя жизнь стала моей... все это в конце концов неминуемо превратит любовь в рабство. Да нет — мечта гораздо лучше. Надо быть поосторожней с тем, что мы забираем с собой из страны — или из жизни.

— Ты не получила оргазма, — сказал он, пытаясь сменить тему, не напирать, разрешить ситуацию. Он боялся меня потерять и полагал, что, имея в запасе целую ночь, сумеет сделать так, чтобы я передумала.

— Нет. Но наслаждение — огромное.

— Было бы лучше, если бы ты получила оргазм.

— Я могла бы притвориться — для того лишь, чтобы доставить тебе удовольствие, но обман — это недостойно тебя. Ты — мужчина, Ральф Харт, мужчина в самом полном и прекрасном смысле этого слова. Ты сумел помочь мне и поддержать меня, ты принял поддержку и помощь от меня — и так, что это не выглядело унижением. Да, мне бы хотелось кончить в твоих объятиях, но этого не произошло. И все равно, распростертая на холодном полу, ощущая твое горячее тело и ярость, с которой ты вошел в меня, я была в восторге.

Когда сегодня я относила книги в библиотеку, моя приятельница, которая там работает, спросила, разговариваю ли я со своим партнером о сексе. Мне ужасно хотелось ответить: «С каким еще партнером? О каком еще сексе?», но сдержалась, не за что было ее обижать — она всегда была так добра со мной.

А на самом деле после приезда в Женеву у меня было только два, как она выражается, «партнера»: один всколыхнул всю скверну, таившуюся на самом донышке моей души, и я позволила ему это сделать, более того — умоляла его об этом. А другой — это ты, человек, благодаря которому я вновь стала частью мира. О, если бы можно было научить тебя как, где, сколько времени, с какой силой нужно ласкать меня!.. И я знаю, ты не воспринял бы это как упрек, ты понял бы, что нет иного способа одной душе слиться с другой. Искусство любви — сродни твоей живописи: она тоже требует техники, терпения и, главное, навыка. И еще — отваги: иногда нужно зайти гораздо дальше того рубежа, на котором застревают обычные, скованные условностями люди, воображающие, что «занимаются любовью».

Я замолчала. Что, в самом деле, вещать, как с кафедры?! Но Ральф не стал ни спорить, ни соглашаться со мной. Он закурил третью за последние полчаса сигарету:

— Во-первых, сегодня ты будешь ночевать здесь, — сказал он не просительно, а требовательно. — А во-вторых, мы снова займемся любовью, но на этот раз — не так жадно и безоглядно. В конце концов, если ты хочешь, чтобы я понимал женщин, я хочу, чтобы ты лучше понимала мужчин.

Куда уж лучше?! Сколько через мои руки, через мое тело прошло их — белых, желтых, черных, иудеев и мусульман, католиков и буддистов! Неужели Ральф не знает об этом?

Но мне стало легче оттого, что наш разговор принял такой оборот. Была минута, когда я даже подумала, что Господь простит мне, если я нарушу обет. Но действительность вновь предстала передо мной, чтобы напомнить: мечта должна оставаться неприкосновенной, а я не имею права угодить в ловушку, расставленную судьбой.

— Да-да, чтобы ты лучше понимала мужчин, — повторил Ральф, заметив мой иронический взгляд. — Ты говоришь о природе женской сексуальности, ты хочешь помочь мне свершить плаванье по твоей плоти, ты твердишь, что необходимы терпение и время. Я согласен, но не приходило ли тебе в голову, что мы с тобой устроены по-разному — и разное время требуется тебе и мне? Не попенять ли тебе на Господа Бога, создавшего нас такими?

Когда мы встретились, я попросил, чтобы ты научила меня сексу, потому что желание во мне угасло. Знаешь, почему это произошло? Потому что на протяжении нескольких лет каждое, как принято выражаться, сношение оканчивалось для меня нестерпимым разочарованием, непобедимым унынием — ибо я давно уже понял, что не способен подарить моим возлюбленным то наслаждение, которое дарят мне они.

Мне очень не понравилось это «моим возлюбленным», но я, не подав вида, что задета, закурила.

— Я не решался попросить никого из них: «Открой мне тайны твоей плоти». Но когда мы встретились, я увидел исходящий от тебя свет и подумал: жизнь моя дошла до такой черты, за которой мне уже нечего терять, и я должен быть честен с самим собой и с женщиной, которую хочу видеть рядом.

Сигарета доставляла мне какое-то непривычное удовольствие, а если бы Ральф предложил мне вина, было бы совсем замечательно. Однако он, вероятно, не желал отвлекаться.

— Почему вместо того, что ты делал со мной, мужчины, даже не пытаясь понять, какие ощущения я испытываю, думают только о сексе?

— С чего ты взяла, будто мы думаем только о сексе? Совсем наоборот: годами — годами! — мы пытаемся убедить самих себя, что секс важен для нас. Мы учимся любви у проституток или у девственниц, рассказываем о своих романах кажому, кто согласится слушать, постарев, тщеславимся юными любовницами — и все это лишь для того, чтобы показать другим: да, мы именно те, какими хотят видеть нас женщины.

Но вот что я тебе скажу — ничего подобного! Мы ни черта в этом не смыслим! Мы пребываем в уверенности, что секс и эякуляция — это одно и то же. Мы — необучаемы, потому что стесняемся сказать женщине: посвяти меня в тайны твоего тела. Мы — необучаемы еще и потому, что и женщинам недостает отваги сказать: познай меня. Мы повинуемся простейшему инстинкту выживания — и дело с концом. Тебе это покажется полной нелепостью, но знаешь ли, что для мужчины важнее секса?

«Деньги. Власть», подумала я, но промолчала.

— Спорт. А знаешь ли почему? Потому что мужчине внятен язык, на котором говорит тело другого мужчины. Наблюдая за состязанием, мы видим — вернее, слышим — диалог, который ведут понимающие друг друга тела.

— Это безумие.

— *Безумие — может быть. Но не бессмыслица. Замечала ли ты, что чувствовали мужчины, с которыми ты была?*

— *Замечала. Все они были неуверены в себе. Все испытывали страх.*

— *Да нет, кое-что похуже страха. Они были уязвимы. Они, как говорят боксеры, «открывались». Они сами толком не понимали, что делают, но от всех, от всех решительно — от друзей, да и от самих женщин — постоянно слышали, как это важно. «Секс, секс, секс» — вот на чем вертится мир, вот на чем зиждется жизнь, вот о чем твердят реклама, фильмы, книги. И никто не знает, о чем идет речь. А знают все — ибо инстинкт сильней нас всех вместе взятых, — что это должно быть сделано. Точка.*

Ну, хватит, мелькнуло у меня в голове. Сначала я для самозащиты пыталась читать лекции по сексу, теперь он взялся за то же самое, но чем умнее и ученее звучали наши словеса — а ведь человек так устроен, что всегда старается произвести впечатление на своего ближнего, — тем яснее становилось, что все это — полнейшая чушь, недостойная нашего с ним чувства. Я притянула, привлекла его к себе тем, что — независимо от моих мыслей по поводу самой себя или вне связи с его словами обо мне — жизнь очень многому меня научила. При начале времен все было любовью и полным растворением друг в друге. Но вслед за тем появляется змей и говорит Еве: отданное тобой будет тобой потеряно. Вот так было и со мной — я еще в школе была изгнана из рая и с тех самых пор все ищу способ сказать змею, что он ошибся и что жить — гораздо важнее, чем хранить себя для себя. Но, видно, все же прав был он, а я ошибалась.

Я опустилась на колени, сняв с него малопомалу все, что на нем было, и увидела поникший, будто дремлющий член Ральфа. Его самого нисколько не смущало это обстоятельство, и я принялась целовать его ноги, начиная со ступней. Член стал медленно оживать, и я прикоснулась к нему сперва пальцами, потом губами и языком, и — не торопясь, чтобы Ральф не расценил это как «ну, давай же, просыпайся» — стала целовать его с нежностью, от которой ничего не ожидала и которая оказалась в результате решающей. Ральф, постепенно возбуждаясь, дотронулся до моих сосков, приласкав их кончиками пальцев, как в ту кромешной темноты ночь, и от этого меня охватило желание, чтобы он овладел мною так, как ему захочется: и лоно, и рот, и груди были готовы принять его.

Не снимая с меня жакета, он повернул меня спиной к себе, перегнул над столом и медленно вошел — на этот раз не было неистового и жадного напора, как не было и страха меня потерять — ибо и сам в глубине души понял, что все это сон, сном пребудет и явью никогда не станет.

Я одновременно почувствовала в себе его член — и его руки, которые ласкали мои груди и ягодицы так, как это умеет делать только женщина. Тогда я поняла — мы созданы друг для друга: он способен перевоплощаться в женщину, а я — в мужчину, как было, когда мы разговаривали или начинали путь навстречу друг другу. Путь двух заблудших, неприкаянных душ, двух частиц, без которых вселенная была бы неполной.

И по мере того, как он проникал в меня, не переставая ласкать, я все яснее сознавала — он делает это не только для меня, но и для всего мироздания. У нас было время, была взаимная нежность, было понимание друг друга. Да, прекрасно было, когда я, желая всего лишь попрощаться, возникла в дверях его дома, с двумя чемоданами в руках, а он, можно сказать, набросился на меня, швырнул на пол и овладел с яростью, порожденной страхом. Но несравненно прекрасней было знать, что эта ночь не кончится никогда и что, когда здесь, на кухонном столе, настигнет меня оргазм, он будет не завершением, а началом нашего свидания.

Он вдруг остановился, но пальцы задвигались быстрее, и я испытала один за другим три оргазма. Острота наслаждения граничила с болью, так что в какое-то мгновение мне хотелось даже оттолкнуть Ральфа, высвободиться, но я сдержалась и не дрогнула: я была готова принять и пережить еще оргазм, еще два, или еще...

...и тут внезапно какое-то подобие света вспыхнуло во мне. Я была уже не я, не прежняя Мария, а существо, стоящее бесконечно выше всего известного мне. Когда его рука повела меня к четвертому оргазму, я вступила в те края, где царил безмятежный покой, а на пятом — мне открылся Бог. В этот миг Ральф снова задвигался во мне, но и пальцы его не замерли, и тогда с криком «Боже!» я оказалась неведомо где — не знаю, в аду ли, в раю.

Но нет — в раю. Я стала землей, горами, тиграми, реками, текущими в озера, озерами, превращающимися в моря. Ральф наращивал темп, боль перемешивалась с наслаждением, я могла бы сказать «Больше не могу», но это было бы несправедливо — потому что в этот миг мы с ним стали единым существом.

Я не противилась ему, хотя его ногти теперь впивались в кожу моих бедер, а грудью и животом я лежала на кухонном столе, думая, что нет на свете места лучше для того, чтобы заниматься любовью. Сильнее заскрипел и закачался стол, прерывистым и бурным стало дыхание, глубже вонзились ногти, а я билась об Ральфа — плотью о его плоть, костью — о его кость, и снова надвигался оргазм, и во всем этом *НЕ БЫЛО НИ ГРАНА ПРИТВОРСТВА!*

— *Ну!*

Он знал, что произносит, и я знала, что близится миг наивысшего взлета, и чувствовала, что тело мое готово растечься, а сама я уже перестала видеть, слышать, ощущать вкус, превратившись в одно огромное вместилище чувства.

— *Ну!*

И, не запоздав ни на миг, я изошла вместе с ним. И длилось это не одиннадцать минут, а вечность, и казалось, будто он и я, освободясь от телесной оболочки, бродим в ликовании, понимании, близости по райским садам. Я была женщиной и мужчиной, он был мужчиной и женщиной. Не знаю, сколько времени продолжалось это, но, казалось, весь мир объят молитвенной, благоговейной тишиной, словно Вселенная и жизнь перестали существовать, превратясь в нечто священное, имени не имеющее, исчислению в часах и минутах не поддающееся.

Но вот время вернулось, я услышала крик Ральфа и стала вторить ему, ножки кухонного стола с силой бились об пол, и ни одному из нас двоих не пришло в голову спросить или попытаться узнать, что подумает весь остальной мир.

Он высвободился без предупреждения и засмеялся, а я, повернулась к нему, чувствуя, что меня еще не отпустила судорога наслаждения, и тоже засмеялась. Мы обнялись, словно после первого в жизни соития.

— Благослови меня, — попросил он.

Я сделала, как он хотел, не зная, что делаю. Попросила, чтобы и он благословил меня, и Ральф повиновался, сказав: «Будь благословенна, женщина, возлюбившая много». Эти слова были прекрасны, и мы замерли в

334

объятии, не постигая, как могут одиннадцать минут вознести мужчину и женщину на такую вершину.

Ни он, ни я не чувствовали усталости. Мы вошли в гостиную, он включил музыку, а потом сделал именно то, чего я от него ждала, — растопил камин и налил мне вина.

После этого открыл книгу и прочел:

«Время рождаться, и время умирать

время насаждать, и время вырывать
                              посаженное
время убивать, и время врачевать

время разрушать, и время строить

время плакать, и время смеяться

время сетовать, и время плясать

время разбрасывать камни,
                    и время собирать камни

время обнимать, и время уклоняться
                                от объятий

время искать, и время терять

время сберегать, и время бросать

время раздирать, и время сшивать

время молчать, и время говорить

время любить, и время ненавидеть

время войне, время миру».

Это звучало наподобие прощания. Но прощание это было прекрасней всего, что мне довелось испытать в жизни.

Обнявшись, мы легли на ковер перед камином. Меня не покидало ощущение какой-то неведомой доселе полноты бытия — словно я всегда была мудра и счастлива, словно сбылась и осуществилась.

— Как же тебя угораздило влюбиться в проститутку?

— Раньше я и сам задавал себе этот вопрос. А сегодня, поразмыслив немного, понял: зная, что твое тело никогда уже не сможет принадлежать мне одному, я смог бросить все силы на покорение твоей души.

— И ты не ревнуешь?

— Нельзя сказать весне: «Наступи немедленно и длись столько, сколько нужно». Можно лишь сказать: «Приди, осени меня благодатью надежды и побудь со мной как можно дольше».

Вот уж точно — эти слова были брошены на ветер. Но я хотела слушать, а он — произнести их. Не помню, когда я заснула. Мне снились не события и не люди, а какой-то аромат, заполнявший собою все.

Когда Мария открыла глаза, сквозь раздернутые шторы уже светило солнце.

«Мы всего два раза были с ним близки, — подумала она, глядя на человека, спавшего рядом. — А кажется, будто не разлучались никогда и он всегда знал меня, мою жизнь, и тело, и душу, мой свет, мою боль».

Она поднялась, пошла на кухню сварить кофе — и тут, увидев в коридоре два чемодана, вспомнила все: и свой обет, и молитву в церкви, вспомнила и о том, как сон, упрямо стремясь стать явью, теряет свое очарование, и о совершенном человеке, и о любви, сливающей воедино душу и тело. И о том, что между наслаждением и блаженством лежит пропасть.

Что ж, она могла бы и остаться: терять ей нечего, кроме еще одной иллюзии. «Время плакать, и время смеяться», вспомнила она.

Но ведь там же сказано: «Время обнимать, и время уклоняться от объятий». Она сварила кофе и, прикрыв дверь на кухню, вызвала по телефону такси. Собрала всю свою волю, забросившую ее в такую дальнюю даль, припала к источнику своей энергии, именуемой «светом», назвавшей ей точную дату отлета, оберегавшей ее, заставлявшей ее навсегда запомнить эту ночь. Оделась, взяла чемоданы, в глубине души надеясь, что Ральф проснется и попросит ее остаться.

Но он не проснулся. Покуда Мария, стоя возле дома, ждала такси, появилась цыганка с букетом цветов.

— Купите цветочков.

И Мария купила. Эти цветы возвещали пришествие осени, говорили, что лету — конец. Теперь в Женеве еще долго не будет столиков на открытых террасах кафе и ресторанов, из парков исчезнут гуляющие. Ладно. Она покидает этот город, потому что сделала свой выбор, так что жаловаться не на что.

До отлета оставалось четыре часа. В аэропорту Мария выпила еще чашку кофе и стала ждать, когда объявят посадку, все еще надеясь, что вот-вот появится Ральф: ведь вчера она успела сказать ему, в котором часу у нее рейс. Так всегда бывает в кино — в самый последний момент, когда женщина уже готова сесть в самолет, появляется в полном отчаянии мужчина и под иронично-сочувственными взглядами служащих авиакомпании хватает ее в охапку, целует и возвращает в свой мир. Появляется надпись «Конец», и зрители расходятся, пребывая в уверенности, что эта пара отныне и впредь будет неизменно счастлива.

«В кино никогда не показывают, что было дальше», в утешение самой себе произнесла она. А дальше — брак, кухня, дети, секс по обязанности, пусть даже и супружеской, но все более редкий, а вот и впервые найденная записка от любовницы, и желание закатить скандал, а потом — обещания, что это никогда больше не повторится, потом вторая записка (уже от другой женщины), и снова скандал и угроза развода, но на этот раз муж уже ничего не обещает с такой определенностью, а всего лишь говорит, что любит ее. Третья записка (от третьей женщины), а за ней обычно предпочитают промолчать, сделать вид, что ничего не происходит, ибо с мужа станется сказать теперь, что он ее больше не любит и она может уходить на все четыре стороны.

Ничего такого в кино не показывают. Фильм кончается раньше, чем начинается другой мир. Так что лучше не думать.

Мария прочла от корки до корки три журнала. Наконец объявили ее рейс, она целую вечность, казалось, шла по бесконечному коридору аэропорта и вот оказалась в самолете. Пристегивая ремни, еще раз представила себе пресловутую финальную сцену: чья-то рука ложится ей на плечо, она оборачивается и видит его.

Ничего этого не было.

Весь недолгий перелет от Женевы до Парижа она проспала. Даже не успела придумать, что скажет дома, какую историю сплетет — да, впрочем, это и неважно: родители, без сомнения, и так будут счастливы оттого, что дочка вернулась под отчий кров, а у них теперь будет своя фазенда и обеспеченная старость.

Мария проснулась от толчка — самолет опустился на бетон взлетной полосы. Стюардесса объяснила, что они сели в терминал C, а ей надо попасть в терминал F, откуда будет рейс в Бразилию. Но пусть не беспокоится — прибыли без опоздания, времени хватит, а если она боится заблудиться, сотрудник наземной службы встретит ее и проводит до места.

Покуда самолет рулил к терминалу, она размышляла о том, не задержаться ли на денек в этом городе — исключительно для того, чтобы сделать фотографии и рассказывать потом, что побывала в Париже. Ей нужно было какое-то время, чтобы побыть наедине с собой, все осмыслить, поглубже запрятать воспоминания о прошлой ночи, чтобы можно было воспользоваться ими в нужный момент, когда понадобится понять, что жива.

Стюардесса взглянула на ее билет и сообщила, что, к сожалению, это невозможно — пересадку нужно сделать немедленно. В утешение самой себе Мария подумала, что оно и к лучшему — оказаться в таком прекрасном городе одной было бы слишком огорчительно. Если уж ей удалось сохранить хладнокровие, выдержку, если сила воли не изменила ей, то зачем же растравлять себе душу видом парижских улиц, по которым так хорошо было бы пройти рядом с Ральфом.

Она вышла из самолета, прошла пограничный контроль — беспокоиться было не о чем: багаж должны были перегрузить на другой «борт» без нее. Двери открылись, пассажиры обнялись с теми, кто встречал их — кто с женой, кто с матерью, кто с детьми. Мария сделала вид — опять же для самой себя, — что к ней все это не имеет ни малейшего отношения, но все же от щемящего чувства одиночества стало неуютно, но ничего — теперь оно не будет таким безысходно горьким: у нее есть тайна, есть сон, есть воспоминание. Теперь справиться с одиночеством будет легче.

— Париж останется Парижем.

Нет, это не гид из туристического агентства. Это не шофер такси. Ноги у нее подкосились, когда прозвучал этот голос.

— Париж останется Парижем?

— Это фраза из моего любимого фильма. Хочешь взглянуть на Эйфелеву башню?

Да, хочет. Она до смерти хочет взглянуть на Эйфелеву башню. В руках у Ральфа был букет цветов, а глаза сияли — лучились тем самым светом, который она заметила в первый день, когда позировала ему в кафе и ежилась от холодного ветра.

— Как тебе удалось оказаться здесь раньше меня? — этот вопрос был задан исключительно для того, чтобы скрыть счастливую растерянность, и вопрос не имел ни малейшего значения: просто Марии нужно было перевести дух.

— Я видел, как ты читала журналы. И мог бы подойти к тебе и раньше, но я — романтик, притом романтик безнадежный. А потому решил перебросить между Женевой и Парижем воздушный мост, погулять немножко по аэропорту, подождать три часа, наизусть выучить расписание, купить цветов, произнести фразу, которую в фильме «Касабланка» говорит Рики, и вообразить твое удивленное лицо. И быть непреложно уверенным в том, что ты этого хочешь, что ты меня ждала, что никакая решимость вкупе с силой воли не способны помешать, чтобы любовь время от времени изменяла по своей прихоти правила игры. Совсем нетрудно быть романтиком, ты не находишь?

Мария понятия не имела, трудно это или нет, да ей и не было до этого никакого дела, хоть она и понимала, что совсем недавно, буквально только что, узнала этого человека и всего лишь несколько часов назад впервые переспала с ним, а накануне познакомилась с его друзьями, а еще чуть раньше стало ей известно, что он посещал «Копакабану», что был дважды женат. Нельзя сказать, что у него безупречный аттестат. А с другой стороны, у нее есть деньги на покупку фазенды, и вся молодость — еще впереди, а за спиной — огромный опыт, и полнейшая независимость в душе. Ну, что ж, раз уж судьба всегда делает выбор за нее, можно рискнуть еще разок.

Она поцеловала его, не испытывая ни малейшего интереса к тому, что произойдет после появления на экране титров «Конец». Но если когда-нибудь кто-нибудь задумает рассказать ее историю, Мария попросит, чтобы начиналась она, как начинаются волшебные сказки:

Жила-была на свете...

Заключение

Как все люди на свете — и в данном случае подобное обобщение не выглядит натяжкой, — я не сразу осознал священный смысл, заключенный в сексе. Моя юность пришлась на эпоху безудержной, бьющей через край свободы, когда совершались важные открытия и многое было чрезмерно, чересчур, слишком. Затем пришел период подавления и консервации — неизбежная расплата за весь этот переизбыток, который и вправду оставил после себя довольно уродливые шрамы.

В эпоху этого выше помянутого переизбытка (я имею в виду 70-е годы) писатель Ирвинг Уоллес сочинил о цензуре в Соединенных Штатах роман, где рассказывается, какие юридические уловки и хитросплетения использовали власти, пытаясь запретить к печати некую книгу, посвященную проблемам секса и озаглавленную «Семь минут».

В романе Уоллеса о самой книге упоминается вскользь, она — лишь предлог для разговора о цензуре, и тема секса и сексуальности едва затрагивается. Я стал воображать, о чем бы шла речь в этой книге, и спрашивать себя, а смог бы я написать ее.

Уоллес часто ссылается на эту несуществующую книгу, каковое обстоятельство не то что затруднило, а сделало попросту невозможным выполнение задачи, которую я мысленно поставил перед собой. Остались лишь воспоминание о заглавии (Уоллес, сдается мне, придерживался несколько старомодных взглядов в отношении времени, а потому я решил это время увеличить) да мысль о необходимости исследовать феномен сексуальности всерьез — что, впрочем, делали уже многие писатели.

В 1997 году, в итальянском городе Мантуя, где проходила некая конференция, портье передал мне рукопись. Я рукописей обычно не читаю, а эту вот почему-то прочел. Это была невымышленная история бразильской проститутки, описывающей свои замужества, свои нелады с законом, мытарства и приключения. В 2000 году, будучи в Цюрихе, я позвонил этой проститутке, работавшей под именем Сония, сказал ей, что мне понравилось ее сочинение, и посоветовал отправить его моей бразильской издательнице. Та, однако, предпочла не печатать его. Сония, в ту пору жившая в Италии, села в поезд и приехала ко мне в Цюрих. Она повела нас — меня, моего приятеля и сотрудника журнала «Блик», в тот вечер бравшего у меня интервью, — на Лангштрассе, место сбора тамошних проституток. Я понятия не имел, что Сония уже предупредила своих товарок о том, что мы придем, и, к моему немалому удивлению, дело кончилось раздачей автографов — я подписывал свои книги, изданные на разных языках.

К этому времени я уже принял твердое намерение написать о сексе, но у меня еще не было ни канвы повествования, ни главного героя (или героини); но благодаря этому походу на Лангштрассе я понял: чтобы писать о священной стороне секса, необходимо сначала понять, почему он был до такой степени осквернен и опошлен.

В беседе с сотрудником швейцарского журнала «Л'иллюстрэ» я рассказал об этой импровизированной «встрече с читателями» на Лангштрассе, а тот напечатал об этом пространный очерк. И вот в результате туда, где я раздавал автографы, — дело было уже в Женеве — пришли несколько проституток с моими книгами. Одна из них вызвала у меня неподдельный интерес: мы с нею, а также с моим литературным агентом и другом Моникой Антунес отправились выпить по чашке кофе. «Чашка кофе» превратилась в ужин, за которым последовали новые встречи. Так возникла основная линия — или, если угодно, путеводная нить — «Одиннадцати минут».

Я приношу искреннюю благодарность Анне фон Планта, моей швейцарской издательнице, сообщившей мне ценные сведения о юридической стороне проституции в ее стране. Я признателен следующим женщинам в Цюрихе — Сонии, которую впервые повстречал в Мантуе (как знать, может быть, кто-нибудь опубликует ее жизнеописание), Марте, Антеноре, Изабелле (все имена вымышлены). И их женевским коллегам — Ами, Лючии, Андрею, Ванессе, Патрику, Терезе, Анне-Кристине.

Благодарю также Антонеллу Зара, позволившую мне использовать фрагменты своей книги «Наука страсти» в дневниковых записях Марии.

И наконец, спасибо самой Марии (имя, разумеется, тоже вымышленное, псевдоним, так сказать), ныне проживающей в Лозанне с мужем и двумя прелестными дочерьми, которая во время наших неоднократных встреч поведала мне и Монике историю, легшую в основу этой книги.

Пауло Коэльо

КНИГИ ИЗДАТЕЛЬСТВА «СОФИЯ» МОЖНО ПРИОБРЕСТИ

В Киеве:

◈ **«Эзотерика»**, пл. Славы, ТЦ «Квадрат»/«Світ книги», тел. 531-99-68
◈ **«Мистецво»**, ст. м. «Крещатик», ул. Крещатик, д. 24, тел. 228-25-26
◈ **«Академкнига»**, ст. м. «Университет», тел.: 928-86-28, 925-24-57
◈ **Эзотерический магазин** в Планетарии, ст. м. «Республиканский стадион», ул. Красноармейская, д. 57/3, тел. 220-75-88
◈ **«Эра Водолея»**, ст. м. «Льва Толстого», ул. Бассейная, д. 9-б, тел. 235-34-78; тел./факс 246-59-84

В других городах Украины:

◈ Харьков: **«Здесь и сейчас»**, ул. Чеботарская, 19; тел. (0572)12-24-39
◈ Одесса: **«Книга-33»**, пр-т Адмиральский, 20; тел. (0482) 66-20-09

В Москве:

◈ **ЧИТАТЕЛЬСКИЙ КЛУБ-МАГАЗИН ИЗДАТЕЛЬСТВА «СОФИЯ»**, СТ. М. «КУРСКАЯ», УЛ. КАЗАКОВА, Д. 18, СТР. 20, ТЕЛ. 267-97-57

◈ **«Белые облака»**, ст. м. «Китай-Город», ул. Покровка, д. 4, тел. 923-65-08, 921-61-25, 923-62-62
◈ **«Библио-Глобус»**, ст. м. «Лубянка», ул. Мясницкая, 6/3, стр. 5, тел.: 928-86-28, 925-24-57
◈ **«Молодая гвардия»**, ст. м. «Полянка», ул. Б. Полянка, д. 28, тел. 238-00-32, 238-11-44, 238-26-86
◈ **«Московский Дом книги»**, ст. м. «Арбатская», ул. Новый Арбат, д. 8, тел. 203-82-42, 291-78-32
◈ **«Москва»**, ст. м. «Тверская», ул. Тверская, д. 8, тел. 229-73-55, 229-64-83, 229-66-43
◈ **Сеть магазинов «Новый книжный»**, Сухаревская площ., д. 12, ТЦ « Садовая Галерея», тел.: 937-85-81; ст. м. «Кузьминки», Волгоградский пр-т, д. 78, тел.: 177-22-11
◈ **«Помоги себе сам»**, ст. м. «Текстильщики», Волгоградский пр-т, д. 46/15, 3-й эт., тел. 179-10-20, 179-83-22
◈ **«Путь к себе»**, ст. м. «Белорусская», Ленинградский пр-т, д. 10а, тел. 257-08-87, 251-44-87
◈ **«Букбери»**, ст. м. «Охотный ряд», ул. Б. Никитская, д. 17, тел. 789-65-02, 789-91-87
◈ **ООО «Дом книги "Медведково"»**, ст. м. «Медведково», Заревый пр., д. 12, тел. 473-00-23, 476-16-90, 478-48-97

- С.-Петербург: **ООО «София»**, ул. Барочная, д. 2, тел. (812) 235-51-14; **«Роза Мира»**, ст. м. «Технологический институт», 6-я Красноармейская ул., д. 23, тел.: (812) 146-87-36, 310-51-35
- Волгоград: **сеть магазинов «от А до Я»**, тел. (8442) 38-15-83, (8443) 27-58-21; **ООО «Гермес-Царица»**, тел. (8442) 33-95-02
- Вологда: **«Венал»**, тел. (8172) 75-43-22
- Екатеринбург: **«Валео-Книга»**, тел.: (3432) 42-07-75, 42-56-00
- Ессентуки: **ООО «Россы»** ул. Октябрьская, д. 424, тел. 6-93-09
- Ижевск: **«Рифма»**, тел. (3412) 75-22-33
- Иркутск: **«Продалитъ»**, тел. (3952) 51-30-70
- Казань: **«Таис»**, тел.: (8432) 72-34-55, 72-27-82
- Калининград: **Торговый дом «Вестер»**, тел. (0112) 35-37-65
- Киров: **ЧП Шамов** тел. (8332) 571556, **ЧП Козлова**, тел. (8332) 32-00-60
- Краснодар: **ООО «Когорта»**, тел. (8612) 62-54-97, **ООО «Букпресс»**, тел. (8612) 62-81-74, **ЧП «Майданцева»**, тел. 58-82-74
- Красноярск: **«Литэкс»**, тел.: (3912) 55-50-35, 55-50-36
- Минск: **«Маккус»**, тел. 8-10-375-17-237-29-39;
- Мурманск: **«Тезей»**, ул. Свердлова, д. 40/2, тел. (8152) 41-86-96, 43-76-96
- Нальчик: **«Книжный мир»**, ул. Захарова, д. 103, тел. (8662) 95-52-01
- Нижний Новгород: **ООО «Пароль НН»**, тел.: (8312) 40-56-13
- Новосибирск: **«Топ-книга»**, ул. Арбузова, д. 111, тел.: (3832) 36-10-26, 36-10-27
- Норильск: **«Лига Норд»**, тел. (3919) 42-31-27
- Омск: **«Логос»**, тел. (3812) 31-02-22, 39-80-11
- Пермь: **ООО «Летопись»**, тел. (3422) 40-91-27;
- Ростов-на-Дону: **«Баро-пресс»**, тел. (8632) 62-33-03
- Самара: **«Чакона»**, тел. (8462) 42-96-28, 42-96-22; 42-96-29; **«Твой Путь»**, ул. Советской Армии, д. 219, тел. (8462) 79-23-96
- Смоленск: **ООО «Книжный мир»**, тел. (8012) 29-16-02
- Тамбов: **ООО «Мир книг»**, тел. (0752) 75-77-72
- Тверь: **ООО «Мир книг»**, тел. (0822) 45-06-55
- Уфа: **книж. магазины «Планета»**, тел.: (3472) 42-85-70, 22-22-70; **магазин-салон «Мистика»**, ул. Ульяновых, д. 36
- Хабаровск: **«Дело»**, тел. (4212) 34-77-39; **«Мирс»**, тел.: (4212) 29-25-65, 29-25-66
- Челябинск: **«ИнтерСервис ЛТД»** (3512) 21-34-42, 21-34-53

ОТКРЫЛСЯ
ЧИТАТЕЛЬСКИЙ КЛУБ
«СОФИЯ»!

Если Вы любите жизнеутверждающую художественную
литературу, или хотите погрузиться в философию,
религию и психологию, или узнать пути духовного
и физического развития личности...
Или вам нужно все это сразу...
Тогда наш клуб создан именно для Вас!!!

ЧЛЕН КЛУБА НЕ ПОТЕРЯЕТСЯ В МОРЕ КНИГ!

*Он всегда получает авторитетную информацию — обзоры и ре-
цензии, новости книжного мира и, конечно же, — каталог
издательства, анонсы новых книг.*

ЧЛЕН КЛУБА НЕ СКУЧАЕТ И НЕ БЫВАЕТ ОДИНОК!

*Издательство приглашает его на книжные презентации, лите-
ратурные чтения, встречи с авторами (включая самых именитых),
выставки, фестивали и т.д.*

ЧЛЕН КЛУБА — ЭТО ТВОРЕЦ МИРА!

*Он может реализовать прекрасные порывы своей души: мы с ра-
достью примем к рассмотрению Ваши рукописи, выслушаем
мнение о нашей работе, обсудим тематику новых книг. И более
того — мы поможем Вам реализовать свои светлые идеи о том,
как сделать мир лучше!*

Стать членом клуба очень просто!
Расстояние — тоже не проблема:
мы можем обмениваться письмами и посылками.
А ранее зарегистрированные члены
автоматически переходят в новый клуб.

Вся информация о клубе на сайте издательства
www.sophia.ru
Телефон клуба 267-9757
Email: vera@sophia.ru

Литературно-художественное издание

ПАУЛО КОЭЛЬО
Одиннадцать минут

Перевод: *А. Богдановский*

Редактор *И. Старых*

Корректоры: *Е. Введенская, Т. Зенова,*
Е. Ладикова-Роева, О. Сивовок

Дизайн обложки
Закон Жанра

Верстка текста *И. Петушков*

Подписано к печати 21.12.2004 г. Формат 70x90/32
Бумага офсетная № 1. Гарнитура «Академическая»
Усл. печ. лист. 13,65. Заказ № 6401
Цена договорная. Тираж 70 000 экз.

Издательство «София»,
04073, Украина, Киев-73, ул. Фрунзе, 160

ООО Издательский дом «София»,
109028, Россия, Москва, ул. Воронцово поле, 15/38, стр. 9
тел. (095) 261-80-19; 105-34-28
Свид-во о регистрации № 1027709023759 от 22.11.02

Отделы оптовой реализации издательства «СОФИЯ»
в Киеве: (044) 492-05-10, 492-05-15
в Москве: (095) 261-80-19
в Санкт-Петербурге: (812) 327-72-37

Книга — почтой
в России: тел.: (095) 476-32-52, e-mail: kniga@sophia.ru
в Украине: тел.: (044) 513-51-92, 01030 Киев, а/я 41,
e-mail: postbook@sophia.kiev.ua, http://www.sophia.kiev.ua

Отпечатано с готовых диапозитивов во ФГУП ИПК
«Ульяновский Дом печати». 432980, г. Ульяновск, ул. Гончарова, 14